溫西爵爺偵探事件簿

桃樂西・榭爾絲——著
Dorothy L. Sayers
丁世佳——譯

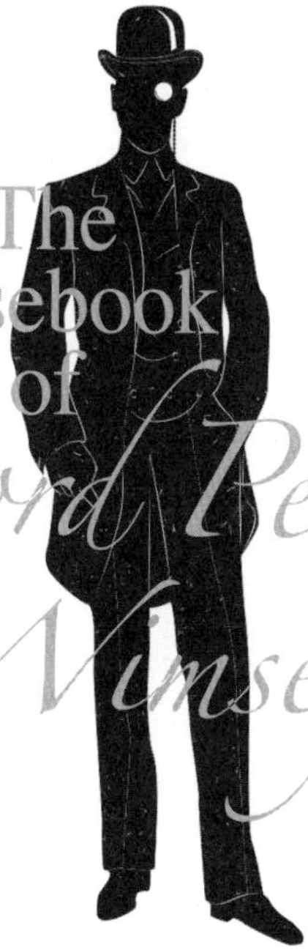

The Casebook of *Lord Peter Wimsey*

史 上 最 迷 人 貴 族 偵 探 的 推 理 日 常

導讀

閱讀《溫西爵爺偵探事件簿》的兩條線索

冬陽

從什麼時候開始，我們願意在電影正片結束後，屁股依然黏在舒適的座椅上，靜靜等候要跑數分鐘之久的演職員名單（當然，九成九的人目光是落在自己的手機而不是銀幕上），看最後幾秒鐘「彩蛋」片段，才心滿意足地離開戲院？又是從什麼時候開始，「彩蛋」有了新的擴充解釋，在電影正式上線播映之前，透過各路媒體或搶先看過試映的影評網紅ＫＯＬ云云，告訴你「不可錯過的Ｎ個彩蛋」？（嘖嘖，看場電影成了尋寶遊戲。）

倘若這已成一種習慣儀式，或是引發大眾投身閱聽的有效手段，也許我該來小小地仿效一下，在你翻讀《溫西爵爺偵探事件簿》之前，提供兩顆大彩蛋（裡頭還有許多小彩蛋唷）——嗯啊，既然這是本偵探推理小說，還是用老派正式一點的說法好了，是兩條重要的「線索」。

關於古典偵探小說

《溫西爵爺偵探事件簿》（*The Casebook of Lord Peter Wimsey*），如果你想從英文書名去找原著作品，恐怕是遍尋不著的。這是本短篇小說集，經由臺灣馬可孛羅出版社獨到的選編，而有了這樣的中英文書名。英文部分乃效法亞瑟．柯南．道爾爵士所寫的福爾摩斯探案，當從雜誌上的短篇故事匯集成單行本時，其中一集取名為 *The Casebook of Sherlock Holmes*（臉譜出版中譯為《福爾摩斯檔案簿》），是彼時許多偵探故事集方便命名的做法（順道一提，Switch 和 Steam 上頭有一款犯罪調查遊戲，則是叫 The Casebook of Arkady Smith）。那時是古典偵探小說的第一黃金時期，發軔於一八九〇年代，打頭陣的正是柯南．道爾與他的名偵探夏洛克．福爾摩斯，其他傳世大師還有傑克．福翠爾、吉爾伯特．K．卻斯特頓、理查．奧斯汀．傅里曼、奧希茲女男爵等人。

若採現代的觀點予以評價，第一黃金時期的作品讀來不免有些單調過時：犯罪偵查與鑑識辦案能力貧瘠、角色深度與情節豐富度顯得平庸、敘事節奏與文句用詞缺乏魅力，似乎只能以「經典」看待，用一種回顧爬梳、研究考古的心情吞食。會有這樣的落差，基本上是因為帶著今日生活經驗和閱讀習慣去理解一個世紀前的社會樣態和價值觀，要是能改從「偵探」的身分及行動去感受思考，將截然不同。

「我是偵探界最後、也是最高的上訴法庭。」偵探身分乍看不過是個進行偵查、動腦推理的解謎角色，但在福爾摩斯說過的這段話裡，明顯展露出尚有「裁判者」身分。古典偵探故事具備確切的框架規矩：必須要有至少一個待解謎團，最好是犯罪事件，關乎生死的謀殺更棒；這麼做似乎是企圖挑起閱讀者的獵奇窺伺，實際上那時候的創作者行文並不特別著墨仇恨、暴力、悲劇和傷痛，裁判者亦不是復仇天使，而是恪守本分地聚焦在有限嫌犯的身上，檢視可能的犯罪動機、做案方式以及下手時機，最好還能讓讀者公平享用線索，這樣雙方才能平起平坐、站在同一起跑線上競爭，最終甘願臣服於偵探的聰明才智，而非贏在諸如外貌、權威、過人直覺等欠缺理性的面向。

「倫敦市區最低級、最敗德的巷子裡的罪行，也不會比這令人愉悅的美麗鄉間更可怕。」偵探的行動理當純粹，不受情慾、金錢、偏見左右，也沒趨炎附勢、汲汲名利的私心袒護，可別將他們視為執拗乖張的正義魔人，但在其心底確實有獨到且堅定的信念。雖然偶爾會給人故弄玄虛的神祕感、瞧不起笨蛋般的冒失無禮，這些倨傲偏執並非他們本意，往往只是害怕出錯、擔憂稍有閃失便讓自己成了無心的二次加害者，因為他們經手的泰半是蘊含執迷、危險、殘酷的獨特人類行動，以及緊張、對立又失序的社會僵局。這些嚴肅議題的最外層常常是吸引人的精巧詭計和刺激冒險，英雄氣質的刻畫遠強過針砭問題的力道，卻也因此培養出豐沃的土壤供下個世代的創作者成長開發——榭爾絲與她筆下的溫西爵爺就是一例。

關於桃樂西・L・榭爾絲與彼德・溫西爵爺

一八九三年六月十三日生於英國牛津的桃樂西・莉・榭爾絲（Dorothy Leigh Sayers），擁有小說家、詩人、劇作家、業餘神學家以及但丁《神曲》翻譯者等多個身分，年輕時在牛津大學薩默維爾學院（該校最早成立的女子學院之一）念完現代語言與中世紀文學後，先短暫從事教職，接著進入出版社工作。第一次世界大戰結束，婦女運動風起雲湧，五年前以「一等榮譽」畢業的榭爾絲終於正式拿到學位，但當時社會的女性權利仍普遍低落，因而激發她思考應該尋求一份更獨立自主的工作事業，興起撰寫偵探小說的念頭，轉行進廣告公司後出版了第一部長篇偵探小說《誰的屍體？》（*Whose Body?*）。

在此之前，E・C・班特萊於一九一三年發表的《褚蘭特最後一案》（*Trent's Last Case*）為榭爾絲的創作帶來重要啟發。這部深具諷刺意味的偵探小說，光從書名就能瞧見班特萊「打著神探反神探」的企圖，他在書中讓一個案子前前後後破了三次，而且還在偵探已為握有的證據做出完美解釋後，另從當事人的自白中得到又一個真相結局——如果不是第一黃金時期建立起來的「格局」，哪有辦法讓班特萊使出「破格」之舉？先前偵探所表露自信滿滿、獨沾一味的姿態，都是可以被質疑和顛覆的，甚至從全然對立的那一面形塑出來。

在《誰的屍體？》一書初登場的彼德．溫西爵爺，就帶著這身嘲諷叛逆味，榭爾絲以為「不是專業警察身分的業餘偵探必須是財務自由和時間自由的，這麼一來才能致力於解決謎案」。她還說：「溫西的豐厚收入是我故意給他的，當時我手頭正緊，幫他揮霍大筆金錢讓我有種快感。當我對自己的寒酸住家不滿時，我就讓他住進皮卡迪利大道上的奢華公寓；當我沒錢坐公車、覺得無聊時，我就讓他開名車出去兜兜風。」榭爾絲的確給予她創造的貴族偵探滿滿的愛，精通犯罪學、坐擁藏書、聆賞音樂、熱衷板球，還有個能幹的邦特貼身服侍，幾近完美童話般的設定之外仍藏有寫實的一面，經歷過戰爭殘酷的溫西面對死亡時總有異於常人的見解。

「細膩繁複」是榭爾絲公認的評價，卻是好壞參半的結果。不喜歡的人認為過於囉嗦冗贅，他們想更快進入到事件調查的緊湊過程，而不是聽人物之間無關緊要的閒聊；喜歡的人享受推理主線之外的閒適風情，那是榭爾絲的特色，可與同輩作家謀殺天后阿嘉莎．克莉絲蒂比肩的能耐，包括描述犯罪的激情、謀殺的恐懼，以及死亡的痛苦。她喜歡描述凶手如何實行並隱瞞犯罪手法，慣常從自身熟悉的領域汲取素材，包括自己傷痕累累的感情生活、鑽研真實謀殺案的嗜好、廣告工作的經驗等等——除了代表作之一《謀殺也得做廣告》（從書名就看得出來）以外，《溫西爵爺偵探事件簿》的第一個故事〈銅手指男子的黑歷史〉，那最關鍵的殺人方法就源自美國一家葬儀公司的廣告（這樣講可沒有爆雷喔）。還有，注意到作家名中間的那個L嗎？榭爾絲曾經因為出版社在一本書上漏印了這個字母而大發雷霆，她認為這是讓讀者記住自己的廣告手段，有助於提升寫作水準和品牌價值哩。

簡單扼要地介紹完古典偵探小說的特色以及榭爾絲和溫西的魅力，希望能成為你閱讀《溫西爵爺偵探事件簿》一書的重要線索，接下來，就請靠自己的力量，盡情享受閱讀樂趣嘍。

（本文作者為推理評論人）

目次
contents

1

銅手指男子的黑歷史

自負者俱樂部是倫敦數一數二友好的聚會場所。你可以在這裡講述前一天晚上做的怪夢，或是宣稱找到了一位多好的牙醫；你想待著寫寫信，享受一下珍．奧斯汀的氣氛也不成問題。這是靜不下來的空間[1]，而且要是別的俱樂部成員前來攀談，你卻一副忙碌或心不在焉的話，就違反了俱樂部的禮儀。可你絕對不能提起高爾夫或是釣魚，以及可敬的佛瑞迪．阿本納特的提案能否在下一次委員會議上表決（目前他的情勢似乎一片大好）；你

1 珍．奧斯汀沒有獨立生活過，日常生活也幾乎沒有孤單獨處的時刻，她創作時大多和母親與姊姊待在起居室，家中訪客川流不息，當客人來訪她就藏起稿子和其他人一起縫紉，並於一八〇九年移居橋頓後直至過世為止寫下大部分作品。

也不能提起收音機[2]，正如那天大家在吸菸室爭辯這個話題時彼德・溫西爵爺[3]所言，你在哪裡都可以談論這些事，要是來了也談這些，俱樂部就毫無特色可言了。沒有人是真的沒**資格**加入的：除了強壯沉默的男子。不過候選者必須通過某些測試；這些測試的本質可由下例得窺一二：一位出眾的探險家因為接受並抽了一根濃烈的特里奇諾波利印度雪茄，並且搭配飲用六三年份的波特酒而慘遭拒絕入會。然而親愛的羅傑・邦特爵士（這位蔬果商是百萬富翁，他贏得《週日驚聲報》提供的兩千英鎊彩金，在英格蘭中部創立龐大的外燴事業）坦然宣稱嗜抽菸斗喝啤酒之後卻備受推崇，大家一致通過他加入。再度正如彼德爵爺所言：「沒有人介意鄙陋，但冷酷絕不能容忍。」

這天晚上，立體主義詩人瑪斯特曼帶了客人前來，一個叫做法爾登的男人。法爾登原本是職業運動員，但心臟不好，不得已於巔峰時期引退，只好憑藉英俊的面孔和挺拔出眾的身材轉而投向大銀幕。他從洛杉磯來到倫敦宣傳最新鉅作《馬拉松》。所幸這人是個可親又質樸的傢伙——俱樂部成員都鬆了一口氣，誰教瑪斯特曼的客人常常難以捉摸。

那天晚上連法爾登在內，棕室裡只有八個人。俱樂部有六、七間同樣的吸菸室；四壁嵌著鑲板和罩燈，配有藍色厚窗簾的棕室可能是其中最舒適的一間。當時阿姆斯壯隨口提起下午在聖殿站碰上的一件怪事，大家就聊開了。拜耶斯說那不算什麼，某個瀰漫濃霧的夜晚他在尤司頓路的遭遇才著實詭異。

瑪斯特曼說倫敦較偏僻的地區充滿作家的素材，舉了親身體驗的一名哭泣女子和死猴子的奇特經歷為例。傑特森接著敘述某天深夜在杳無人跡的郊區看見人行道上躺著一具女屍，腰間插著一把刀，一名警察動也不動地站在屍體旁邊。他問自己是否幫得上忙，警察只說：「我要是你就不會管閒事。先生，她是罪有應得。」傑特森稱始終忘不了這件事。派帝佛告訴大家行醫時遇上的奇怪案例，一名素未謀面的男子帶他去布魯姆斯伯里的一棟住宅，屋裡有個女人中了番木鱉鹼毒；那男人擁有非常豐富的知識，徹夜幫他救人，病人一脫離險境那人就離開了，從此再也沒出現。奇怪的是，當派帝佛問起那名女患者，她驚訝地聲稱從來沒見過那男人，還以為是派帝佛的助手呢。

「這讓我想起來，」法爾登說：「在紐約碰過更神奇的事——我始終搞不懂那到底是瘋子、惡作劇，還是我真的僥倖逃過一劫。」

聽起來是個極具潛力的故事，大家鼓勵客人說下去。

「那是很久以前的事了，」演員說：「肯定超過七年——在美國參戰[4]之前。當時我二十五歲，進入電影界才兩年多一點。那時紐約有個頗有名氣的男人，叫做艾瑞克．P．洛

---

2 Wireless，作者創作年代為二十世紀初期，當時人們熱衷討論無線通訊的可能性，二〇年代曾出現名為Wireless的裝置，是一種簡易的礦石收音機，透過礦石探測無線電電波訊號收聽電臺音樂。

3 沿用國內早年系列作將Lord譯為爵爺。在英國，凡是公爵與侯爵的非長子都尊稱為Lord。

4 指美國一改原先第一次世界大戰的中立政策，於一九一七年四月向德國宣戰。

德，他本來會是個非常好的雕刻家，只不過他太有錢了。至少這是我聽業界的人說的。他以前常舉辦作品個展，有頭有臉的人都會出席，我相信他做了許多不錯的銅雕，瑪斯特曼，或許你聽過他？」

「我沒看過他的作品，」詩人說：「但我記得《明日藝術》上刊登過幾張照片，很有巧思，但有點過火了，他不是做了很多黃金和象牙的玩意嗎？我猜那只是在炫耀他買得起原料。」

「對，聽起來就是他。」

「當然。他還做了一座浮誇至極且醜惡的寫實群像叫露琪娜，而且竟然厚顏無恥地以純金打造，放在自家門廳裡。」

「喔，那玩意！沒錯，簡直慘不忍睹，反正我從來就看不出所謂的藝術性。我猜你可以說這叫現實主義，但我寧可看著賞心悅目的畫作或雕像，不然要它來幹什麼？話又說回來，洛德還是擁有許多吸引人的特質。」

「你怎麼認識他的？」

「喔，對。他看過我的電影《阿波羅蒞臨紐約》，或許你們記得，那是我第一部主演的片子，劇情是一座雕像復活了——就是那種古代神祇雕像——描述雕像如何適應現代都市。監製是親愛的老盧班索恩，他能創造出最高的藝術，你從頭到尾挑不出一丁點兒毛病，一切都非常有品味。雖然我最初身上只能披著一條圍巾，你知道的，就像古典雕像那樣。」

「觀景殿的阿波羅[5]？」

「我敢說是。總之，洛德寫信給我，聲稱身為雕刻家對我很感興趣，因為我身材很好之類的，希望我有空去紐約找他。我大致了解洛德的背景之後，覺得會是很好的宣傳。我合約到期後有了空閒就到東岸找他，他對我非常客氣，請我住上幾個星期，帶我四處遊覽。

「他在離市區大約五哩的地方有一棟漂亮的別墅，裡面收藏了畫作和古董。我想他年紀約莫三十五到四十歲之間，沉穩圓滑，動作靈活，言談間非常得體，似乎哪裡都去過，什麼都見過，而且對任何人都沒有太好的印象。你可以坐著聽他說上好幾小時的話；他知道所有奇聞軼事，從教宗到芝加哥黑幫大佬古魯特。我雖然不愛聽他大談闊論那些不登大雅之堂之事，但並非不喜歡晚餐後的小故事——各位可別覺得我假清高——他說話時會直直盯著你的眼睛，彷彿在懷疑你和那些故事有關。我知道女人會這麼做，也看過男人這樣對付女人，讓她們坐立不安，但他是唯一讓我有這感覺的人。除此之外，洛德是我生平見過最迷人的傢伙，而且正如我剛才所說，他的房子非常漂亮，而且他家的餐點是一流的。

「他擁有的一切都是最好的。他的情婦叫做瑪麗亞．莫蘭諾，我從來沒見過她流露情

5 *Apollo del Belvedere*，創作於古羅馬時期，新古典主義者咸認為最偉大的古雕塑典範。

感。從事演藝事業的人對女性美通常會有較嚴苛的標準，她是那種身材高大、慢條斯理而優雅的美人，性格沉靜，偶爾緩緩地露出燦爛的笑容。這在美國相當少見。她來自南方——他說她以前是歌舞秀女郎，她並未反駁。他十分以她為傲，而她似乎也以自己的方式仰慕著他。他會在工作室展示她，她則幾乎一絲不掛——身上只有一片無花果葉之類的遮蔽物——站在他為她打造的雕像旁邊，由他逐處比較。從雕刻家的眼光看來，她身上似乎只有半吋不是絕對完美之處：她左腳食趾比拇趾來得短。當然啦，他在雕像上糾正了這一點。她總是掛著好脾氣的微笑聆聽這一切，你知道那彷彿有點受寵若驚的模樣。雖然我覺得那可憐的女孩有時被崇拜得有點疲憊，她偶爾會找我談心，說她想經營一家自己的餐廳，演出歌舞秀，雇用許多穿白圍裙的廚師，購置許多精光閃爍的電爐具。「然後我要結婚，」她說：「生四個兒子、一個女兒。」她聲稱已經幫全家人想好了名字，但我聽完卻覺得很淒涼。有一次我們快聊完時洛德走了進來，他露齒而笑的神情讓我覺得他一定都聽見了，我想他不覺得這很重要，這也表示他從來沒了解過這女孩。我認為他沒料到這女人竟然想放棄他給予的生活方式。他雖然占有欲比較強，至少從來沒搞出個情敵給她。雖然他滿口大話，製作醜惡的雕像，她還是迷住了他，而且她很清楚。

「我待了一整個月，過得很開心。這段期間洛德的創作癖發作了兩次，獨自關在工作室裡好幾天，他非常投入這種花招，出關時就舉辦宴會，邀集所有朋友和食客來欣賞他創作的藝術品。他當時正在製作一尊精靈還是女神的銀塑像，瑪麗亞當他的模特兒，其餘時間到處去玩。我們逛遍了所有景點。

「我承認自己很不甘願結束這段美好的時光，但是戰爭爆發，而我早已決定開戰時要從軍。我因為心臟的問題不能上戰場，可還是想支援後勤，所以就收拾行李離開了。

「我本來不覺得洛德會真的捨不得我走，他一再說我們很快會再見面，但我當時在醫院找到了差事，隨即被派往歐洲。直到一九二〇年才再次見到洛德。

「他曾寫信給我，可我一九一九年要拍兩部片沒法去找他。一九二〇年，我終於返回紐約宣傳《激情四射》，洛德立刻寫信來哀求我過去小住，還說希望我當他的模特兒。我心想是一種免費宣傳，於是就同意了。我答應替密司托影片公司拍《死人叢林的傑克》，就是你們知道的那部矮人電影，和澳大利亞的布須曼人[6]一起拍攝。我打電報過去說會在四月的第三個星期抵達雪梨，然後就拎著行李去洛德家。

「洛德非常親切地歡迎我，我覺得他比前一次見面時顯得更蒼老，態度上也變得緊繃。他變得……該怎麼形容才好？比較嚴肅、也更腳踏實地了，但從某方面來說，他那些憤世嫉俗的舉止似乎是認真的，而且愈發針對性。我以前認為他對一切的不信任只是出於藝術家的裝模作樣，但我似乎誤會他了。我看得出來他真的非常不快樂，而且很快得知了

6 bushmen，散居在非洲南部國家波札那西南部的叢林和卡拉哈迪沙漠，是世界上最古老的部族之一，以狩獵和採集為主。一九八〇年代的賣座電影《上帝也瘋狂》描繪的就是卡拉哈迪沙漠深處的布須曼人。

原因。在車上時，我問起瑪麗亞近況。

「『她離開我了。』他說。

「你們知道，我真的很驚訝，我沒料到那女孩這麼有行動力。『怎麼了，』我說：『她去開了一直以來想經營的餐廳嗎？』

「『喔，她對你談過她的餐廳？』洛德說：『我猜你是那種女人會想傾訴的對象。不是，她做了蠢事，離開了。』

「我不知道該說什麼，他的虛榮心顯然受了傷，感情也是。我嘟嚷著一些場面話，然後說這對他的工作和各方面來說肯定是一大損失。他說的確如此。

「我問是什麼時候的事，以及他是否完成了我離開前那座精靈的雕像，他說：『喔，是的，已經完成了』，並說做了另一尊極富創意的雕塑，而且我一定會喜歡。

「我們抵達別墅，用過餐，洛德說他很快要去歐洲，事實上等我離開後幾天就會出發。那尊精靈雕像立在餐廳牆上特製的壁龕裡，真的非常漂亮，非常像瑪麗亞。洛德讓我坐在正對面，我吃晚餐時就能一直看著雕像，老實說，那尊雕像讓我幾乎目不轉睛。他似乎相當以它為傲，不停說著多高興我喜歡，不斷重複說過的話。

「用餐後我們去了吸菸室，他重新裝潢過了。我一眼就看見火爐前一張橡木嵌銀絲的靠背長椅，那張椅子離地好幾呎，造型近似羅馬躺椅，上面擺放著墊子和較高的靠背，座位的部分是個真人大小的鍍銀裸女，如果你們聽得懂我的話，她仰頭躺著，手臂搭在躺椅的靠背上。躺椅上的墊子確實能坐人，但我得說我始終沒法安心地端坐在上頭。這可以在舞臺上表現出色的恬適感，但我注視著洛德在壁爐前癱坐在這張躺椅上，不禁感到震驚，他似乎非常喜歡它。

「『我告訴你，』他說：『這才是創意。』

「我仔細端詳那張椅子，看出那裸女根本是瑪麗亞。雖然裸女的臉部只粗略刻出了輪廓，如果你們知道我的意思的話，我猜他覺得家具更適合大膽的表現。

「我看見那張躺椅之後，覺得洛德變得愈發陰沉。接下來兩個星期，我和他相處時越來越不安，他那針對人的態度更明顯了，我當他的模特兒時，他就坐在另一頭聊著最差勁的話題，瞪著我的眼神極為惡毒，彷彿觀察我能否承受下去。說老實話，他創作的雕塑確實和我很神似，但我寧可和布須曼人相處。

「現在要說到奇怪的部分了。」

每個人都坐直了，更加聚精會神。

「那是在我得離開紐約的前一天晚上，」法爾登繼續說：「我坐在……」

此時有人打開棕室的門，立刻被拜耶斯警告，闖入者默默地在椅子坐下，替自己調了杯威士忌，小心翼翼地不打擾說話的人。

「我坐在吸菸室裡，」法爾登繼續說：「等洛德進來。屋裡只有我一個人，因為洛德讓傭人們放假去看秀還是聽演講什麼的，他則收拾行李準備去歐洲，並且和替他處理事務的人有約。我一定不小心睡著了，因為我驚醒的時候已經是傍晚，不遠處正站著一名年輕人。

「他看起來完全不像闖空門的竊賊，更不像鬼魂，幾乎可說毫不起眼，穿著一套灰色的英式西裝，手臂上搭著一件淺褐色大衣，手上拿著軟帽和手仗。他那淺色的頭髮梳得一絲不苟，平凡無奇的臉孔甚至看起來有點愚蠢，鼻梁很長，戴著單片眼鏡。我瞪著他，因為我知道前門應該上了鎖。然而我還沒完全清醒，他就開了口。他的嗓音很獨特，遲疑中帶點沙啞，有著很重的英國腔。他的話讓我吃了一驚：

「『您是法爾登先生嗎？』

「『您這不是反客為主嗎？』我反問。

「他說：『請原諒我未經許可闖入，我知道這並不得體，但您最好盡快離開這個地方。』

「『你天殺的是什麼意思？』我說。

「他說：『我無意冒犯，但您必須明白洛德從來就沒原諒您。我怕他打算將您做成一座帽架還是電燈桿之類的作品。』

「老天！我得說我真的大吃一驚。他的語調非常沉穩，舉止無懈可擊，但我卻完全不明白他的意思！我想起精神異常者的力氣通常巨大無比，於是默默移向叫人鈴……隨即我又打起了冷顫，我赫然發現這間屋子裡只有我一個人。

「『你怎麼進來的？』我鼓起勇氣問道。

「『我撬開鎖進來的。』他說，像為自己沒帶名片致歉一樣自然。『我無法確定洛德會不會回來，但我真的認為您最好盡快離開。』

「『聽著，』我說：『你是誰？你到底要幹什麼？你說洛德從來沒原諒我是什麼意思？原諒我什麼？』

「『原諒什麼？』他說：『正是——您會原諒我置喙您的私事吧——瑪麗亞．莫蘭諾啊。』

「『老天在上，**她**怎麼了？』我叫道：『你知道她什麼事？我從軍的時候她離開了，這和我有什麼關係？』

「『喔，』那名古怪的年輕人繼續說：『請原諒我，或許我太聽信洛德的一面之詞，真是愚蠢，但我沒想過可能是他搞錯了。您上次來這裡時，他就覺得您是瑪麗亞．莫蘭諾的情人。』

「『瑪麗亞的情人？』我說：『胡說八道！她和她真正的情人跑了，天曉得是誰。他肯定知道我們根本沒在一起。』

「『瑪麗亞根本沒離開過這棟屋子，』年輕男子說：『而且如果您現在不離開，我也無法保證您走得了。』

「『看在上帝的份上，』我氣急敗壞地叫道：『你是什麼意思？』

「那人轉過身，拿起鍍銀躺椅腳上的藍色靠墊扔在地上。

「『您仔細看過這隻腳的腳趾嗎？』他問。

「『沒有，』我回答，不禁大感意外。『幹嘛要看？』

「『您知道洛德製作她的雕像時，曾將左腳趾像這樣做得比較短嗎？』他繼續說。

「我仔細端詳，發現他說得沒錯，躺椅裸女的左腳第二根腳趾比較短。

「『確實比較短，』我說：『他本來就可以這麼做不是嗎？』

「『確實可以。』年輕人說：『但您知道洛德替瑪麗亞．莫蘭諾做的這麼多雕像中，只有這一座的腳趾和真人一樣嗎？』

「他拿起撥火棒。

「『看著！』他說。

「出乎意料地，他舉起撥火棒在銀躺椅上敲出一道深深的裂縫，撥火棒敲在裸女像的手肘處，銀雕像破了一個洞，他抓住雕像的手臂使勁扯開，裡面是空心的。老天在上，我要告訴你們，雕像手臂裡是一根乾掉的骨頭！」

法爾登停頓了一下，喝了一大口威士忌。

「接下來呢？」幾個喘不過氣來的聲音紛紛叫道。

「這個嘛，」法爾登說：「我可以毫不羞愧地說我就像聽見獵人槍聲的兔子一樣，當場逃出那個屋子。門口停著一輛車，司機替我開了車門，我踉蹌爬進去，但我隨即想到整件事可能是圈套，又踉蹌下車，一路奔跑到電車站。第二天我發現我的行李被送來車站，準備送往溫哥華。

「我冷靜下來之後，想知道洛德是否發現我不告而別，但我絕不想再回到那棟可怕的屋子，那心情就像不想服毒自殺一樣強烈。第二天早上我出發前往溫哥華，之後再也沒見過那些人。我不曉得淺色頭髮男人的身分及下落，但我輾轉聽說洛德死了，好像出了意外。」

眾人一陣沉默。

「這故事太好了，法爾登先生，」阿姆斯壯開了口，他也經常從事各種手工創作，事實上阿本納特先生禁用收音機的提案就是來自他的點子。「但您的意思是銀雕像裡是一整付人骨嗎？您是說洛德將真人放進模子裡鑄造？這既困難又危險——只要出一點差錯就完了，而且那座塑像一定要比真人大上許多才能完全覆蓋住。」

「法爾登先生無意間誤導你了，阿姆斯壯，」一個沉穩沙啞的嗓音突然從法爾登椅子後面的陰影中傳來。「那座塑像並非銀製，而是將銅包覆屍體直接電鍍。事實上那位女士先由謝菲爾德電鍍法處理過了。我猜她在鍍銀過程結束後，身上柔軟的部位肯定已經被胃蛋白酶消化，要不就是類似的腐化過程。這我不能確定。」

「嗨，溫西，」阿姆斯壯問候。「你剛剛進來嗎？怎麼能說得這麼肯定？」

溫西的聲音讓法爾登非常震驚，他從椅子上跳起來，將燈轉向照亮溫西的臉。

「您好，法爾登先生，」彼德爵爺說：「很高興再度見到您，我要為我們前一次見面時不合宜的舉止道歉。」

法爾登握住眼前伸出的手，遲遲說不出話來。

「你這個推理狂人，你的意思是法爾登說的神祕人物就是你？」拜耶斯質問：「喔，好吧，」他粗魯地加上一句，「從他活靈活現的描述也早該猜到了。」

「既然你來了，」《晨呼報》的記者史密斯．哈汀頓說：「我想你應該說完剩下的故事。」

「那只是個玩笑嗎？」賈德生問。

「當然不是，」彼德爵爺還沒來得及回答，派帝佛就打斷他：「怎麼會是開玩笑？溫西見識過的怪事夠多了，不會浪費時間調查惡作劇。」

「說得很對，」拜耶斯說：「他擁有所謂的推理本能，還總是管些不該管的閒事。」

「非常感謝你，拜耶斯，」爵爺說：「但要是那天晚上我沒找上法爾登先生，他現在會在哪兒呢？」

「啊，這正是我們想知道的。」史密斯．哈汀頓問道：「好了，溫西，別閃躲了，非聽你說清楚不可。」

「還要說完整。」派帝佛加上一句。

「而且只說這個故事。」阿姆斯壯說，靈活地從彼德爵爺面前抄走威士忌酒瓶和雪茄。「快從實招來，老傢伙，否則你一口酒也不能喝，一口菸也不能抽。」

「野蠻人！」爵爺抱怨。「事實上，」他用同樣的腔調繼續說道：「我並不真的想說這個故事，我可能會因此捲入非常不愉快的處境——可能是過失殺人，甚至謀殺。」

「老天！」拜耶斯說。

「沒事的，」阿姆斯壯說：「不會有人洩漏出去，你知道俱樂部不能沒有你。史密斯・哈汀頓得克制自己不手癢，如此而已。」

大家都保證守密。彼德爵爺坐定了，說起了他的故事。

「艾瑞克・P・洛德的奇案讓我們得以再度窺見，渺小的人類意志背後操縱一切的奇特力量。足可稱之為天意、稱之為命運。」

「我們稱之為廢話，」拜耶斯說：「可以省略這一段了。」

彼德爵爺呻吟一聲，再度開口。

「我第一次對洛德產生好奇心，是因為在紐約的移民局聽到某人的一句話。我剛好因為比爾茲太太的小問題得去辦點事，那人嘀咕著：『艾瑞克・洛德見了什麼鬼要去澳大利亞？我以為歐洲才是他的菜。』

「『澳大利亞？』我說：『你搞錯了，親愛的老傢伙。他前幾天才對我說要去義大利待上三個星期。』

「『才不是義大利，』那人說：『他今天來這裡一直詢問怎麼去雪梨，要辦哪些必要的手續等等。』

「『喔，』我說：『我猜他要巡遊太平洋，順道拜訪雪梨。』但我心裡起了懷疑，前一天見到他的時候，他為什麼沒提起這件事。他非常明確地說要去歐洲，先遊巴黎，然後去羅馬。

「我相當好奇，於是第三天再去找洛德。

「他看見我似乎很高興，不斷提及馬上要出發旅行。我再次問起他的旅遊計畫，他明白表示要直接去巴黎。

「就這樣，而且其實這不干我的事。於是我們聊了些別的話題，他說法爾登先生在他出發前要來小住，並希望法爾登先生離開前能擔任雕像的模特兒。他說從來沒見過像法爾登先生這般身材如此完美的男人。『以前就想邀他當模特兒，』他說：『不料戰爭爆發，沒來得及開口他就從軍去了。』

「與此同時洛德一直癱在那張醜惡的躺椅上，我剛好轉頭望向他，看見他眼中閃過極為惡毒的神色，不禁嚇了一跳。他撫摸著裸女像的脖子，露齒而笑。

「『我希望不是謝菲爾德電鍍法的雕像。』我說。

「『這個嘛，』他說：『我正想替這張躺椅找個伴。你知道啦，〈沉睡的運動員〉之類的。』

「『你還是鑄模比較好，』我說：『鍍銀為什麼鍍得這麼厚？細節都被毀了。』

「這話讓他很不高興，他從來就不喜歡自己的作品遭受批評。

「『這是實驗性作品，』他說：『我下一次就要創造出傑作，等著瞧吧。』

「爭論當頭，管家走進來詢問是否要替我準備一張床過夜，因為外頭天氣不佳。我們完全沒注意天氣。我從紐約出發時是有山雨欲來的態勢，此刻望向窗外已然傾盆大雨。不過若非我開的是一輛敞篷小跑車，原本倒也無礙，想像待會兒得在大雨中開上五英里實在教人卻步。於是洛德勸我留下來過夜，我答應了。

「我覺得有些疲累，隨口說了想進房間就寢。洛德表示要去工作室處理一些事務，我看著他沿走廊離開。

「你們不讓我提天意，好吧，我只能說真的很不巧我在半夜兩點醒來，發現自己躺在一灘水裡，管家在床上放了熱水袋，但那只熱水袋可能許久沒使用，半夜塞子鬆開漏水。我悲慘地在濕答答的床上躺了十分鐘，然後鼓起勇氣起身察看情況。大致沒救了——床單、毯子、床墊全溼透了。我盯著沙發椅，突然靈機一動。我記得工作室裡有張很棒的躺椅，上面鋪了一大張毛皮，還擺著很多墊子。我何不去那裡睡到天亮？我帶著隨身的小手電筒，走出臥房。

「工作室裡沒人，我猜洛德處理完事情去睡了。躺椅就在那兒，還有一座屏風半掩著，我躺上去縮進毛皮裡準備睡覺。

「我正恍惚著進入夢鄉，卻聽到了腳步聲。不是從走廊傳來，而是來自工作室另一端。我很驚訝，因為我不知道那方向有出入口。我拉緊毛皮蓋滿全身，不一會兒看見洛德的工具櫥櫃那頭透出一絲光線，光線越來越亮，洛德出現了，躡手躡腳地走進工作室。他在畫架前停下，掀開上面蓋著的布；我可以從屏風的縫隙看見他。他定定站在那兒好幾分鐘，研究著畫架上的素描，然後迸出我這輩子有幸聽過最邪惡的笑聲。

「要是我原本曾想讓他知道我在場，一聽到那笑聲就全然打消了這個主意。不一會兒他再度拿起布蓋住畫架，從我進來的門口離開。

「我等到確定他走遠後才起身，四周變得異常安靜。我走向畫架，想看他到底畫了什麼了不起的傑作。我一眼就看出那是〈沉睡的運動員〉的草圖，我一面看，一面感受著幾乎要籠罩全身的恐懼。這股深植於心的恐懼在我腹中成形，直直爬上了髮根。

「我的家人總說我過於好奇，我只能說連野馬也拉不住我開啟那座工具櫥櫃的衝動。我覺得肯定會有邪惡的玩意從裡面撲向我——我緊張萬分，而且夜色漸深了——但我還是勇敢地拉開門把。

「我驚訝地發現櫃子甚至沒上鎖。門立刻開了，裡面是整整齊齊的架子，洛德根本不可能藏在裡面。

「這時我已經完全清醒過來。我尋找著肯定存在的彈簧鎖，不一會兒就找到了，櫥櫃的背面無聲地往裡側打開，我發現自己站在一道狹窄的樓梯頂端。

「我確保暗門能從裡面打開，這才走下樓梯，還從工具架上拿了一把結實的槌子，以防萬一。然後我關上門，像小精靈一樣輕巧地走下陳舊的樓梯。

「樓梯底部出現另一扇門，我不一會兒就破解了機關，興奮之餘仍謹慎地打開門，並作勢舉起槌子。

「但房裡似乎沒有人。只見手電筒照出某種液體的反光，然後我摸到了牆上的電燈開關。

「我置身於一個方形的大房間，看上去是個工作室，右手邊牆上有個大型配電盤，底下擺放一條長椅。天花板中央吊著一盞大泛光燈，就在一只整整七呎長、三呎寬的大玻璃槽正上方。我打開泛光燈，朝玻璃槽裡瞧，只見裡面裝滿深褐色的液體，我知道這是用於銅鍍的氰化物和硫酸銅。

「玻璃槽上方桿子懸吊的鉤子空蕩蕩的，房間另一端可看見一只半啟的集貨箱，我拉開箱蓋，箱裡放著好幾排銅陽極——足夠在真人大小的雕像鍍上四分之一吋厚的銅。此外還有一只釘死了的小箱子，從重量和外觀看來，我揣測箱裡是鍍銀用的材料。我四下尋找其他材料，很快就找到了——為數不少的石墨和一大罐清漆。

「當然，並沒有任何啟人疑竇的證據。洛德沒理由不能雕個石膏像，再以謝菲爾德電鍍法處理。但沒過多久，我發現了一個**沒理由**在那裡的東西。

「牆邊的長凳上可看見一片一吋半的橢圓形銅片，我猜是洛德當晚做的。那是美國領事館鋼印的電鑄複製品。就是那種蓋在你護照上，避免照片更換成你朋友吉格司先生的安全標識，這可以讓吉格司趁亂逃離蘇格蘭警場的搜捕。

「我坐在洛德的凳子上，想清楚了這小伎倆的所有細節。我認為這件事有三個關鍵：第一，我得查出法爾登是否打算近期前往澳大利亞，要是沒有，我所有的推論都泡湯了；第二，假使他和洛德都是深色頭髮，那會有很大的助益，而他的髮色確實是深色的——至少在護照上看起來夠接近了。我只在那部阿波羅的電影裡看過他，但他在電影裡戴著長假髮。不過要是我待在附近等他來找洛德，就能看見本人；第三，當然，我得查出洛德是否有任何怨恨法爾登的理由。

「我想我在這個房間待得夠久了，再待下去可能會危害健康，而且洛德隨時可能回來，我也沒忘了旁邊一大槽的硫酸銅和氰化鉀，很適合拿來處理多管閒事的客人。我對於加入洛德家具的行列實在不感興趣，也一向不嗜好刻意偽裝成他物的物品——例如一部狄更斯全集其實是只餅乾盒子。而雖然我並不特別想參加自己的葬禮，但葬禮起碼要有品味。我擦拭掉可能留下的指紋，然後回到工作室，重新安置好長椅。我可不想讓洛德察覺我進去過。

「還有一件事讓我很好奇。於是我躡手躡腳地沿著走廊回到吸菸室，鍍銀的躺椅在手電筒燈光下閃閃發亮。此時我覺得我厭惡這躺椅的程度彷彿達到先前五十倍之多，但我仍鼓起勇氣，仔細端詳雕像的腳。我聽過瑪麗亞．莫蘭諾第二根腳趾的故事。

「最終我還是在房間的扶手椅上過了一夜。

「後來我得處理比爾茲太太的事及必要的調查，足足過了好一陣子才插手洛德的小遊戲。我發現法爾登在美麗的瑪麗亞．莫蘭諾失蹤前幾個月到洛德家住過。對不起，我在這件事上實在有點蠢，法爾登先生，我以為或許你們真的**有點**什麼。

「別道歉，」法爾登輕笑一聲。「演電影的都放蕩成性且惡名昭彰啊。」

「您還要刺激我嗎？」溫西似乎有點受傷。「我道歉。總之，洛德也這麼認定了。剩下一個證據是我必須百分之百確定的。電鍍——特別是我心裡想的那種棘手的活——絕非一個晚上就能完成；從另一方面來說，必須讓人們在紐約看見活著的法爾登先生，直到他預定離開的那一天為止。洛德肯定也打算證明法爾登先生確實按計畫離開紐約，抵達雪梨。因此偽裝的法爾登先生會帶著法爾登的證件和護照，上面貼著新照片，蓋有領事館的鋼印，靜靜地消失在雪梨，搖身一變成為艾瑞克．洛德先生，以自己的護照返國。這樣一來，顯然密司托影片公司就會收到一封電報，通知法爾登先生要改搭晚一點的船回去。我把這項任務交給我的貼身助理邦特，他非常能幹。我忠心的手下跟蹤洛德整整三星期，終於在法爾登先生預定離開的前一天，百老匯的辦公室發出了一封電報；又一次在非常幸運的天意下，他們所用的鉛筆非常堅硬。」

「老天！」法爾登叫道：「我記得有人提過電報，但從來沒想到這和洛德有關。我以為是西方電力公司搞的蠢事。」

「正是。我一得到消息，就揣著開鎖工具和自動手槍來到洛德家。老邦特和我一起，要是我沒在一定的時間回來，他就會打電話報警。所以你瞧，各方面都安排好了，在外面等你的司機正是邦特，法爾登先生，但你起了疑心——這也不怪你——所以我們只能再將你的行李送去車站。

「我們過去的時候，湊巧和洛德的傭人們錯身而過，他們正搭車前往紐約。這表示我的推測是正確的，這樣事情就簡單了。

「你們都聽過我和法爾登先生初次碰面的那段對話了，我也沒什麼要補充的，我看見他安全離開之後，就朝工作室走去。裡面沒有人。於是我打開密門，如我所料，樓梯底下的門透出一道光線。」

「洛德一直在那裡？」

「他當然在。我緊握著槍在手心裡，小心翼翼而緩慢地開了門。洛德正站在配電盤和玻璃槽間忙碌著——忙到沒注意我進去。一大堆石墨鋪在地上，他的手被石墨染黑，忙著將一條長長的銅線圈接上變壓器的輸出端。大集貨箱打開了，所有的鉤子也都掛好了。

「『洛德！』我說。

「他轉身面對我，那張臉簡直不像是人類。『溫西！』他叫道：『你他媽的在這裡幹什麼？』

「『我來告訴你，』我說：『我知道蘋果怎麼包進餡餅裡。』我讓他看見我手上的自動手槍。

「他大吼一聲，衝向配電盤關上燈，讓我無法瞄準。我聽見他撲向我，黑暗中傳來撞擊和液體飛濺的聲響，還有那道我從來沒聽過──至少戰爭這五年來未曾聽過──也絕對不想再聽到的恐怖尖叫。

「我朝配電盤伸出手，打開所有開關，電燈全亮了，最後亮起的是大槽上方的泛光燈，射出一道明亮刺目的光線。

「他躺在那裡，微微抽搐著。你們很清楚氰化物是最迅速也最痛苦的毒藥。我還沒來得及採取任何行動，他就死了──中毒後溺死。絆倒他的電線隨他掉進了大槽，我不假思索地伸手一拉，被電得踉蹌後退。我赫然發現我可能找電燈開關時接通了電源，於是再度看向桶裡。他跌進去時雙手抓著電線，線圈纏在他手指上，電流規律地在那被石墨染黑的手上鍍了一層銅。

「我明白洛德已經死了，要是被人發現對我可能非常不利，因為我確實持槍威脅他。

「我在工作室裡找到焊接工具，然後上樓打電話給邦特，邦特以破紀錄的速度趕了十英里路過來。我們一起到吸菸室裡，盡可能焊接回那該死的雕像手臂，然後擺放回工作室。我們清理掉所有指紋，和我們留下的一切痕跡。我們沒有碰電燈和配電盤，繞了非常遠的路程才返回紐約。我們只帶走領事館鋼印的複本，並且扔進了河裡。

「第二天早上管家發現洛德的屍體。報紙上刊出他做電鍍實驗時不小心掉進大槽裡意外身亡的消息。報導中提到一個可怕的事實：他的雙手都鍍上了一層非常厚的銅，若非暴力無法去除，只好就此下葬。

「事情經過就是如此。阿姆斯壯，拜託，現在能喝我的威士忌蘇打了嗎？」

「那張躺椅呢？」史密斯．哈汀頓追問。

「洛德的財產拍賣時我買下來了，」溫西說：「我找了一位熟識的天主教老神父，在最嚴格的保密誓言下向他陳述整個故事。他是個明白事理、感情豐富的老傢伙。某個月明星稀的晚上，我和邦特扛著那玩意上車，載到離市區幾里外的小教堂，在墓園一角替它舉行了基督教的葬禮。這似乎是最好的結局。」

2

袋中物的神奇恐怖事件

北方大道像一條鋼灰色的平坦緞帶蜿蜒伸展。兩個黑點沿著大道急馳向前，將豔陽和強風拋在身後。對公路警察來說，那只是兩個「天殺的飆車手」。他們猛按喇叭，迅捷地接連從一側超過警察。前方不遠處一個有家室的男人小心駕駛著一輛加掛雙座邊車的機車，配備OHV引擎的諾頓機車轟隆作響，緊接著是史考特飛鼠的尖聲咆哮，他微笑起來，他單身時也參與過這種長年的競賽，他望著兩臺競速機器朝北方奔馳，惋惜地嘆了一口氣。

在橫跨哈特菲爾德的橋上那出乎意料惱人的S型彎道處，諾頓車手滿心驕傲地轉身，挑釁地朝追逐而來的人揮手。就在那一刻，一輛滿載的巨大遊覽車從橋頭朝他衝來，他猛然緊急甩尾閃避，史考特車手戲劇化地轉過S彎道，左右腳踏板輪流擦地，超前了勝利的數碼距離。諾頓油門全開往前奔馳，一群孩子驚慌失措地倉皇奔過馬路，史考特車手以酒醉般的搖晃曲線閃過孩子們。障礙物消失了，追逐賽再度展開。

沒人明白摩托車手為什麼一面歌頌野外奔馳之樂，一面每週末消耗大量的汽油，在彼此的廢氣中駛向邵森德、布萊頓和馬蓋特；一手忙著按喇叭，一腳踩在煞車上，眼望四方：神經緊繃地搜索警察、轉角、死路和想在路口自殺的傢伙。車手在困惑的憤怒中奔馳，憎恨彼此，在崩潰的情緒中抵達，爭奪停車位。隨後他們踏上回程，遭新到的車子閃瞎了眼，他們憎恨這些人更勝於憎恨彼此。在這期間北方大道依舊像一條鋼灰色的平坦緞帶蜿蜒伸展——宛如賽車跑道般沒有陷阱、沒有障礙、也沒有車流。沒錯，這條路並非通往任何了不起的地方，但話又說回來，每一家酒館其實差不了多少。

瀝青路面一哩又一哩地延伸，波達克往右的急轉彎，比格爾斯威德錯綜複雜的路網、眼花撩亂的路標讓人暫時停駐，但追逐者並沒有更接近。全速通過坦普司弗德，狂按喇叭廢氣沖天，然後像颶風般狂嘯掃過貝德佛德叉路口的道路救援服務站。諾頓車手再度回頭瞥去，史考特車手又猛按起喇叭。路面平坦如棋盤，堤防和田野環繞著地平線。

伊斯頓索肯的警員絕對不是反機車手的惡魔，事實上他才剛下腳踏車，與路口當班的維修站員工愉快地聊著天。但他是個正直且敬畏上帝的人，沒想到眼前竟有兩名瘋子以時速七十英里衝進他的轄區——當地長官還正好駕著小馬車通行。他奔跑到路中央，氣勢萬千地張開雙臂。諾頓車手看見了這名警員，以及警員身後讓情勢更趨複雜的小馬車和一輛牽引車，看來無法逃避眼前的狀況。車手扳回油門桿，踩下尖叫的煞車，一頓一頓地終於停下來。史考特車手有鑑在前，驅著如小貓般愉快呼嚕響的車子自在地趕了上來。

「好了，」警員斥責：「你們瘋了嗎？就這樣百里高速衝進鎮上？這裡可不是布魯克蘭賽車場。我從沒見過這種事，我得記下你們的名字和車號。納吉特先生可以作證，他們時速超過八十英里。」

維修站員工很快瞥向兩輛車的把手，確定黑羊不是他群裡的，然後以公正不阿的口吻說：「我想大約是六十六點五英里，假使需要我上法庭作證。」

「聽著，你這蠢貨，」史考特車手義憤填膺地對諾頓車手說：「你聽見我按喇叭，為什麼不停下來？我帶著你那天殺的包裹追了你將近三十英里。你就不能管好你該死的行李嗎？」

他朝著以繩子綁在自己車上的小袋子示意。

「那玩意？」諾頓車手不屑地說：「你說什麼？那不是我的。我這輩子可沒見過那玩意。」

這厚顏無恥的否認讓史考特車手瞠目結舌。

「看在老天的份上……」他倒抽一口氣，「你這大白痴，我看見它掉下來的，就在哈特菲爾德。我大喊大叫猛按喇叭，我猜你的引擎噪音大到你完全聽不到別的聲音。我多事幫你撿起來，還一直跟在你後面，而你一副瘋子般拚命往前衝，害我撞上警察。多事幫忙路上的瘋子就是這種謝禮。」

「這和我無關，」警員說：「你的駕照，先生。」

「喏，」史考特車手忿忿地答應著，掏出皮夾。「我叫渥特司，這是我最後一次當好人管閒事，以後別麻煩了。」

「渥特司，」警員仔細地將這個名字寫在筆記本上。「和辛普金，你們很快會收到傳票，約莫一星期後，我想應該是星期一前後。」

「四十先令就這麼沒了，」辛普金一臉怒容地說，扭動他的節流閥。「好吧，我想也無可奈何。」

「四十先令？」警員嗤之以鼻。「你以為就這樣？瘋狂駕駛是公共危險罪，罰你們一人五英鎊算客氣的了。」

「喔，該死！」另一人說，用力踢踩發桿，引擎轟然點火。只見渥特司靈活地騎車上前擋在諾頓車手面前。

「喔，你別想逃，」他惡狠狠地說：「你絕對要帶走你天殺的行李。別狡辯，我親眼看見它從你車上掉下來。」

「好了，說話禮貌點。」警員開了口。他突然發現維修站的人以奇異的目光打量著那只袋子，並朝他比手勢。

「哈囉，」警員又說：「袋子是怎麼回事？這裡。我想看一下袋子，先生，假使你不介意的話。」

「這可和我完全無關，」渥特司將袋子遞上前。「我看見它掉下來，然後……」他的聲音倏地梗在喉中，視線緊盯袋子的一角，一道潮溼駭人的深色液體正慢慢滲透出來。

「你撿袋子的時候曾留意到這塊汙漬？」警員問，接著遲疑地戳了戳袋子，再看向自己的手指。

「我不知道……不，我想沒有，」渥特司結巴道：「我什麼都沒注意到。我、我想它落地時裡面的東西破了。」

警員不作聲，拉開了袋子的縫隙，又很快轉身揮手要幾個停下來看熱鬧的年輕女孩離開。維修站的人好奇地朝袋裡瞥了一眼，隨即驚恐地踉蹌後退。

「喔，老天！」他驚呼：「那是鬈髮！是個女人。」

「這不是我的，」辛普金尖叫。「我對天發誓這不是我的，這傢伙想栽贓在我頭上。」

「我？」沃特司倒抽一口氣。「我？怎麼，你這齷齪的殺人魔，我就說我看見這袋子從你車上掉下來。怪不得你看我追上來就拚命逃跑。警員，逮捕他，送他去坐牢！」

「哈囉，警員，」他們身後傳來了聲音。「什麼事這麼熱鬧？我想知道你是否曾看見一名帶著小袋子的摩托車手？」

一輛引擎蓋相當驚人的大敞篷車在一群人旁邊停下，像貓頭鷹般悄然無聲。這群情緒高亢的人們一致轉向駕駛。

「是這個袋子嗎，先生？」

駕駛推開防風鏡，露出削瘦的長鼻梁和一對略顯憤世嫉俗的灰眼睛。

「這看起來有點……」他開口道，很快看見了袋子一角滲出的可怕液體。「看在老天的份上，」他問道：「那是什麼？」

「我們正想知道答案，先生。」警員陰沉地說。

「哼，」駕駛說：「我好像挑了最不恰當的時機來問我的行李，實在太不合時宜。我現在可以說這袋子不是我的，但一點說服力也沒有。但這的確不是我的，而且我必須說假使這真是我的，我根本不需如此費力來找。」

警員抓了抓腦袋。

「兩位先生……」他開了頭。

兩名摩托車手同時激烈地否認，此時周圍早已聚集了一群看熱鬧的好事者，維修站的員工則一面設法驅趕這群人。

「你們得跟我去警察局，」焦頭爛額的警員說：「不能站在路旁阻礙交通，好了，別想要花招。你們推摩托車過去，我搭你的車，先生。」

「要是我開車綁架你呢？」駕駛露齒一笑說道：「那要怎麼辦？來，」轉頭對維修工說：「這輛車你能開嗎？」

「沒問題！」維修工說，駕駛的視線愛憐地從長長的排氣管望向車身奔放的曲線。

「好，上車吧。警員，你可以監督別的嫌犯上警局。我非常善於處理細節。對了，煞車有點猛，別用力踩，你會吃驚的。」

在平靜的伊頓索肯前所未有的高昂氛圍中，袋子的鎖在警察局遭強行打開，袋裡那恐怖的物體小心翼翼地放在桌上。除了包裹用的層層乳酪布之外，沒有任何有助於解謎的線索。

「好了，」警司說：「各位對此知道些什麼？」

「什麼也不知道，」辛普金面色蒼白地說：「只除了這人想栽贓在我頭上。」

「我在哈特菲爾德看見這玩意從這人的車上掉下來，」渥特司堅持立場：「我追了他足足三十英里，試圖叫他停下來。我所知道的就這麼多。我向上帝發誓我希望自己從來沒碰過這該死的玩意。」

「我對這袋子也一無所知，」駕車的男人說：「但我想我知道那是什麼。」

「那是什麼？」警司尖銳地問。

「我認為是芬斯伯里公園謀殺案遺失的頭顱——不過我得聲明這只是猜想。」

「我也這麼想，」警司說著瞥向攤在桌上的報紙，頭條新聞就是這恐怖罪案的各種細節。「如果真是這樣的話就恭喜你了，警員，你逮捕了非常重要的嫌犯。」

「謝謝您，長官。」警員感激回應，敬了個禮。

「我得記下你們每一個人的證詞，」警司說：「不，先讓警員說。可以嗎，布格斯？」

警員、維修工和兩名摩托車手分別陳述了自己的證詞。警司轉向駕車的男人。

「你有什麼要說的？」他詢問：「首先告訴我名字和地址。」

那人拿出一張名片，警司抄了下來，然後恭敬地還給他。

「我車上有個裝著昂貴珠寶的袋子，昨天在皮卡迪利被偷了。」駕車的男人說：「那袋子和眼前這只非常像，只不過我的是密碼鎖。我向蘇格蘭警場報案後，今天他們通知我，一個非常相似的袋子昨天下午被寄存在帕丁頓車站。我趕過去，服務人員卻說接到警方通知前，那袋子就被一名摩托車騎士領走了。一名搬運工聲稱看見那人離開車站，另一個流浪漢則說那人已經騎摩托車離開。那約莫在一小時前。我當時想可能沒希望了，因為甚至沒人注意到是哪一個廠牌的摩托車，更別提車牌號碼了。幸好有個聰明的小女孩，那女孩在車站外頭徘徊，聽見一名摩托車手詢問計程車司機前往芬奇利最快的路線。我讓警方去找計程車司機，自己開車到芬奇利。我在那裡碰到一名聰明的童子軍，童子軍看見一名摩托車手的車上載著一只袋子，於是揮手朝他大喊皮帶鬆了，摩托車手下車綁緊後，又上車朝奇平巴尼特駛離。那孩子離得太遠看不出機車的廠牌，只知道不是道格拉斯廠牌，因為那孩子的哥哥有一輛。我在巴尼特聽說了一個奇怪的小故事，有個穿著防風皮衣的男人神色蒼白地踉蹌衝進酒吧，一口氣喝掉兩杯雙份白蘭地，又駕車飛也似地離開。車牌號碼？當然沒有，是酒吧女侍告訴我的，她沒注意車牌號碼。然後我一路往前開，過了哈特菲爾德，聽聞兩名摩托車手一路狂飆，於是我們就在這裡了。」

「爵爺，在我看來，」警司說：「飆車的應該不只他們倆。」

「我承認，」男人說：「但我還是要為自己辯護，我沒有危及婦孺，只在空曠的大路上加速，而當時的重點是……」

「爵爺，」警司說：「我聽過您的陳述了，如果可以的話，我會向帕丁頓和芬奇利那裡求證。至於這兩位先生……」

「這非常明顯，」渥特司插嘴道：「袋子從這人車上掉落，他看見我撿起袋子追他，以為正好可以將這該死的玩意推到我頭上。真是太聰明啦。」

「才不是這樣，」辛普金抗議：「袋子在這傢伙手上——我不曉得他是從哪兒得到的，但多半猜得出來——然後他靈機一動決定陷害我。光是**嘴裡說**看見別人車上掉下來什麼很容易，但口說無憑啊，皮帶在哪裡？要是他的話是真的，那你應該會在我車上找到斷掉的皮帶，然而那袋子可是在他車上綁得緊緊的。」

「對，是綁著的，」另一人反駁道：「要是我謀殺了什麼人，帶著他們的腦袋逃跑，你以為我會蠢到拿條爛繩子隨便繫上嗎？你的皮帶斷掉而且落在路上了，絕對沒錯。」

「好了，聽我說，」被稱為「爵爺」的男人緩緩開口：「我有個主意。警司，假設你能派足夠的人手監視這三個走投無路的罪犯，然後我們一起去哈特菲爾德。我車上可以載兩個人，你們又有警車。要是那玩意真的從車上掉下來，或許會有渥特司先生以外的人看見。」

「可沒人看見。」辛普金說。

「周圍沒有別人，」渥特司說：「但誰能確定呢？我就以為這袋子是你的啊。」

「我的意思是那袋子並沒有從我車上掉下來，所以沒人看見。」辛普金又急忙接話。

「爵爺，」警司說：「我接受您的建議，這樣也可以查證您的說法。我並不是懷疑您這樣具身分地位的人，我看過您解決案件的報導，爵爺，您真的非常傑出。但我職責所在，還是要盡可能查個清楚。」

「好傢伙！正是，」爵爺說：「那麼輕騎兵隊出發吧。我們可以輕鬆地在一個半小時之內抵達——當然是在遵守法定速限的情況下。」

♛

四十五分鐘後，跑車和警車靜靜地駛入哈特菲爾德。四人座車領頭，渥特司和辛普金在車上怒瞪彼此，不一會兒渥特司揮揮手，兩輛車都停了下來。

「我記憶中袋子應該是在這裡掉下來的。」他說：「當然，現在這兒什麼也沒有。」

「你確定皮帶沒一起掉下來？」警司問：「原本肯定有什麼綁著它。」

「當然沒有皮帶，」辛普金激動地說：「你不應該問這種引導性的問題。」

「慢著，」渥特司彷彿想起了什麼。「不，的確沒有皮帶，但我記得曾在離這裡四分之一哩的路上看見某個東西。」

「他說謊！」辛普金尖叫。「都是他編造的。」

「就在一、兩分鐘前，我們經過那名開著雙座邊車的男人旁邊，」爵爺說：「我問你是否該停下來詢問需不需要幫忙，警司，旅途上互相幫助之類的。」

「那男人沒什麼能告訴我們的吧，」警司說：「他或許才剛停下來。」

「我可不敢確定，」爵爺說：「你注意到他在做什麼嗎？喔，老天、老天，你們的眼睛都長在哪裡？哈囉！他過來了。」

爵爺跳下車，對那人揮手。開著雙座邊車的男人看見現場四名警察，決定還是停下來較好。

「不好意思，」爵爺說：「我們正想停下來問你是否沒事，但是油門卡住了，一時停不下來，真該死。你遇上了點小麻煩是嗎？」

「喔，完全沒事，謝了。但要是能支援我一加侖汽油的話，我會非常感激。我的油箱鬆了，天殺的，害我忙了好一陣子。老天有眼，路上發現一條斷掉的皮帶，姑且先頂著用。只是油箱在螺絲鬆脫處裂了點縫，所幸沒爆炸什麼的，肯定有天使保佑摩托車手。」

「皮帶？」警司說：「恐怕你得讓我看一下。」

「什麼？我才剛修好這該死的玩意，搞什麼……？好的，親愛的，好的。」他轉頭安撫乘客，又回頭問：「這很嚴重嗎，警官？」

「恐怕是的，先生，很抱歉要麻煩你。」

「嘿！」一名警察叫道，敏捷地擋住想跳出車後座的辛普金先生。「這樣也沒用的，你跑不掉了，老兄。」

「毫無疑問，」警司得意洋洋地一把抄過那人遞上來的皮帶。「名字在這裡，『J．辛普金』寫得明明白白。非常感謝你，先生。你幫我們逮捕了一名非常重要的犯人。」

「真的假的！**是誰**？」側座的女孩叫道：「好刺激喔！是謀殺案嗎？」

「看看明天的報紙吧，小姐。」警司說：「或許能看到報導。布格斯，最好替這傢伙戴上手銬。」

「我的油箱怎麼辦？」雙座邊車的駕駛懊惱地說：「妳高興是很好，芭芭拉，但妳得下來幫忙推車了。」

「喔，不會的，」爵爺說：「這裡有一條皮帶。一條更好的皮帶，品質好上許多的皮帶，還有汽油，以及一只隨身酒瓶。年輕人都該知道的東西。等你們進城記得來找我。彼德．溫西爵爺，皮卡迪利110A。隨時歡迎。再見。」

「謝啦！」男人說，擦擦嘴脣，平靜了下來。「非常高興能幫上忙。警官，下次逮到我超速時，別忘了我的功勞。」

「能找到他真是太幸運了，」他們繼續開進哈特菲爾德，警司滿意地說：「真是天助我也。」

「那是我撿到的，」戴著手銬的辛普金在哈特菲爾德警局一臉悲苦地說：「我向老天發誓我真的什麼都不知情——我是指謀殺案。我認識一個在伯明罕做珠寶生意的人，我們並非熟識，事實上去年復活節才在紹森德認識，就此交上了朋友。他叫做歐文——湯瑪斯·歐文。昨天他寫了一封信給我，聲稱不小心將一只袋子留在帕丁頓車站的寄物間，問我能否幫他領出來——他也同時在信裡附上收據——下次進城時幫他帶過去。你知道我是做運輸生意的——我給了你名片——所以總是在這一帶往返。今天我剛好騎著諾頓要往這方向，所以午餐時間就去領袋子，騎著車載走了。我並沒注意收據上的日期，只知道我不需要付錢，可見物品沒有寄存很久。一直到芬奇利都和你說的一樣，那男孩告訴我皮帶鬆了，我就停下來綁緊，然後我注意到袋子的一角裂開，而且因滲出的液體幾乎溼透。然後……我看見了你們都看到的，我嚇到了，一時驚慌失措，腦子裡只想著盡快擺脫這玩意。我記得北方大道沿路很荒涼，所以就割斷了皮帶。這是我在巴尼特停下來喝一杯的時候，我見四下無人，伸手到後頭拉了一下皮帶，袋子就和皮帶一起掉落。皮帶沒有繫在車上。袋子掉了，我心頭也像有塊大石頭落了地。我猜渥特司是在袋子掉下去時湊巧轉彎過來看見。接下來一、兩英里外遇上一群羊過馬路，我不得不減緩速度，這時聽到他朝我猛按喇叭。然後……喔，我的老天！」

他呻吟出聲，臉埋進了手掌裡。

「原來如此，」伊頓索肯的警司說：「好吧，這是你的說法。至於那個湯瑪斯．歐文……」

「喔，」彼德．溫西爵爺叫道：「別管湯瑪斯．歐文了，他不是你要找的人。殺人犯不會專程要人送顆腦袋到伯明罕給他的。照理說那玩意應該一直待在帕丁頓的寄物間，直到聰明的犯人逃之夭夭，或是那玩意面目全非為止。順帶一提，我的家傳珠寶應該還在寄物間，就是你的朋友歐文先生從我車裡偷走的。辛普金先生，冷靜下來，你去寄物間領袋子的時候，誰站在你旁邊。試著想起來，因為這座小島將不再有他容身之處，我們待在這裡閒聊的時候，他就要搭船離開了。」

「我想不起來，」辛普金呻吟。「我沒注意，我現在腦中亂成一團。」

「不要緊，回想一下，冷靜地想，想像自己剛下車，將車子停靠在某處……」

「沒有，有車子的支架撐著。」

「很好！就是這樣。現在想一想，你從口袋裡拿出收據，試圖叫喚服務人員。」

「一開始根本沒辦法。有個老太太想寄放一隻金絲雀；另一個趕時間的高胖男人帶著一堆高爾夫球桿，還對一個安靜的矮小男人很不客氣……老天！對了，那男人拿著一只和這很像的袋子。沒錯！那個矮小羞怯的男人將袋子放在櫃檯上好一會兒，那胖子又推開他。我不清楚詳細情況，因為這時我已經領到了袋子。那胖子將他的行李推到我們兩人前面，我得伸手到更前面……我猜，對，肯定是我拿錯了。老天！你的意思是那不起眼又怯生生的矮個子就是殺人犯？」

「很多殺人犯都是這模樣。」哈特菲爾德的警司說：「快，說出他的長相！」

「約莫五尺五吋高，戴著一頂軟帽，身穿灰色的長大衣，毫不起眼，眼睛有點突出，眼神飄忽不定。但我要是再看見他也可能認不出來。喔，等一下！我記起來了，他的左眼底下有個奇特的疤痕，月牙的形狀。」

「那就對了，」彼德爵爺說：「正如我所料。警司，我們拿出袋裡的東西時，你認得那張面孔嗎？不認得？我認得。那是女明星妲莉雅．戴梅耶，她本來預計下星期前往美國，臉上有月牙疤痕的矮小男人是她的丈夫菲利普．史托瑞。他們的故事滿糟糕的，妲莉雅毀了他，待他非常惡劣，還搞婚外情，看來最後還是菲利普贏了。但我想最後贏的應該是法律。警司，快點發電報，同時打電話到帕丁頓，好在湯瑪斯．歐文先生發現事情不對勁之前，讓我來得及領走我的袋子。」

「無論如何，」渥特司寬宏大量地朝慚愧不已的辛普金伸出手。「這是一場非常精采的飆車賽，確實值得收張罰單。改天再比一次吧。」

♛

翌日清晨，一名外表平凡的矮小男人踏上橫越大西洋的郵輪「遨翔號」。在舷梯頂端撞上兩個人，其中較年輕的拿著一只小袋子轉身道歉時，臉上露出驚訝的神情。

「哎喲，這不是史托瑞先生嘛！」他大聲說道：「這是要去哪裡？好久沒見到你了。」

「不好意思，」菲利普・史托瑞說：「我恐怕不……」

「別這樣，」年輕男人笑道：「我不會看錯你的疤痕，要去美國？」

「嗯，是的。」史托瑞回應，男人誇張的態度引起了旁人的注意。「對不起，您是彼德・溫西爵爺，對吧？我要去美國和我太太會合。」

「她還好嗎？」溫西問道，領著他走進酒吧坐下。「她是上星期出發吧？我在報紙上看到了。」

「是的，她打電報來叫我過去。我們……呃，我們要去……呃，大湖區度假。」

「她打電報給你？我們竟搭上了同一艘船，人生真是不可思議，對吧？我才接到消息要去追捕罪犯。你知道，那是我的興趣。」

「喔，這樣嗎？」史托瑞舔了舔嘴脣。

「對了，這位是蘇格蘭警場的派克探長，我的好朋友。沒錯，非常讓人不愉快的案件，真討厭，本來該好好待在帕丁頓車站的袋子卻跑去伊斯頓索肯了。完全不應該在那裡的，對吧？」

他冷不防將袋子使勁扔向桌面，力道之猛烈連鎖都迸開了。

史托瑞尖叫著一躍而起，雙臂護住袋子的開口，彷彿不想讓人看見袋中物。

「怎麼會在你手上？」他尖叫。「伊斯頓索肯？這，我從來沒有……」

「這是我的，」溫西平靜地說，那悲慘的傢伙頹然坐下，明白自己說溜了嘴。「袋子裡是我母親的珠寶，你以為是什麼？」

派克探長輕輕拍著那矮個子的肩膀。

「你不用回答這個問題，」他說：「菲利普．史托瑞，我以涉嫌謀殺妻子的罪名逮捕你。你說的任何話都可能成為對你不利的證據。」

3

爭議焦點的丟臉鬧劇

「彼德爵爺，恐怕您將壞天氣也帶來了。」佛比謝皮姆太太開玩笑地埋怨。「要是天氣一直這樣壞，葬禮那天可就不好辦了。」

彼德．溫西爵爺瞥向晨室窗外溼透的綠色草坪和樹叢，雨水毫不留情地沖刷過如雨衣般硬挺閃亮的月桂樹枝葉。

「葬禮時總是得站在外面風吹雨打。」他承認。

「是啊，但這對老人家而言太辛苦了。不過在這樣的小村子裡，這可是他們整個冬天唯一能出來透透氣的機會，也終於有了能聊上幾星期的話題。」

「這場葬禮有什麼不一樣的嗎？」

「親愛的溫西，」他的東道主說：「顯然你從倫敦鄉下過來完全搞不清楚狀況。小道多林從沒有過這樣的葬禮，這是一場盛會啊。」

「真的？」

「喔老天，當然是真的。你還記得老柏達克吧？」

「柏達克，讓我想想。他不是當地仕紳嗎？」

「曾經是。」佛比謝皮姆糾正。「他死了——約莫三個星期前死在紐約，送回來安葬。柏達克家族在一棟大房子裡住上好幾百年，如今全埋在教堂墓地裡，當然，不包括那些死在戰場上的。柏達克的祕書打電報傳來訃文，說等防腐師處理完成就會送回屍體。今天早上船抵達了南漢普頓，六點半遺體就會從城裡運到。」

「你要去迎接嗎，湯姆？」

「不，親愛的，我想沒那個必要。村裡自然會有很多人去。喬立夫那幫人樂不可支，還為此向小莫提默借了兩匹馬。我只希望馬兒不要掙脫韁繩踢翻靈車就好。莫提默的馬性子通常都滿烈的。」

「但是湯姆，我們得向柏達克家致意。」

「明天參加葬禮就夠了。為了他們家族的人，我想我們非去不可，至於那老頭……不會有任何人想對他致任何敬意。」

「喔，湯姆，人都死了。」

「也是時候了。不，阿嘉莎，用不著假裝老柏達克不是一個壞心眼、壞脾氣、生活靡爛無比的老流氓。這世界沒有他更好。他最後惹出的醜聞讓他在這裡待不下去，得離開這個國家去美國，即便如此，要是他沒錢打通關節，估計也會被關進大牢。所以我才對漢考克這麼不高興，我不介意他自稱牧師，雖然對老好人韋克斯而言神職人員就足夠了——他畢竟是個法政牧師——我也不介意他的法衣。他甚至可以打扮成英國國旗，我不在乎，但是讓老柏達克停靈在南方走道上，周圍點著蠟燭，由『紅牝牛』的哈伯德和道金斯的兒子祈禱到半夜，我覺得該適可而止了。妳知道嗎，大家不喜歡這樣——至少老一輩的不喜歡。我敢說年輕人無所謂，只想找點樂子，但這樣冒犯了很多農夫，畢竟農夫們很了解柏達克。教區委員辛普森昨晚非常激動地來找我談這事。沒有比辛普森更老實的人了。我說會找漢考克談談，事實上今天早上我就說了，但就像在對著教堂的西門喃喃自語。」

「漢考克先生正是自以為無所不知的那類年輕人，」他妻子說：「明智的人就會聽你的，湯姆。你是行政官，一輩子住在這裡，你對教區的了解肯定遠勝於他。」

「漢考克有個荒謬的主張，」佛比謝皮姆說：「那老頭生前越邪惡就需要越多人祈禱。我說：『想讓老柏達克的靈魂離去，可不是你和我祈禱就辦得到的。』哈哈！他又說：『我同意你的說法，佛比謝皮姆先生，因此我讓八個守靈人徹夜祈禱。』我不得不承認那年輕人讓我啞口無言。」

「八個？」佛比謝皮姆太太驚訝地說。

「據我所知不是同時，而是兩人一組輪流祈禱。我說：『好吧，我想你該考慮這是給了非國教徒[1]把柄。』這他自然無法否認。」

溫西自己取用果醬。非國教徒似乎總是在找把柄，至於是哪一種把柄——門把、茶壺把、喞筒把、還是啟動把——從來沒人能夠解釋，也不知道就算找到了把柄該運用在哪裡。但他從小在這氛圍長大，對這類奇特的異議相當熟悉，於是接著說：

「在這麼小的教區裡還過於極端不好吧，也牴觸了樸實長老們和村裡鐵匠的理念，他女兒還在唱詩班裡唱詩篇一百首呢。柏達克家族沒意見嗎？他有幾個兒子不是嗎？」

「現在剩兩個。亞爾戴死了，馬汀在國外，和他老爸大吵一架後離開的，之後應該沒再回來英國。」

「他們為什麼吵架？」

「喔，那件事搞得一塌糊塗。馬汀和一個女孩惹上了麻煩——演電影的還是打字員之類的女孩——聲稱要娶她。」

「喔？」

「對，真是太糟糕了，」女主人接著說：「他原本和德拉派姆家的女孩幾乎要訂婚了——戴眼鏡那個孩子，你知道，這一鬧就成了大醜聞，幾個魯莽至極的人找上門，堅持見老柏達克一面，而他挺身面對——這我必須加以稱讚，他不是那種會被嚇倒的人。老柏達克表示那女孩得怪自己，想告馬汀的話請便——就算拿他兒子的事勒索他也沒用。管家自然在門口偷聽了全部經過，並向全村說了。之後馬汀．柏達克回家，和他老爸吵得幾哩外都聽得到，並且聲稱根本沒這回事，本來就打算娶那女孩。但我不明白怎麼會有人想娶勒索犯的家人。」

「親愛的，」佛比謝皮姆溫和地說：「我覺得妳這麼說對馬汀不太公平，對他妻子的父母也是。馬汀對我說那女孩的父母都是正經人，只不過不在同一個階級；當然他們找上門是想知道馬汀的「打算」。要是我們女兒碰上這種事，妳也會這麼做的。可老柏達克自然會覺得對方是為了勒索，畢竟他是那種覺得一切可以用錢解決的人，他覺得自己的兒子絕對有權利誘惑必須工作的女人。我並不是說馬汀沒做錯……」

「我覺得馬汀和他父親根本是從同一個模子出來的，」女主人反駁：「他娶了那女孩，要不是他非娶不可的話，幹嘛那麼做？」

「妳知道他們並沒有孩子。」佛比謝皮姆說。

「或許吧。我相信那女孩肯定和她父母是一夥的。你知道馬汀．柏達克一家在那之後一直住在巴黎。」

「是沒錯，」她丈夫承認：「這件事實在太不幸了。他們查馬汀的地址費了不少功夫，但我相信他很快會回來的。據說他正在拍電影，可能沒法趕回來參加葬禮，」

1 十六世紀，英格蘭進行宗教改革後脫離天主教會，通過法令成立英國國教，尊國王為英國教會之首，要求臣民信奉國教。而不肯服從的非國教教派及信徒被稱為「非國教徒」。

「要是他還有點孝心，就不會讓拍電影影響他。」佛比謝皮姆太太說。

「親愛的，有種東西叫做合約，要是毀約會罰非常多錢。我不覺得馬汀賠得起，他父親不太可能留任何財產給他。」

「馬汀是次子？」溫西詢問，他覺得要禮貌地對老生常談的鄉下八卦表示一點興趣。

「不是，他是長子。房子當然歸他，莊園也是，雖然這都不算什麼了，產業變得不值錢。老柏達克在經濟繁榮期靠橡膠股票發財，他的錢很可能早就安置妥當──天曉得在哪裡，因為他們什麼也沒找到。他的錢很可能全留給了哈維蘭。」

「最小的兒子？」

「對，哈維蘭在城裡頗有地位──某家公司的董事長──我想是做絲襪的。很少人見過他。他一聽說父親的死訊就趕來了，目前住在漢考克家。老柏達克四年前去美國之後，就將大房子鎖了起來。我猜哈維蘭認為在馬汀決定怎麼做之前，不用費心整理房子，所以才讓遺體安放在教堂裡。」

「真的省了很多麻煩。」溫西說。

「是啊……但我覺得哈維蘭應該展現更敦親睦鄰的態度。考慮到柏達克家族在村裡的地位，葬禮後村民理應獲得像樣的招待。通常如此。而且既然漢考克一家接待了哈維蘭，他總不能反對蠟燭和守夜祈禱。」

「或許不能，」佛比謝皮姆太太說：「但哈維蘭來找我們會更得體，而不是住在完全不認識的漢考克家。」

「親愛的，妳忘了我和哈維蘭．柏達克曾因他在我們土地上打獵而大吵一架。我寫過那些信之後，就算他來訪，我也不想邀請他住下。我不得不說他父親對這件事的態度非常正確，而且哈維蘭對我非常無禮，我沒辦法假裝沒發生那些事。不管怎樣，我們不該總向您嘮叨這些瑣事。彼德爵爺，假使您用完早餐了，要不要出去走走？一直下大雨真是太可惜了——您看不到花園一年當中最漂亮的景致——但或許您有興趣瞧瞧我的西班牙小獵犬。」

彼德爵爺表示非常想看小獵犬，不一會兒就踩著濕答答的碎石路走向犬舍。

「健康的鄉村生活真是無與倫比，」佛比謝皮姆說：「我總覺得冬天的倫敦教人沮喪萬分，完全無事可做，去住上一、兩天，偶爾看場戲什麼的還不錯，但怎能日復一日地住在那裡，我真不明白。我得向普朗凱特唸一下這道樹拱門，」他加上一句，「都長得變形了。」

他一面說一面折斷一根垂下來的長春藤蔓，長春藤憤怒地抖動著，在溫西的脖子上灑下一陣小雨。

西班牙小獵犬和牠的家人占據了馬廄裡一處通風舒適的地方。一個穿著馬褲和綁腿的年輕男子出來迎接，並抱起小狗讓訪客們看。溫西坐在倒扣的桶子上，嚴肅地瞧著一隻隻小狗。母狗小心檢查過他的靴子，哼了兩聲之後判斷值得信任，在他膝上流了一灘口水。

「讓我瞧瞧，」佛比謝皮姆問道：「牠們多大了？」

「十三天，先生。」

「有好好餵奶嗎？」

「有的，先生，現在吃麥芽食品，似乎非常適合牠。」

「啊，沒錯，普朗凱特雖然有點懷疑，但我曾聽人大力推薦。他不太喜歡實驗，但我基本上同意就是了。對了，普朗凱特在哪裡？」

「他今天早上不太舒服，先生。」

「啊，真是糟糕。梅里德，他的風溼又發作了嗎？」

「不是的，先生，普朗凱特太太對我說他受到了驚嚇。」

「驚嚇？什麼驚嚇？阿爾夫和愛兒西都沒事吧？」

「沒事。事實上……我聽說他看見了點東西，先生。」

「你說他看見東西是什麼意思？」

「這個嘛，先生……他說是警告之類的東西。」

「警告？老天，梅里德，他絕對不能胡思亂想。普朗凱特真教我吃驚，我一直以為他頭腦很清楚。他說是怎樣的警告？」

「我不太清楚，先生。」

「他肯定說過他看到的東西吧？」

梅里德的表情略顯僵硬。

「我真的不好說，先生。」

「這不行，我得去看看普朗凱特。他在家嗎？」

「是的，先生。」

「我們立刻過去。你不介意吧，溫西？我不能讓普朗凱特搞垮自己，要是他受了驚嚇，最好還是去看醫生。好吧，繼續幹活，梅里德，好好照顧母狗，別讓牠受涼了，溼氣會從磚地竄上來。我一直想在磚地鋪上整片水泥，但這得花不少錢。」他領頭走過溫室，朝一棟附有廚房花園的小屋走去。「我想不出來普朗凱特會被什麼嚇到，只希望不是什麼麻煩。他年紀大了，但應該還不至於相信警告這種事。你難以想像這些人腦子裡在想什麼，我猜他肯定在『疲倦旅人』喝了點東西，然後回家路上看到人家晾的衣服了。」

「不是衣服，」溫西不假思索地糾正。他推理的腦袋立刻察覺這想法有多愚蠢，又不得不開口說明這的確無關緊要。「昨天晚上下大雨，那天是星期四，星期二和星期三天氣很好，洗好的衣物應該都乾了。不會是洗的衣物。」

「好、好吧──那就是別的，可能是一根桿子，要不就是吉登斯老太太的白驢。我得承認普朗凱特有時會喝多了，但他是個非常實在的好人，大家不如就睜一隻眼閉一隻眼。這地方的人很迷信，熟識之後會告訴你各種各樣的怪事。他們偏離我們所知文明的程度會讓你驚訝萬分。怎麼，不是說我們這裡，是十五哩外的艾伯茨博爾頓，打一隻兔子可能要賠上一條命。你知道的，女巫之類的玩意。」

「我並不驚訝，還有人說德國某些地區有狼人呢。」

「我想也是。啊，到了。」佛比謝皮姆舉起手杖使勁敲著小屋的門，然後不等來人應門就轉起了門把。

「普朗凱特太太，妳在嗎？我們能進來嗎？啊！早安。希望沒打擾妳。梅里德說普朗凱特不舒服。這位是彼德．溫西爵爺——我的好朋友，也就是說我是**他的**老朋友，哈哈！」

「先生，您早。爵爺，早安。普朗凱特一定非常高興見到你們。請進。普朗凱特，皮姆先生來看你了。」

坐在壁爐前的老人顯得垂頭喪氣，哀愁地轉過頭，微微起身，輕觸前額。

「好了，普朗凱特，你怎麼啦？」佛比謝皮姆先生以鄉下仕紳探訪下屬的熱切態度問道：「我聽到你沒上工很擔心，老毛病又犯了嗎？」

「不是的，先生，不是的，先生。謝謝您，先生。我身體好得很。但是我得到警告，我活不久了。」

「活不久？胡說，普朗凱特。你不能說這種話，你只是有點消化不良而已。我很清楚那讓人沮喪，我腸胃不適時就會覺得不想活了。服一劑蓖麻油，或是老式的水銀藥丸和鹽水通便劑，絕對有效，然後你就不會提什麼警告、快死了之類的話。」

「**我的**病沒藥醫的，先生。那些看過我看見的東西的人，沒有人好起來。但既然您和這位老爺在這裡，我想拜託您一件事。」

「當然，普朗凱特，什麼事都行。」

「我想立遺囑，先生。老牧師以前都這麼做，但這新來的年輕人只顧著點蠟燭，我不覺得他能好好替我立個有效的遺囑，先生，我不希望走了以後留下爭議。既然剩下的時間不多了，要是您能替我白紙黑字寫下我的這點財產都留給莎拉，她之外就平分給阿爾夫和愛兒西，我會非常感激。」

「我當然能幫你，普朗凱特，隨時效勞。但別淨胡說什麼遺囑，你活著送走大家我都不覺得奇怪呢。」

「不，先生，我一直很健康，這我不否認。但我的大限到了，先生，不得不走了。我們都有這一天的，我很清楚。只是親眼看見靈車來接我，知道墳墓裡不得安寧的死者就在車上時，還是嚇到我了。」

「好了，普朗凱特，你不是說你相信靈車那種古老的謠言吧？我還以為你是有教養的人，要是阿爾夫聽見你這般胡扯會怎麼說？」

「啊，先生，年輕人並不是萬事通，而且許多上帝的造物是在書上找不到的。」

「好吧，」佛比謝皮姆先生開了口，似乎受到這個話題吸引。「我們知道天地之間很多事是個人哲思所無法想像的，賀瑞修[2]。一點沒錯，但現在可行不通了。」他反駁道：「二十世紀已然沒有鬼魂，只要靜下來仔細想想就會知道你錯了。整件事可能有個非常單純的解釋。老天！我記得佛比謝皮姆太太某天晚上醒來嚇得魂不附體，只因為她以為有人在臥房門口上吊。真是愚蠢的念頭，畢竟我就好好地在她旁邊——她還說我在打呼呢，哈哈！——要是有誰想上吊，絕對不會跑來我們臥房門口。好吧，她死命抓著我的手臂，要我起床察看怎麼回事，你猜是什麼？我的長褲！我拿衣架掛起來的，襪子還塞在褲管裡！我說嘛！後來她因為我沒收好衣服嘮叨了我一頓。」

佛比謝皮姆笑了起來，普朗凱特太太盡責地附和：「就是啊！」她先生搖搖頭。

「或許是吧，先生，但我昨晚親眼看見死亡馬車了。剛好在教堂鐘響的午夜時分，我看見它沿著老修道院牆邊的那條路駛來。」

「你半夜在那裡做什麼？」

「先生，我去我妹妹家，她兒子休假下船回來。」

「我敢說你喝了不少酒慶祝，普朗凱特。」佛比謝皮姆責備地朝他搖搖手指。

「不是的，先生，我不否認我喝了一、兩杯麥酒，但腦子可清楚得很。我太太能向您說我回家時很清醒。」

「沒錯，先生。普朗凱特昨晚沒喝多少，我可以發誓。」

「你看見了什麼，普朗凱特？」

「我看見死亡馬車，就和之前說的一樣，先生。馬車沿路面奔馳而來，陰森森的白影，先生，和死人一樣悄然無聲——那確確實實是死去般的安靜，先生。」

「只不過是一輛要去林普崔還是海瑞厄汀的板車罷了。」

「不是的，先生。不是板車，我數過馬匹，是四匹白馬，而且沒有馬蹄和轡繩的聲響，也沒有……」

「四匹馬！好了，普朗凱特，你肯定是眼花了。這裡沒人駕四匹馬的車，除非是艾伯茨博爾頓的莫提默先生，但是他不可能在午夜外出駕車。」

「的確是四匹馬，先生，我看得很清楚。而且不是莫提默先生，他是小型的馬車，我看見的是一輛大車，沒有燈卻會自行發光，像月光般的顏色。」

「喔，胡說八道！昨晚根本沒有月亮，一片漆黑。」

「是沒錯，先生，但是馬車自己會發光，就像月亮一樣。」

「而且你說沒有燈？我想知道警察會怎麼說。」

「人世間的警察沒辦法攔下那輛馬車的，」普朗凱特不屑地說：「世上沒有任何人能承受那幅景象。我必須說，先生，這還不是最糟的，那些馬……」

「馬車行駛得很慢嗎？」

---

2 出自莎士比亞《哈姆雷特》第一幕第一場。

「不，先生，馬在跑，只不過馬蹄沒有著地，也沒有聲音。白色的馬蹄距離黑色路面可高上半尺呢。而且馬沒有頭。」

「沒有頭？」

「沒有，先生。」

佛比謝皮姆笑出聲。

「好了，好了，普朗凱特，你不會要我們相信這些事吧？沒有頭？就算真是幽靈駕駛馬車，馬也不會沒有頭吧？轠繩放哪兒呢，對吧？」

「您笑沒關係，先生，但我們知道上帝無所不能。我清楚地看見了四匹馬，但是項圈上頭沒有脖子也沒有腦袋，先生。我看到轠繩和銀幣一樣閃亮，轠繩直直延伸到馬軛的繩圈上，然後就消失了。我可以拿我這條老命發誓，我真的親眼看見了，先生。」

「這幅神奇的景象裡有人駕車嗎？」

「有的，先生，有人駕車。」

「我猜那人也沒腦袋？」

「是的，先生，沒有腦袋，至少除了大衣之外什麼都沒看到，是那種肩膀上附有小披肩的老式大衣。」

「好吧，普朗凱特，我得說你敘述得非常詳細。你看見那個……呃，幽靈的時候，它離你多遠？」

「那時我剛好走過陣亡將士紀念碑，先生，就看見它沿著大路過來，離我所在處不可能超過二、三十碼。它很快從我旁邊通過，然後由教堂墓園的牆角左轉後就消失了。」

「哎喲，哎喲，聽起來太怪了。但那天晚上很黑，在那距離下可能看錯了。你應該聽我的話，別再想啦。」

「啊，先生，您這麼說也對，但大家都知道看見柏達克死亡馬車的人會在一星期內死去，抵抗也沒用的，先生，事情就是這樣。假使您能達成我立遺囑的願望，我知道莎拉和孩子們能得到點遺產，就可以安心地死了。」

佛比謝皮姆替普朗凱特寫了遺囑，仍一面數落他的不是。溫西在遺囑上以證人的身分簽名，並且安慰了當事人。

「我要是你，就不會太擔心那輛馬車，」他說：「就算那是柏達克的馬車，也是來接老先生的，畢竟不可能去紐約接他不是嗎？只是準備迎接明天的葬禮罷了。」

「很有可能，」普朗凱特同意。「每當柏達克家辦起喪事的時候，人們就會在這一帶看見馬車。看見的人實在很倒楣。」

提到葬禮似乎讓他高興了一點。訪客們紛紛勸他別再多想，隨即告辭。

「這些人的想像力，」佛比謝皮姆說：「可不是太厲害了？還很頑固，你可以和他們辯論到斷氣為止。」

「沒錯，但我們去教堂看看吧，我想了解從他的位置能看到什麼。」

小道多林的教堂就和一般鄉間教堂一樣，和鄰近房舍間隔一段距離。從海瑞厄汀、艾伯茨博爾頓和弗林普敦的大路經過教堂墓園的西門——一塊上帝的聖地，裡面滿是古老的墓碑。南邊是一條狹窄陰暗的小路，古老的榆樹枝蔭蒼鬱，另一邊是更古老的道多林修道院遺跡。陣亡將士紀念碑立在大路旁，離大路和古老的修道院小徑交會處不遠，大路從這裡直接通往小道多林。教堂墓園兩側是另一條小路，當地村民稱為後巷。通往海瑞厄汀的路在教堂北邊約百碼處分岔出這條後巷，然後連接修道院小路的另一端，迂迴通往舒特林安德伍德、海姆西、崔普昔和威克。

「不管普朗凱特以為看到了什麼，」佛比謝皮姆說：「絕對是從舒特林來的。後巷只繞過一片荒地和一、兩棟小屋，任何從弗林普敦來的人肯定會走大路。這條小路雨後的路況非常差，親愛的溫西，就算以你的推理能力，恐怕也沒辦法在現代的瀝青路面上找到車輪痕跡。」

「自然沒辦法，」溫西說：「尤其是車輪根本沒觸及地面的幽靈馬車。但你的推論非常合理，先生。」

「可能只是一、兩輛遲到的市場貨車，」佛比謝皮姆不以為意繼續說著：「唯一的可能恐怕就是迷信和當地啤酒了。這樣的距離之下普朗凱特不可能看得到駕車馬軛那種細節，就算馬車沒出聲，他也早就走過路口朝另一頭前進，怎麼會注意到呢？相信我，他只聽到車輪聲，剩下都是想像出來的。」

「或許吧。」溫西說。

「當然啦，」東道主繼續發表推理：「要是馬車沒有燈還真應該調查一下，那樣太危險了，現在來往太多車輛，得好好讓這些駕駛提高警覺才行。前幾天我才因為同樣的事要一個傢伙繳罰款。既然都來了，你想看看教堂嗎？」

彼德爵爺知道鄉下地方的人們一定會上教堂，於是表示很樂意參訪。

「一直是開放的，」行政官說，領頭從西門進去。「牧師認為教堂應該隨時開放，讓人們祈禱。牧師是從鎮上來的。但這附近的人都在外頭下田，你知道他們不會穿著工作服和沾滿泥巴的靴子進教堂，他們覺得這太失禮了，而且還有別的事得忙。此外我對牧師說，開放教堂等同給了宵小機會。但牧師只是個年輕人，非從經驗中得到教訓不可。」

行政官推開門，他們走進去，一陣奇特的溼氣和陳腐的焚香味迎面而來——彷彿濃縮了英國國教會的氣息。兩座裝飾著花朵的鍍金聖壇劃開了沉重的陰影，在充滿壓迫感的小諾曼式建築中顯得鮮豔奪目。這裡充滿了矛盾的對比。人類和溫度在此顯得異樣且陌生，寒冷和疏離反而成了這座空間的本質。

「南方走道那頭，漢考克稱為聖母禮拜堂的場地是全新的，」佛比謝皮姆說：「當時很多人反對主教寬容地看待高教會派的財產——儘管有些人覺得過於寬容——但又有什麼關係。我敢說我的祈禱不管聖餐桌是一張還是兩張都是一樣的，而且我得承認漢考克很會應付年輕的男孩和女孩。在機車這麼流行的時代，能讓年輕人對宗教感興趣真的不容易。我猜小禮拜堂裡的支架是為老柏達克的棺材準備的。啊，牧師來了。」

一名穿著牧師服的削瘦男子從祭壇旁邊的門裡出現，朝兩人走來。男子拿著一座橡木製的大燭臺，帶著略顯職業性的笑容迎接他們。溫西立刻判斷男子性格認真，容易緊張，而且不是很聰明。

「這些燭臺剛送到，」牧師結束自我介紹後說：「本來擔心會來不及，總算解決了。」

牧師將燭臺放在棺材架旁，從旁邊長凳上的一個包裹裡拿出一根未漂白的長蠟燭，插在黃銅釘上。

佛比謝皮姆沒有吭聲，但溫西覺得要表現出一點興趣才行。

「真的非常可喜，」漢考克在溫西的鼓勵下說：「看見大家對教會事務愈來愈投入。今天晚上的的守夜人也很快就找到了。共有八個人守夜，兩人一組輪班，從晚上十點輪值到我明天上工——也就是早上六點，我主持彌撒的時候。守夜人輪班到兩點，然後我太太和女兒接班，哈伯德和洛林森家的年輕人同意輪四點到六點的班。」

「哪位洛林森？」佛比謝皮姆問。

「葛理翰先生的祕書，來自海瑞厄汀。他的確不是這教區的人，但是在當地出生的，願意輪班守夜真是太好了。洛林森要騎機車過來，畢竟葛理翰先生處理柏達克家族事務已經非常非常多年了，顯然希望以某種方式致意。」

「我只希望他整夜不睡後，早上還能保持清醒做事。」佛比謝皮姆不悅地說：「至於哈伯德，那是他的看法。但我得說以一名酒館老闆來說，做這種事很奇怪。可你們高興我也就沒話說了。」

「這座老教堂真的非常漂亮，漢考克先生，」溫西嗅出了話語間蓄勢而發的衝突，隨即岔開話題。

「確實非常漂亮，」牧師說：「您注意到半圓形後殿了嗎？村莊的教堂很少見到這種完美的諾曼式後殿。或許您想過來看看。」三人走過壁龕前一盞吊燈時，牧師略微屈膝。「我們獲得保留的權利。主教……」牧師帶領兩人參觀教堂時愉快地喋喋不休，不時指出座位上華美的座位托板（「當然啦，這是修道院教堂的原物」）和雕刻精細的石水盆及儲物櫃（「很難看到保存這麼完好的了」）。溫西幫他從聖具室裡拿出剩下的燭臺放好，然後走向在門口等候的佛比謝皮姆。

♛

「我以為你今晚要和蘭姆司敦吃飯？」午飯後坐下來抽菸時行政官問道：「你怎麼去？開車？」

「我寧願你借我一匹馬，」溫西說：「我在城裡沒什麼機會騎馬。」

「當然沒問題，親愛的朋友。只不過你恐怕會淋溼。騎波麗芙林德斯吧，運動一下對牠有好處。但你確定要騎馬？有裝備嗎？」

「有。我帶了一條舊長褲，還有雨衣，沒問題的。牠並沒期待我正裝上陣啊。對了，這裡離弗林普敦多遠？」

「走大路的話九英里，但路兩邊非常空曠，穿越公地可以少上約莫一哩路。你打算什麼時候出發？」

「喔，七點左右。我說，先生……要是我晚點回來，可會冒犯佛比謝皮姆太太？我和蘭姆司敦一起從軍，要是回憶起往事可能會聊到很晚。我並不想將你家當作旅館，可是……」

「當然沒關係，不打緊！完全無所謂，我太太一點也不介意。我們只希望你玩得愉快，你什麼時候回來都可以。我給你鑰匙，也會記得不上門鏈。你不介意回來時鏈好門鏈吧？」

「沒問題，馬要怎麼辦？」

「我會叫梅里德等你；他就睡在馬廄。我只希望今晚天氣好一點，可能又要結霜了。哎喲，真是的！明天看起來不樂觀。對了，你可能會看見葬禮隊伍。火車準時的話，差不多那時會到。」

火車應該準時抵達。彼德爵爺騎馬經過教堂西門，看見一輛備極哀榮的靈車停在門前，車旁圍繞著一群人。兩輛致哀賓客的馬車也在場，其中一輛的車伕似乎難以駕馭馬匹，溫西立刻猜到這是向莫提默先生借來的馬。溫西盡可能讓波麗芙林德斯站定，靜靜地停在這群人旁邊表示敬意，望著棺材從靈車上搬下來，通過西門。漢考克穿著全套牧師袍服站在教堂門口迎接，一位司禮和兩名手持火炬的輔祭隨侍在側。這幅景象因下雨蠟燭熄滅稍稍降低了肅穆感，但村人似乎仍覺得極為壯觀。眾人對一名穿著黑大衣、頭戴高帽的高大男子，和他身旁一身高雅黑毛皮喪服的嬌小女子致哀。這位就是絲襪大亨哈維蘭·柏達克，死者的小兒子。大量的白花環分下去，人人低聲讚賞著。唱詩班參差不齊地唱起讚美詩，這群人慢慢走入教堂。波麗芙林德斯使勁甩頭，溫西覺得這表示他該出發了，於是他戴回帽子，朝弗林普敦前進。

他沿著大路走了約四英里，穿越樹林來到弗林普敦公地的邊緣。大路沿著公地周圍的坡地繞了一大圈，然後由下坡進入弗林普敦村。溫西遲疑了一會兒，天色漸暗，對自己騎的馬又有點生疏。所幸穿越公地的小路路況不錯，波麗芙林德斯似乎也很熟悉這一帶，於是他決定走小路。走了一哩半後，平安無事地返回大路。大路卻突然出現岔路，令他困惑了半晌，好在手電筒和路標解決了問題。又過了十分鐘，騎馬的旅人抵達了目的地。

蘭姆司敦上校身材高大、個性快活——即便在戰爭中失去了一條腿也沒變。他有個身材高大、個性快活的妻子，一大家子快活的人，一棟寬敞快活的房子。溫西很快就坐在和屋內各處同樣寬敞快活的壁爐前面，一邊喝著威士忌蘇打，一邊和款待他的主人閒磕牙。他愉快地描述了柏達克家族的葬禮，然後繼續講述幽靈馬車的故事。蘭姆司敦上校笑了起來。

「這附近是有點奇特，」上校說：「警察和其他人一樣糟。親愛的，還記得我去波格生的農場抓鬼嗎？」

「我記得很清楚。」他妻子熱切地說：「女僕們也好開心。崔維特——我們當地的警員——直直衝進來就昏倒在廚房裡，女僕們大呼小叫著，給他倒了我們最好的白蘭地，丹恩則奔出去抓鬼。」

「找到鬼了嗎？」

「鬼是沒找到，但在空屋裡找到一雙靴子和半個豬肉派，我們後來判斷是流浪漢幹的。但我還是得說這一帶的確常有怪事。去年公地失火也查不出原因。」

「吉普賽人啦，丹恩。」

「或許吧，可從來沒人見過他們。而且火災總是莫名其妙發生，比方傾盆大雨時失火，人們還沒趕到火場，火就滅了，只剩下一塊潮溼的焦黑汙痕。公地裡還有個地方連動物都不願靠近，人們稱那裡是「死者之柱」。我的狗兒也不肯過去，真是怪了。我從來沒在那裡看見什麼，但就算大白天牠們還是一點也不想過去。公地過去的名聲不好，當年那兒強盜橫行。」

「柏達克家的馬車和強盜有關嗎？」

「沒有。我猜是以前某個惡名昭彰的柏達克家族成員參加地獄火俱樂部之類的團體，就是那種常聽到的故事，再說這裡的人都相信這種事。當然啦，這樣很好，僕人們晚上就不會亂跑。好，我們去吃點東西吧。」

♛

「你記得，」蘭姆司敦上校說：「那座該死的老磨坊，還有豬圈旁的三棵老榆樹？」
「老天，沒錯！我還記得你好心地替我們炸掉了。那些樹實在礙眼。」
「樹沒了之後還滿教人想念的啊。」
「感謝老天你沒在樹炸掉前想念。我來說說你想念什麼好了。」
「什麼？」
「那隻老母豬。」
「對，沒錯。你記得老派波抓了牠回來？」
「我記得，而且這讓我想起了道邦索恩……」
「先說晚安了，」蘭姆司敦太太說：「你們慢慢聊。」
「你記得，」彼德・溫西爵爺說：「波普漢抓狂那次嗎？」
「不，那時我正押解一群囚犯回後方，但是聽說過那件事。他後來怎麼樣了？」
「我送他回家的。他結了婚，現在住在林肯郡。」
「是嗎？好吧，我猜他沒法控制自己。他只是個孩子。那菲利波特斯呢？」
「喔，菲利波特斯……」

♕

「你的杯子呢，老傢伙？」

「喔該死，老夥計，時間還早啊……」

♕

「真的？好吧，你何不在這裡過夜？我太太會很高興的。我馬上就幫你準備好。」

「不，謝了，非常感激。我得趕回去。我對他們說我會回去的，而且還得栓好他們的門鏈。」

「你做主，但外面還在下雨，就這樣騎馬回去不太好吧？」

「下次我開車來。我們沒事的，雨對皮膚有好處，還能讓玫瑰長得好。別叫醒你的人了，我自已替牠上馬鞍。」

「親愛的朋友，完全不麻煩的。」

「不了，真的，老夥計。」

「我幫你吧。」

他們打開玄關大門，一陣強風夾帶雨勢迎面襲來，他們掙扎走進夜色。時間已經超過凌晨一點，四下一片漆黑。蘭姆司敦上校再度懇請溫西留下過夜。

「不了，真的謝謝你。我不回去老太太可能會傷心的。其實並沒有那麼糟，很溼，但是並不冷。來吧，波麗，過來，大女孩。」

他放上馬鞍，束緊腹帶，蘭姆司敦在旁邊提著燈。吃飽休息過後的馬兒輕快地走出馬欄，脖子往前伸，鼻孔抽動著嗅聞雨的氣味。

「好吧，再見，老朋友，下次再來找我們。真高興見到你。」

「我也是！一點沒錯！向尊夫人問好。柵門開著嗎？」

「是。」

「那再見了！」

「再見！」

波麗芙林德斯朝著回家的方向，輕快地跑過九里大路。一到柵門外，夜色也不再那麼沉重，但雨勢依舊很大。月亮躲在厚重的雲層下，偶爾在天空投映一抹蒼白的光影。黑色的路面上淡淡地反射著光暈。溫西盛著滿腦子回憶和一肚子威士忌，一面騎馬一面哼歌。

他經過岔路口時遲疑了一會兒。該走穿越公地的小路，還是留在大路？考慮了半晌之後，他決定放棄公地——並不是因為那裡惡名昭彰，而是因為地面凹凸不平，還有兔子洞。他一甩韁繩，鼓勵坐騎繼續前進。公地在他右手邊，左邊是由高高的樹叢環繞的田野，樹蔭稍微阻擋了雨勢。

他抵達坡地的最高點，再度經過小路與大路的交會處。此時馬兒顛簸了一陣，他低頭看向波麗芙林德斯。

「撐著點，女孩，」他略為不悅地說。

波麗甩甩頭，繼續前進，試著保持速度。「哎喲，」溫西吃了一驚，勒住韁繩讓牠停下。

「左前腿跛了。」他說完趕緊下馬。「要是妳在離家四哩的地方扭傷了什麼的，妳爸爸肯定會不高興。」他赫然發現這條路空曠異常，沒見到半輛車，簡直就像待在非洲的荒野。

他伸出手撫觸馬兒的左前腿。馬兒安靜地站著，沒有畏縮。溫西很困惑。

「要是以前的話，」他說：「我會以為馬蹄裡卡了石子，但這可是瀝青鋪的路……」

他抬起馬兒的腳，舉起手電筒和手指仔細檢查馬蹄。他的診斷沒錯。一顆螺絲帽，顯然是往來車輛上掉下來的，卡在馬蹄鐵和蹄叉之間。他哼了一聲，伸手摸出小刀。幸好他的刀是那種老式的萬能小刀，除了刀片和螺絲起子之外，還有一種能除去馬蹄異物的聰明小工具。

他彎腰準備除去異物，馬兒輕輕地抬了抬鼻子頂他。他得將手電筒夾在腋下，好一手抬起馬蹄，一手使用工具，這可不容易。就在他輕聲詛咒的時候，無意間瞥向前方的路面，他覺得彷彿看見某道移動的光影。他看不清楚，因為大路兩旁高大的樹木突然消失在公地邊緣。並不是一輛汽車，光線太微弱了，可能是燈光陰暗的馬車。然而它的速度似乎很快。他略感困惑，然後繼續埋首作業。

螺絲帽卡得很緊，馬兒被觸到痛處，移動起身軀，試圖放下蹄子。他輕聲安慰牠，拍拍牠的頸子。此時手電筒從腋下滑落，他不耐地爆了粗口，緩緩放下馬蹄，從路邊撿起手電筒。就在他直起身子的時候，望向路面看到了。

那從濕答答的黑色樹蔭下出現，散發著月光般微弱的光芒。沒有馬蹄聲、沒有輪子的轂轆聲、也沒有甩動韁繩的聲音。他看見光滑閃爍的白色肩膀和猶如淡淡火圈的領口，但上面什麼都沒有。他看見發光的韁繩逕自穿過馬軛的繩圈；沒有接觸地面的馬腳快速移動——十六個無聲的馬蹄上方是煙霧般的蒼白軀體。馬伕傾身向前，揮動鞭子。馬伕沒有頭，但身體感覺無比焦急。馬車在大雨中幾乎無法辨識，溫西只看見淡淡發光的車輪滾動著，以及車窗裡一道僵直的白色影子。它很快經過——無頭車伕、無頭馬匹和馬車，經過時空氣躁動起來，與其說是聲音，不如說是震動。馬車後方揚起一陣風，雨簾隨之從南方掃來。

「老天！」溫西大喊，又說：「我到底喝了多少威士忌？」

他轉頭瞇起眼睛，望向來路，隨即想起了馬兒，於是又抬起馬蹄，在手電筒的照明下繼續作業。這次螺絲帽幾乎立刻就掉進他手裡。波麗芙林德斯感激地哼了一聲，對著他的耳朵呼氣。

溫西領著牠走了幾步。牠的腳穩穩踏在地上，螺絲帽沒有造成任何傷害。溫西跨上馬背，驅牠前進，又驟然勒住韁繩掉頭。

「我要去看看，」他堅決地說：「來吧，馬兒！絕對不能讓沒頭的馬打敗**我們**，實在太不像話了，沒有腦袋還到處亂跑。來吧，大女孩。我們走公地，這樣可以在交叉路口趕上它們。」

他完全不顧招待他的主人和主人的財產，就此策馬轉上小路奔馳。

起先，他以為自己將在前方路上看到一抹晃動的白影。但他在大路和小路的交叉口上，卻什麼都沒看到。可是他很清楚這裡並沒有別條岔路，除非他的坐騎出事，否則他一定能在馬車抵達路口前趕上的。波麗芙林德斯輕鬆地遵從他的指示，熟悉地奔馳過凹凸不平的路面，不到十分鐘就再度回到瀝青路上。他勒馬停下，轉向面對小道多林，邁步向前。他什麼也沒看見。要不是他早就超過了馬車，就是馬車已然以異常的速度遙遙領先，或者真的是……

他等待著。什麼都沒有。大雨減弱了。月亮掙扎露面。路上杳無人跡。

他回頭望去，一道接近地面的微弱光束移動迴轉，閃爍著綠光、紅光，然後回到白光。光線逐漸接近，不一會兒就看出那是一名騎著腳踏車的警察。

「今晚很糟糕啊，先生。」那人禮貌地問候，聲音中帶著些許質問的意味。

「糟透了。」溫西回應。

「在這種天氣我還得補漏氣的輪胎。」警察加上一句。

溫西表示同情。「你待在這裡很久嗎？」他問。

「快二十分鐘了。」

「你方才是否看到任何人從小道多林的方向過來？」

「我在這兒什麼都沒看見。您指的是什麼，先生？」

「我還以為看到……」溫西遲疑了，他不想被看作傻子。「一輛四匹馬的馬車，」接著略帶遲疑地說：「約莫十五分鐘前在公地的另一端和我擦身而過，當時我……我回頭察看，因為看起來很不尋常……」他發現這故事聽起來毫無說服力。

警察尖銳地快速接了話：

「沒有任何馬車經過這裡。」

「你確定？」

「是的，先生。如果您不介意的話，我覺得您該回家了，這段路滿荒涼的。」

「的確，」溫西說：「那麼晚安了，警官。」

他掉轉馬頭，沿著回小道多林的路靜靜前進。他什麼也沒看到，什麼也沒聽到，也什麼都沒經過。夜色更明亮了，他在回程時再次確認沒有任何岔路，然而不管他看見什麼，早已消失在公地的邊緣，沒經過大路，也沒經過小路。

♛

第二天早上，溫西很晚才下樓吃早餐。此時主人夫婦顯得相當激動。

「昨晚發生大事啦。」佛比謝皮姆太太說。

「太不像話了！」她丈夫加上一句：「我警告過漢考克……他不能說我沒警告過他。但不管我們對他的作為多麼失望，也絕不能允許這種惡劣的行徑。等我逮到那些傢伙，不管是什麼人……」

「發生了什麼事？」溫西問，一面在餐檯上拿煮腰花。

「真是駭人聽聞，」佛比謝皮姆太太說：「牧師立刻來找湯姆……對了，我們很激動，希望沒吵到您。漢考克先生今天早上六點來教堂準備做禮拜……」

「不、不、親愛的，妳搞錯了。讓**我**來說吧。喬．葛林區——他是司事，得先過去撞鐘——他到的時候發現南邊的門大開，小禮拜堂裡不見人影。按理說裡面應該有人守在棺材旁邊。當然，他感到非常困惑，但以為哈伯德和羅林森不想守夜先回家了。所以他先去聖具室準備法具和法衣，並且驚訝地發現裡面傳來女人的叫喊聲。他大吃一驚，立刻開了門……」

「他拿的是自己的鑰匙嗎？」溫西插話。

「鑰匙插在鎖孔。鑰匙原本掛在風琴附近的簾子後面，誰知道被插在鎖孔裡……根本不該在那裡！然後他發現漢考克母女被鎖在聖具室裡，簡直快嚇死了。」

「老天！」

「一點沒錯，她們的遭遇太可怕了。她們凌晨兩點來街上輪班守夜，在小禮拜堂的棺材旁跪下祈禱，不管祈禱什麼，至少在那裡待了十分鐘吧。不料聖壇傳來聲響，就像有人在那裡偷偷摸摸地幹些勾當。漢考克小姐是個非常勇敢的女孩，她站起來摸黑走向通道，她母親跟在後面，正如她所說，她不想單獨待在原地。她們走到了聖壇隔板，漢考克小姐大聲叫道：「誰在那裡？」瞬即聽到像撞翻物品的聲響。漢考克小姐勇敢地抄起唱詩班座位旁的執事法杖衝上前，她後來說以為有人要偷聖壇上的裝飾品，一個非常精緻的十五世紀十字架……」

「別管十字架了，湯姆。反正沒失竊。」

「確實如此。但總之她以為差點被偷走。當時她走上聖壇臺階，漢考克太太依舊跟在她後面，並要她小心點，說時遲那時快，某人從唱詩班座位衝出來，一把抓住她的手臂，從後面將她拖進聖具室。她還沒來得及尖叫，連漢考克太太也被推進來，然後門就啪地鎖上。」

「天啊！你們這村莊也太刺激了！」

「無論如何，」佛比謝皮姆說：「她們大受驚嚇，因為完全不曉得那些傢伙會不會回來殺了她們，而且覺得教堂肯定是遭了強盜。可是聖具室的窗戶很小，外面還架有欄杆，除了等待救援別無他法。她們試著窺探外頭的動靜，卻什麼都聽不見，只能暗暗期盼四點那班的守夜人早點來釋放她們，逮住小偷。可她們一直等一直等，聽到鐘敲了四響、然後五響，還是沒人來。」

「那個叫什麼名字的傢伙還有羅林森呢？」

「她們不知道，葛林區也不知道。他們將教堂上上下下徹查了一遍，沒有丟失任何物品，也沒有遭到翻找的痕跡。就在這個時候牧師來了，他們向他說了這件事，牧師非常震驚。當然啦，他發現所有物品和錢箱一切無恙之後，第一個念頭就是肯席派[3]那些人來偷那什麼聖體。」

「聖龕。」溫西說。

「對，就這名字。他很擔心，於是打開聖龕查看，確認所有聖體都在。鑰匙只有一把，而且他隨身攜帶，所以並沒有以別的不潔物替換或任何惡作劇的風險。他決定讓漢考克母女先回家，然後在教堂外繞了一圈，一眼就看見羅林森的機車倒在南門附近的樹叢裡。」

「哎喲！」

「他立刻找上了羅林森和哈伯德。他沒跑多遠就找到了。他繞去教堂後面北方的焚化爐房，聽見一陣喊叫聲及踢門聲。他叫來葛林區，兩人從小窗望進去，看見哈伯德和羅林森正滿口汙言穢語開罵；這兩人似乎進入教堂前就被人用同樣的手法關了起來。前一天晚上羅林森和哈伯德在酒吧後面打盹，聲稱怕吵到大家，但我敢說他們是在喝酒；要是漢考克覺得這是去教堂守夜祈禱前的準備工作，我只能說我並不認同。反正他們四點前出發，哈伯德搭乘羅林森的順風機車，然後在南門下車，羅林森推機車往前走，突然兩、三個人──他們看不清楚到底幾個人──從樹叢裡跳出來。他們試圖反抗，但一來其中一人推著機車，此外這真的完全出乎意料，所以還是被制伏了。我想那些人可能拿毯子蒙住他們的頭。我不清楚細節。隨後，他們被推進焚化爐房裡鎖了起來。要是他們沒找到鑰匙的話，很可能現在還被關著呢。鑰匙應該有備份，但不曉得放在哪裡。今天早上他們來問我，但我很久沒見到備份鑰匙了。」

「這一次鑰匙沒留在鎖孔裡？」

「沒有，他們得去找鎖匠。我正要過去看看。你準備好了嗎？要不要一起去？」

溫西說好。他對任何類型的謎題都興味十足。

「對了，昨天晚上你回來得真晚，」他們離開時，佛比謝皮姆愉快地說：「緬懷過往時光吧，我猜。」

「的確如此。」溫西說。

「希望我家的大女孩幫上你的忙。那條路滿荒涼的，是不是？你沒碰到任何他們說的靈異現象吧？」

「只遇上一名警察，」溫西沒說實話。他還沒想清楚幽靈馬車是怎麼回事。普朗凱特想必很高興知道自己並非唯一接到「警告」的人。但那真的是幽靈馬車，還是他緬懷太多

---

3 Kensitite，指英國聖公會教派領袖約翰・肯席（John Kensit，一八五三—一九〇二）。

往事、喝了太多威士忌而眼花了？光天化日之下溫西反而遲疑了起來。

抵達教堂之後，行政官和他的客人發現已然聚集了不少人，穿著法衣、戴著法冠的牧師正比手畫腳，當地警察身上外套的釦子扣錯了，村裡的孩子們圍繞在警察腿邊，略損執法尊嚴。當地警察剛聽完從焚化爐房裡放出來那兩人的口供，其中一名二十五歲左右的年輕人正在發動他的機車。他愉快地向佛比謝皮姆打招呼：「哈囉，恐怕他們攔了我們一道，先生。您不介意我失陪吧？我得回海瑞厄汀了，要是上班遲到，葛理翰先生會不高興的。」他露齒一笑，轉動啟動桿揚長而去，留下一陣讓佛比謝皮姆直打噴嚏的煙霧。一同受害的高胖男子看起來像個酒吧老闆，尷尬地朝行政官一笑。

「好了，哈伯德，」後者說：「我希望你滿意這次的經驗。我得說你這副身材竟然還讓人當成小鬼似地關進焚化爐房。」

「是的，先生，我也很驚訝。」酒吧老闆回嘴：「那張毯子蓋在我頭上的時候，我可是這一帶最吃驚的人。但我踢了那些人的小腿好幾下，這可讓他們記住了。」他吃吃笑了起來。

「總共幾個人？」溫西問。

「我想三、四個吧，先生。但我沒真的看見，只聽見他們交談。我確定有兩個傢伙扯住我，可羅林森認為只有一人拽住他，但那人很強壯。」

「我們要盡全力找出那些人，」牧師激動地說：「啊，佛比謝皮姆先生，快來看那些傢伙在教堂裡幹了什麼……正如我所料，是反天主教的示威。幸好沒有更逾矩的舉動，真是謝天謝地。」

牧師領頭走進教堂。有人在陰暗的小禮拜堂裡點亮了兩、三盞吊燈，溫西在燈光下看見讀經臺的老鷹頭頸上繫著巨大的紅白藍三色蝴蝶結，還掛上一只大標語牌——顯然是從當地報社偷來的——「梵蒂岡禁止暴露的服裝」。唱詩班的每個座位上都坐著一隻圓滾滾且討人喜愛的泰迪熊，它們看著上下顛倒的歌本，面前的架子上還大刺刺地放著足球新聞報。不知是誰在講道臺上惡作劇般放了一顆假驢頭，優雅地披上一件睡衣，頭上戴著一頂金紙做的王冠。

「實在太不雅了，不是嗎？」牧師說。

「好了，漢考克，」佛比謝皮姆回道：「我得說這是你自找的。當然我同意這些是絕對不被允許的行為，不管是誰幹的都要找出來，嚴加懲罰。但你得明白你的許多做法在這些傢伙看來只是天主教的無聊花招，雖然這並非犯下這類行徑的藉口……」

他責怪的聲音轟然作響。

「……老柏達克這件事我只覺得是褻瀆。這個人一輩子……」

此時警察驅散聚集的村民，和彼德爵爺一同站在聖壇隔板的入口。

「今天凌晨我在路上碰到的是您嗎，先生？啊！我就覺得是您的聲音。您平安回家了吧，先生？沒碰見什麼吧？」

那警察的語氣似乎不只是隨意詢問，溫西很快轉過身。

「沒有，什麼也沒看見。應該說沒再看見了。畢竟這村裡誰會半夜駕一輛四匹白馬的馬車，警長？」

「我不是警長，先生。我還沒升職呢。說到白馬，先生，我真不想說，艾伯茨博爾頓的莫提默先生有幾匹很不錯的灰馬，他是這附近最大的養馬家。但是呢，先生，他應該不會在下大雨的時候駕車出來，對吧？」

「聽來確非明智之舉。」

「的確不是，先生。而且，」警員靠向溫西，在他耳邊說：「莫提默先生肩膀上頂著腦袋的，**更別提他的馬兒也一樣**。」

「怎麼，」這句中肯的話讓溫西微微吃了一驚。「你見過沒有腦袋的馬嗎？」

「沒有，先生。」警察強調。「我從來沒見過**活著**的馬沒有腦袋。但這無關緊要。教堂發生的事只不過是孩子們的把戲罷了。您知道孩子們沒惡意的，先生，只是喜歡惡作劇。牧師愛怎麼說都行，但這附近沒有肯席派之類的人，您一眼就看得出來。這不過是鬧著玩。」

「我想必也會達成同樣的結論，」溫西興味盎然地說：「但我想知道你為什麼這麼想。」

「上帝保佑您，先生，這不是和您臉上的鼻子一樣清楚明白嗎？要是肯席派的人幹的，不是應該會針對十字架和聖像，還有……那東西下手嗎？」他長著老繭的手指指向聖龕。「先生，幹下這些事的傢伙完全沒碰您可能稱作神聖的東西，也沒碰聖餐檯，所以我不認為是教派衝突，就是鬧著玩的。而且那些傢伙也很尊重柏達克先生的屍體，您也看見了，先生。這表示他們並沒有惡意，不是嗎？」

「我完全同意。」溫西說：「事實上他們特別留意不碰觸到任何教會人員視為神聖的物品。你當警察多久了？」

「到二月就三年了，先生。」

「你想過進城去查案嗎？」

「先生……想過，但不是想去就能去的，您知道。」

溫西從名片盒裡掏出一張卡片。

「如果你決定仔細考慮，」他說：「就拿這張名片去找派克探長，和他聊一聊。告訴他我認為你在這裡沒有機會發揮，他是我的好朋友，我想他會給你機會的。」

「我聽說過您的事蹟，爵爺，」警察感激地說：「您真是太好了，爵爺。好吧，我想我得走了。佛比謝皮姆先生，這件事就交給我，我們會盡快調查清楚。」

「希望你盡快查清楚。」行政官說：「還有，漢考克先生，我相信你能明白晚上不鎖教堂門是不智之舉。溫西，我們走吧；讓他們在葬禮前整理好教堂。你在那兒看什麼？」

「什麼也沒有。」溫西說完，望著小禮拜堂的地板。「我本來以為這裡有白蟻，但只是木屑而已。」他一面說一面彈掉手指上的灰塵，然後跟著佛比謝皮姆走出去。

♛

你住在村裡的時候，人們會期待你參與村裡的活動和娛樂。因此彼德爵爺盡責地參加了當地鄉紳柏達克的葬禮，目睹棺材平安入土。當然，這是一場雨中的葬禮，然而虔誠的教眾仍踴躍出席。儀式結束之後，溫西正式與哈維蘭．柏達克夫婦會面，證實了他先前對柏達克太太的印象，穿著打扮精緻且恰如其分，符合絲襪大亨妻子的身分。她是個開朗豪邁的高挑美女，握著溫西的那隻手上裝飾的鑽石壓得爵爺手疼。哈維蘭則相當友善——老實說，絲襪商人沒理由不對有錢的貴族友善，而且似乎知道溫西熱愛收藏古董和書籍，因此熱切地邀請他去老宅看看。

「我哥哥馬汀還在國外，」哈維蘭說：「但我相信哥哥一定很歡迎爵爺。聽說老家的書房裡藏有不少珍貴典籍。我們會在這裡待到星期一——如果漢考克太太願意忍耐我們到那時候的話。您要不要明天下午一起去呢？」

溫西說非常樂意。

漢考克太太插嘴問彼德爵爺，要不先到牧師公館喝下午茶。

溫西說真是太好了。

「那就決定了。」柏達克太太說：「您和皮姆先生來喝下午茶，然後我們一起去大宅。我還沒好好逛過呢。」

「大宅真的非常值得一看，」佛比謝皮姆說：「漂亮的老房子，但維持起來可是很燒錢。找到遺囑了嗎，柏達克先生？」

「沒有，」哈維蘭說：「真是奇怪，因為葛理翰先生——那是我們的律師，彼德爵爺——確實立了遺囑，就在馬汀和父親不幸的爭執過後。他記得非常清楚。」

「葛理翰先生不記得遺囑內容嗎？」

「他當然記得，但他覺得直接說出來不合禮儀。他是古板的老派人士，可憐的馬汀總叫他老流氓——但是當然啦，他從來就不贊同馬汀，所以馬汀的態度也並非純屬偏見。此外正如葛理翰先生所說，那是好多年前的事了，老爸很可能早就扔了遺囑，或是在美國立了新遺囑。」

「可憐的馬汀似乎在這裡不太受歡迎？」溫西和柏達克一家道別後，歸途上對佛比謝皮姆先生這麼說。

「的確，」行政官說：「至少葛理翰不喜歡他。我倒是滿喜歡那孩子，雖然他有點魯莽。我敢說隨著時間過去，他也結婚安定下來了。只是找不到遺囑太不尋常了。可假使遺囑是在那對父子吵架時立下的，內容應該對哈維蘭有利。」

「我想哈維蘭也這麼認為，」溫西說：「他態度上頗為志得意滿。我想那位謹慎的葛理翰先生很清楚地表示遺囑並不偏向惡名昭彰的馬汀。」

第二天早晨天氣很好，來小道多林享受新鮮空氣的溫西決定再度借用波麗芙林德斯。

那大女孩的主人必須參加濟貧院的理事會議，便慷慨應允。

「你可以去公地上跑一跑，」他建議：「何不經過彼德林修道院，然後穿越公地到死者之柱，再沿著弗林普敦路回來？這段路繞起來很舒服，不過十九哩路，你可以輕鬆地回來吃午餐。」

溫西採納了建議，因為這剛好和他的計畫不謀而合。他想在大白天騎馬去弗林普敦。

「你要小心死者之柱，」佛比謝皮姆太太有點擔心地說：「馬兒們都不喜歡靠近那裡。我不曉得為什麼。當然大家都說……」

「全是胡扯，」她丈夫說：「村裡的人不喜歡那裡，所以馬兒才會緊張。馬兒很敏感的，知道騎士心裡在想什麼。我在死者之柱那兒從來就沒遇上什麼事。」

通往彼德林修道院的那條路，就算到了十一月依舊靜謐優美。溫西在冬陽下沿著艾塞克斯的小路前進，內心感到平靜又愉快。奔馳過公地讓他精神大振，幾乎完全忘懷了死者之柱令人匪夷所思的傳聞。直到坐騎冷不防側身閃避，這一震險些將他顛下馬去，他才想起來有這回事。他費了點力氣控制住波麗芙林德斯，讓牠停下來。

他在公地的最高點，沿著一條兩旁長著金雀花和枯死蕨菜的小路前進。前方另一條小路和這條路交叉，交會的路口立著一個像是腐爛路標的物體，當然以路標來說矮了點又粗了點，而且沒有指標。它朝向溫西的這一面上頭似乎寫著文字。

他安撫馬兒，敦促牠朝路標走過去。牠遲疑地走了幾步，然後又側閃到路旁，一面噴鼻一面顫抖。

「奇怪，」溫西說：「要是坐騎能感受到我的心情的話，那我應該去看醫生了。我的神經想必緊張到不行。好了，大女孩！妳怎麼啦？」

波麗芙林德斯似乎充滿歉意，但態度十分堅決，不肯過去。他以腳跟輕輕催促，馬兒再度側行，耳朵往後，他看見牠翻出來的眼白。他下了馬，握住馬轡，想領牠往前走。馬兒在勸說下跟著他前進，伸直脖頸，如履薄冰，遲疑地走了十幾步之後，再度停下四肢發抖。他用手撫摸牠的頸子，發現牠出了一身冷汗。

「天殺的！」溫西說：「聽著，我一定要去看看那路標上寫著什麼。妳不肯來就站著別動？」

他放下韁繩。馬兒靜靜地站著，低垂下頭。他離開馬兒往前走，不時回頭確認牠的動靜。只見牠安靜地站在原地，不安地移動蹄子。

溫西走到路標前面。那是一根粗矮的老橡木，不久前才被漆成白色，木頭上的字也是最近才塗黑過。上面寫著：

就在此處
喬治．溫特司
於捍衛主人財產時

慘遭海瑞厄汀的
黑洛夫謀害
凶手稍後因此罪行
吊死在案發之處
一六七四年十一月九日
敬天守法

「果然如此，」溫西說：「確實是死者之柱。波麗芙林德斯似乎和當地人一樣對這兒沒有好感。好吧，波麗，如果妳不喜歡，我不會強迫妳。但我可以問問妳為什麼對一根桿子這麼敏感，對幽靈馬車和四匹無頭馬卻毫無反應？」

馬兒只是咬住了他外套的肩頭，輕輕地嚼著。

「原來如此，」溫西說：「我完全理解。妳要是能開口的話一定會說，但妳不能。但是那些馬兒啊，波麗……難道真的沒帶來絲毫地獄的硫磺氣息嗎？牠們除了熟悉的馬廄氣味之外沒別的味道了嗎？

他騎上馬背，讓波麗的頭轉向右邊，領著牠繞圈子，和死者之柱保持距離，然後再度返回小路。

「我想可以排除超自然的解釋。若非基於已知的原理推論就站不住腳，而須基於波麗的感官。此外可能的解釋還有威士忌和騙局。我得進一步調查。」

馬兒靜靜前行，他繼續思索。

「假設我出於某種原因，想駕駛一輛無頭馬車嚇唬人，我會選擇下雨的夜晚。很好，那天晚上就是。再來，如果我塗白了黑馬的身體……可憐的傢伙，牠們可遭殃了。不對，那些砍掉腦袋的魔術是怎麼變的？當然得是白馬……然後在牠們頭上套黑布袋。沒錯，馬軀上塗發光的顏料，牠們身上也塗一點，看起來更顯眼，確保人們不會錯過這場秀。一點也不難。可是馬車不能出聲。怎麼做，有何不可？在結實的布袋裡裝滿糠，緊緊綁在馬腳上，馬兒跑起來就安靜了，尤其在風大的時候。在繩環上綁布條，避免發出聲音。然後讓車伕穿上白外套，戴著黑色面具，馬車裝上橡皮輪胎，點綴上燐光，環節處好好上油……我發誓我也能創造這駭人的景象，讓一個喝了一肚子酒、深夜兩點半走夜路的傢伙大吃一驚。」

這個結論讓他很高興。他伸出馬鞭愉快地敲著靴子。

「但是真該死！在那之後就沒再看見馬車了。它上哪兒去了？馬和馬車不可能憑空消失，這裡一定有叉路……波麗芙林德斯，要不然就是妳一直在耍我。」

蜿蜒的小路終於在溫西遇見警察的地點與大路會合。爵爺慢慢騎著馬，同時仔細觀察左側的樹叢，找尋那必然存在的小路。最終什麼也沒找到，僅樹叢間偶爾出現上了鎖的柵門，最後他又來到兩個晚上前幽靈馬車現身的路面。

「該死！」溫西說。

他頭一次想到馬車很可能掉頭返回小道多林，星期三晚上曾在小道多林教堂一帶被目擊，但那次卻朝弗林普敦的方向消失了。溫西思忖之後，判斷幽靈馬車從弗林普敦過來，並且繞過教堂——自然是逆向行駛——從後巷再返回大路。那樣的話……

「掉頭，大女孩，」溫西說，波麗芙林德斯乖乖聽話。「它肯定穿越了田野離開，要不然可換我能飛了。」

他讓波麗緩步前進，經過右手邊的草地，同時緊盯著地面，彷彿是個掉了六便士硬幣的蘇格蘭人。

第一道柵門通往農地，地面耕作過後播下了秋天的小麥，而且顯然好幾個星期沒有任何附車輪的物體經過。第二道柵門看起來比較有希望，門後是一片空地，入口處有無數轍痕；然而仔細察看後發現，這塊空地只有這道柵門，那神祕的馬車似乎不可能進入一塊沒有別的出入口的空地。溫西決定繼續調查。

第三道柵門則是破敗不堪，鉸鏈處沉沉下垂；鐵扣已經不見踪影，門欄和門柱都以鐵絲綁住。溫西下馬查看，確認鐵絲生鏽表面最近沒有被移動的痕跡。

還剩兩道柵門就到交叉路口了。其中一道再度通往農地，耕過的地面沒有絲毫受干擾的痕跡。來到最後一道柵門時溫西不由得忐忑起來。

門後仍舊是耕地，但農地周圍繞著一條寬闊的道路，滿是積水的車轍。柵門上了鎖，但按一下彈簧扣就開了。溫西檢視那條路。除了農場貨車留下的深而明顯的痕跡之外，還有四道窄車輪留下的車轍，而且顯然是橡皮輪胎。他推開柵門進去。

那條路環繞農地兩側，通往另一道柵門和另一塊農地，再往前是一輛裝滿甜菜根的手推車和幾座穀倉。一個男人似乎聽見波麗的蹄聲，手上拿著一把刷子從穀倉裡走出來，望著逐漸靠近的溫西。

「早安。」溫西和善地問候。

「早安，先生。」

「雨過天晴真好啊。」

「的確如此，先生。」

「希望我沒擅闖私人土地？」

「您要去哪兒，先生？」

「其實我以為……哎喲！」

「怎麼啦，先生？」

溫西在馬鞍上挪動了一下

「我覺得腹帶有點滑動。這是新的。」（這是實話。）「最好檢查一下。」

那男人走近想幫忙，但溫西下了馬，自己拉動皮帶，並伸手到馬兒的腹部下方。

「的確該收緊一點。喔！太感謝你了。對了，這是去艾伯茨博爾頓的捷徑嗎？」

「不是去村裡的捷徑，先生，雖然您確實可以從這裡過去，但會先經過莫提默先生的馬廄。」

「喔，這樣啊，通往他的土地？」

「不是的，先生，土地是是塔普漢先生的，莫提默先生向他租用那塊地及相鄰的土地放養馬匹。」

「嗯，沒錯。」溫西望向樹籬，「我猜是紫花苜蓿？要不就是三葉草。」

「是三葉草，先生，甜菜根是拿來餵牛的。」

「喔，莫提默先生除了馬之外也養牛啊？」

「是的，先生。」

「真不錯。要來根菸嗎？」溫西走向穀倉，漫不經心地瞥向陰暗的內部，裡面擺放著一些農具和一輛舊式馬車，看起來還在上黑漆重整。溫西從口袋裡掏出火柴，摩擦穀倉牆面，火光照亮了老舊的馬車，溫西看見馬車裝著不合宜的橡皮輪胎。

「聽說莫提默先生的馬很不錯。」溫西隨口說。

「是的，先生，非常好。」

「我想他不會剛好有灰馬吧？我母親——一位端莊自持、仍保有維多利亞時代思想的女士——非常喜歡灰馬，總說拉起馬車來極富格調。」

「是嗎，先生？那我想莫提默先生應該可為夫人服務。他的確有幾匹灰馬。」

「他有嗎？真的？那我得過去看看。他的馬廄離得遠嗎？」

「穿越田野之後還有五、六哩路，先生。」

溫西看了看錶。

「喔，老天！我想今天早上沒辦法跑那麼遠了，我答應了要回去用午餐。我改天再過來。非常感謝你。那是腹帶嗎？真的太感謝了。你去喝一杯吧。順便向莫提默先生說我過去看馬之前別賣掉他的灰馬。祝你日安，真的謝謝。」

他讓波麗芙林德斯輕快地小跑，踏上回家的路。他走到看不見穀倉的地方才勒住韁繩，彎下腰仔細查看靴子。靴子上沾滿了糠。

「肯定是在穀倉裡沾上的。」溫西說：「如果這是真的，莫提默讓那些灰馬拉著一輛舊馬車半夜出遊？實在太奇怪了……不讓馬蹄出聲，馬兒還沒腦袋？普朗凱特嚇得半死，我還以為自己喝醉了。這該不該報警？可莫提默開的玩笑干我什麼事？妳覺得呢，波麗？」

馬兒聽見自己的名字，使勁地搖著頭。

「妳覺得不干我的事？或許妳是對的。假設莫提默是和人打賭好了，我憑什麼干涉別人的娛樂？不管怎樣，」爵爺加上一句：「我很高興我不是喝多了蘭姆司敦的威士忌。」

♛

「這是圖書室，」哈維蘭說，領著客人們進去。「很不錯的書房，據說藏書也相當豐富，雖然文學不是我的嗜好，恐怕也不是老爸的嗜好。你們看得出來這個地方需要整理，我也不清楚馬汀是否打算動手。當然，這得花不少錢。」

溫西舉目四顧，打了一個冷顫——出於同情而非寒意。雖然十一月的白霧依附在窗上，濕氣也正從窗櫺滲進來。

圖書室狹長陳舊，裝潢成冷硬的新古典主義風格，就算藏書人不因疏於管理而備感心痛，這裡在沒有陽光的陰沉午後看起來也夠淒涼的了。牆壁被書櫃擋掉一半，上半部的灰泥延伸到發霉的天花板。溼氣在天花板腐蝕出形狀奇特的汙漬，到處都是裂痕和灰泥發黃剝落的斑駁痕跡。從脫落的皮製書脊到密密麻麻的綠色霉斑，書本彷彿散發出寒冷的溼意，腐爛的皮革和受潮紙張的詭異霉味讓室內氣氛更顯陰沉。

「哎喲、哎喲！」溫西喊著，鬱悶地望向這座被遺忘的知識墓穴。他像隻畏寒冷的鳥般縮著脖子，拱起肩膀，加上那長鼻子和半閉的眼睛，看起來就像隻悲慘的蒼鷺，瞪著冬日的一灘死水。

「這裡真是太冷了！」漢考克太太說：「柏達克先生，您要責備洛法爾太太，她曾是這裡的管家。我對我先生說過了——對不對，菲利普？——令尊選了小道多林最懶惰的女人當管家。她應該為室內生起旺盛的火，一星期至少兩次！她讓這裡破敗至此，實在教人憤怒。」

「確實如此，不是嗎？」哈維蘭同意。

溫西一言不發，沿著書架探索，不時拿下一本書查看。

「這房間令人沮喪，」哈維蘭繼續說道：「但我記得小時候覺得這裡好壯觀，馬汀和我會過來找書。可你知道，我們總是害怕黑暗的角落裡躲著什麼人或什麼東西。你手上拿著什麼書，彼德爵爺？喔，《福克斯殉道者名錄》（*Foxe's Book of Martyrs*），老天！裡面的圖片當年真把我嚇死了！還有一本《天路歷程》（*Pilgrim's Progress*），書中有張恐怖的惡魔阿波里昂擋在路上的圖，害我做了好多噩夢。我瞧瞧，那本書以前應該在這邊的書架上。對，就在這兒。讓人回憶起往日時光啊！對了，這本書值錢嗎？」

「不太值錢。但是這本伯頓的初版很值錢，只可惜發霉嚴重，最好送去讓專家清理。這本薄伽丘非常珍貴，好好照顧它。」

「約翰·伯卡司[4]《死亡之舞》（*The Dance of Machabree*），這書名不錯。就是那個寫黃色小說的伯卡司嗎？」

「是。」溫西略顯不悅地回應。他不喜歡別人如此評價薄伽丘。

「我從來沒讀過，」哈維蘭說，朝妻子眨眨眼。「但在那些藥鋪看過，才想應該是那類情色刊物，嗯？牧師好像被嚇到了。」

「喔，完全沒有，」漢考克先生回應，刻意表現出開明的態度。「等在阿爾卡迪亞的自

4 John Boccace，喬凡尼·薄伽丘的英文俗名，十七世紀的英國作家均如此稱呼他。

我[5]——我和大家同在。教會的人都受過古典教育，也碰過比薄伽丘更入世的作家。在我這門外漢看來，這些木雕真的非常精緻。」

「的確很精緻。」溫西說。

「我還記得另一本收錄許多圖片的老書，」哈維蘭說：「某個編年史，叫什麼呢……是個德國地名……您一定知道，那裡出了一名劊子手，不久之前才出版了他的日記。我讀過了，但不怎麼樣，沒有哈里森．安斯沃斯的小說一半精采。那地方叫什麼？」

「紐倫堡？」溫西提議。

「就是那兒！《紐倫堡編年史》（*Nüremberg Chronicle*）。我想知道那本書是不是還在老地方，記得就在窗邊。」

他帶頭走向盡頭靠窗邊的書架，那裡溼氣浸蝕得特別嚴重，窗玻璃還破了一塊，雨水完全打了進來。

「書在哪兒？是本大書，皮革精裝。過了這麼多年，很想再看一眼那本編年史。」

他的視線掃過書架。溫西憑著愛書人的本能，一眼就看到《紐倫堡編年史》塞在書架的最末端，靠在牆邊。他伸出手指扣住書脊上端，隨即發現發霉腐爛的皮革隨時會崩解，於是取下旁邊的書，輕輕用兩隻手將那本編年史拿下來。

「在這裡……恐怕狀況很糟。哎喲！」

他小心翼翼地拿書下來時，一張折疊的羊皮紙也掉了出來，落在他腳邊。他彎腰撿起來。

「我說，柏達克，這可不是你正在找的嗎？」

哈維蘭．柏達克原本正翻找下層書架，此時快速直起身子，臉上因腰彎太久而脹紅。

「老天！」他大喊，興奮得臉色一青一紅。「溫妮，快看，是老爸的遺囑。真是太神奇了！誰會想到來這裡找？」

「真的是遺囑？」漢考克太太叫道。

「我敢說毫無疑問，」溫西平靜地說：「這是賽門．柏達克最後的遺囑。」並站在原地反覆察看手中髒汙的文件，從簽名看到羊皮紙的背面。

「哎喲、哎喲！」漢考克說：「真是太奇妙了！您拿下這本書，簡直像是天啟。」

「遺囑裡說什麼？」柏達克太太略顯興奮地問。

「不好意思，」溫西說，遞出遺囑給她。「漢考克先生，正如你所說，看起來的確像是注定由我找到。」他低頭看著這部編年史，哀愁地伸出手指撫摸封面上受潮汙痕的輪廓，溼氣已然浸蝕內頁，版本紀錄幾乎都毀了。

5 十七世紀法國畫家尼古拉．普桑知名畫作《阿爾卡迪亞的牧人》中，三男一女四位牧羊人正圍繞在一座墓碑前，辨識碑上的拉丁文「Et in Arcadia ego」（等在阿爾卡迪亞的自我），表現出對死亡的討論與思索，也同時表達這人間仙境一度存在、卻為人們所遺忘的歷史。

與此同時，哈維蘭．柏達克已經在最近的桌上攤開遺囑，他妻子從他肩後望去。漢考克夫婦難以壓抑好奇心，站在旁邊等待結果。溫西刻意和別人的家務事保持距離，專心研究《紐倫堡編年史》擺放處的牆壁，伸手觸摸潮溼的表面，觀察壁癌痕跡，壁癌在牆壁上形成一道笑臉。他比對牆上形狀和書上的霉印，損傷程度讓他絕望地搖頭。

佛比謝皮姆原本正專心讀著一本古老的馬術書，此時走過來詢問大家發生了什麼事。

「聽著！」哈維蘭說。他雙眼發光，聲音很平靜，但隱含著一股壓抑的勝利感。「『我將死時擁有的一切』——接下來有很多財產明細，但那不重要——『留給我的長子馬汀』……」

佛比謝皮姆吹了一聲口哨。

「繼續聽！『留給我的長子馬汀，在我未下葬之前。等我下葬之後，我所有的財產將完全移交給我的小兒子哈維蘭』……」

「老天！」佛比謝皮姆呻吟了一聲。

「還有許多事項，」哈維蘭說：「但重點大致如此。」

「讓我瞧瞧。」行政官說。

他從哈維蘭手中接過遺囑，皺著眉頭看完。

「沒錯，」行政官說：「毫無疑問，馬汀曾經得到遺產，卻又瞬間失去了一切。真是太奇妙了。直到昨天一切仍屬於他，雖然沒人知曉。現在都是你的了，柏達克。這絕對是我所見過最奇特的遺囑。想想看，馬汀在葬禮之前都是繼承人。而現在……好吧，柏達克，我得恭喜你。」

「謝謝你，」哈維蘭說：「這完全出乎我意料。」又震顫地笑了起來。

「但是這遺囑實在太奇怪了！」柏達克太太叫道：「若是馬汀在家的話可如何是好？幸好他不在，對不對？我是說，不然這事就太尷尬了，要是他阻止葬禮怎麼辦？」

「沒錯，」漢考克太太說：「他能採取任何行動嗎？誰能決定葬禮該怎麼進行？」

「通常是遺囑執行人。」佛比謝皮姆說。

「誰是執行人？」溫西問。

「我不知道，讓我瞧瞧。」佛比謝皮姆再度檢視遺囑。「啊，看到了，『我指派我兩個兒子，馬汀和哈維蘭為共同遺囑執行人。』這樣的安排太不尋常了！」

「我覺得遺囑的內容不僅邪惡，也少了基督徒精神，」漢考克太太繼續說：「要是遺囑沒有失蹤，肯定會引起騷動。簡直是天意！」

「別說了，親愛的。」她先生說。

「恐怕我父親就是這麼打算，」哈維蘭沉痛地說：「我無需假裝他沒有滿懷惡意。他的確有，我相信他痛恨我和馬汀。」

「別這麼說。」牧師哀求。

「我必須說。他讓我們的日子非常難過，而且顯然在死後也不想讓我們好過。他肯定很高興看見我們爭個你死我活。好了，牧師，假裝也沒用。他恨我們的母親，還嫉妒我們。所有人都知道。我們因為他的屍體起爭端很可能正好滿足他惡毒的幽默感。所幸他將遺囑藏在這裡，算是戲弄過頭了。但既然他下葬了，這件事就此解決。」

「你確定？」溫西說。

「怎麼了？當然啊，」行政官開口：「遺體一入土，財產就歸哈維蘭．柏達克先生。他父親昨天下葬了。」

「**那件事**確定嗎？」溫西重複，嘲弄般地輪流望著他們，嘴唇略為上揚幾乎像在微笑。

「確定什麼？」牧師問道：「親愛的彼德爵爺，您不也參加了葬禮，親眼看見他下葬嗎？」

「我看見棺材下葬了，」溫西平靜地說：「但無法證實屍體是否在棺材裡。」

佛比謝皮姆先生說：「我認為這笑話不太得體，沒有理由假設屍體不在棺材裡。」

「我看見屍體在棺材裡，」哈維蘭接著說：「內人也看到了。」

「我也看到了，」牧師說：「我看見屍體從美國運來之後，從臨時棺材移到喬立夫提供的鉛與橡木材質棺木裡。假使需要更多證人，您可以問問喬立夫和他的員工，是他們安置遺體，並且鎖上棺木。」

「正是，」溫西說：「我並不否認棺木停放在小禮拜堂的時候，屍體確實在裡面。我只是懷疑棺木入土時屍體在不在裡面。」

「這真是前所未聞，彼德爵爺，」佛比謝皮姆嚴肅地說：「我可以請問您有任何依據嗎？假使屍體不在墳墓裡，您介意告訴我們您覺得可能在哪裡嗎？」

「完全不介意。」

溫西靠著桌邊坐下，晃起了兩條腿。他低頭望著自己的手，手指像在一面估算著。

他緩緩開口：「我想這個故事要從羅林森說起，他是葛理翰先生辦公室的員工，遺囑由葛理翰先生立下，我想羅林森多少知道內容。當然，葛理翰先生也很清楚，但我不覺得他會參與這次事件。從我聽到的訊息判斷，他並非會選邊站的人——至少不會站在馬汀先生那邊。

「柏達克先生的死訊從美國傳來的時候，我認為羅林森想起了遺囑條款，並且認為馬汀先生——因為他在國外——會處於不利的地位。這麼說來羅林森想必很喜歡令兄……」

「馬汀一向喜歡找來那些一無是處的年輕人，在他們身上浪費時間。」哈維蘭不悅地承認。

牧師似乎覺得需要補充點什麼，便呢喃著常聽說馬汀幫助村裡的孩子們。

「一點沒錯，」溫西說：「好吧，我猜羅林森想讓馬汀有公平得到遺產的機會。他不想透露遺囑內容——因為遺囑不知道會不會被發現——也許他認為就算找到遺囑也無助事態發展。無論如何，他決定偷走屍體，盡量在馬汀回來前不讓屍體下葬。」

「這指控太離奇了。」佛比謝皮姆說。

「我敢說肯定是我搞錯了，」溫西說：「這只是我的想法。不管怎樣這是個很棒的故事！總之羅林森發現後，接下來要辦的事可不是他一個人就能搞定的，於是他找了幫手。他找上莫提默。」

「莫提默？」

「我並不認識莫提默，但他似乎是個熱心的人，擁有一些別人沒有的資源。羅林森和莫提默商量之後想出一個計畫。當然，漢考克先生，你讓屍體停靈在小禮拜堂裡，幫了他們非常大的忙，要不然我無法確定他們的計畫能否成功。」

漢考克先生尷尬地咳了幾聲。

「計畫是這樣的，莫提默提供一輛舊馬車和四匹白馬，塗上發光的漆，披上黑布，裝扮成柏達克的幽靈馬車。這個點子的高明之處在於，就算有人半夜在教堂附近看見馬車和白馬，絕對沒有人會想仔細察看。與此同時，羅林森前往禮拜堂守夜，打算找個願意共同執行計畫的夥伴。他和酒吧老闆說好，也向漢考克先生編了個故事，搞定了四點到六點那班守夜人。漢考克先生，你不覺得他願意大老遠從海瑞厄汀過來很奇怪嗎？」

「我很習慣教眾熱心幫忙。」漢考克僵硬地回答。

「對，但羅林森並不屬於你的教區。他們都計畫好了，星期三晚上還先彩排過，將你家的普朗凱特嚇得半死，先生。」

「如果這是真的……」佛比謝皮姆說。

「星期四晚上，」溫西繼續說道：「他們準備好，凌晨兩點躲在高壇裡，等待漢考克母女進入小禮拜堂，然後製造噪音吸引她們的注意。女士們勇敢前去查看狀況時，就被推進了聖具室。」

「老天！」漢考克太太說。

「就在此時，幽靈馬車應該來到了教堂的南門前。我猜它先繞進後巷，不過這我無法肯定。然後莫提默和另外兩人將經過防腐處理的屍體抬出棺材，放進裝滿木屑的袋子。這是因為第二天早上我在小禮拜堂的地板上發現了殘留的木屑。他們抬屍體上馬車，莫提默駕車離開，兩點半時在海瑞厄汀路上和我擦身而過。他們動作很快。莫提默可能是一個人，也可能有同夥；他戴黑色面具扮演無頭馬伕的時候，很可能有人幫他顧屍體。這我不確定。他們在弗林普敦的交叉路口前駛進最後一道柵門，越過田野來到莫提默的農場，將馬車留在那裡——因為我看見了，我也看到那些裹著馬蹄的糠。我猜他們從那裡驅車離開，第二天再牽回馬匹——但那是枝微末節。我並不曉得他們將屍體運去哪裡，但我想假使你問莫提默，他應該會向你保證屍體尚未入土。」

溫西停頓。佛比謝皮姆和漢考克夫妻看起來既困惑又憤怒，哈維蘭則臉色發青。哈維蘭太太臉頰上浮起兩道紅暈，嘴角下垂。溫西拿起《紐倫堡編年史》，撫摸著封面陷入沉思。

「在這段期間，當然，羅林森和他的夥伴在教堂裡搞鬼，試圖營造出清教徒抗議的風向。一切完成之後，他們只要將自己鎖在焚化爐房，從窗口扔出鑰匙就好。漢考克先生，如果你在窗戶外面找一下，很可能會發現鑰匙。你不覺得他們遭到兩、三人埋伏攻擊的說法聽起來頗牽強嗎？哈伯德是個高壯的傢伙，羅林森也很結實，但根據兩人的說法，卻像無助的嬰兒般被推進爐房囚禁起來，而且身上沒有半點傷痕。全是無中生有，先生，全是無中生有！」

「聽著，溫西，你確定這不是編造的故事嗎？」佛比謝皮姆說：「我們必須有確切的證據才能……」

「當然，」溫西說：「申請內政部的命令，開棺。你很快就會發現這是真相，還是我病態的想像力。」

「這段話太令人不齒了，」柏達克太太叫了起來：「別聽他胡說，哈維蘭，你父親下葬後第二天，竟然有人能冷血無情地編出這種噁心的故事，實在超乎我的想像。完全不值得理會。你當然也不會允許他們冒犯令尊的遺體。這太可怕了，這是褻瀆。」

「的確非常令人不愉快，」佛比謝皮姆嚴肅地說：「但如果彼德爵爺是認真的，雖然我並不確信……」

溫西聳聳肩。

「……但我必須提醒你，柏達克先生，等令兄回來，他可能會堅持調查此事。」

「但是他不能，對不對？」柏達克太太叫道。

「他當然可以，溫妮，」她丈夫惡狠狠地反駁：「他是遺囑的共同執行人，有權利將自己的老爸挖出來，就像我有權利反對一樣。別傻了。」

「如果馬汀還有點良心，他也會反對。」柏達克太太說。

「喔，好吧！」漢考克太太說：「雖然這聽起來很嚇人，但還是得考慮遺產問題。馬汀先生可能覺得這是他對家人應負的責任。如果他能得到遺產……」

「這件事太荒謬了，」哈維蘭堅決地說：「我一個字也不信。要是我相信，絕對會第一個採取行動。不只是因為這樣才對馬汀公平，也是對我自己公平。但要是你想讓我相信莫提默先生會偷走屍體，褻瀆教堂，這實在太荒謬且難以想像。我猜彼德．溫西爵爺這樣的人由於常和罪犯及警察周旋，才認為有這種可能性吧。我只能說我不信。而且他的心裡竟然沒有任何尊重他人的想法，讓我非常難過。就這樣。大家午安。」

佛比謝皮姆跳起來。

「好啦，好啦，柏達克，別這樣。我相信彼德爵爺無意不尊重任何人。我得說，我覺得他錯了，但是最近這幾天村裡確實不平靜，任何人覺得這件事背後有陰謀並不奇怪。好了，現在忘了這件事，最好先離開這冷得要命的地方吧？接近晚餐時間了，老天，阿嘉莎會怎麼想？」

溫西向柏達克伸出手，後者不情願地握住。

「對不起，」溫西說：「我的想像力過於豐富，可能是甲狀腺分泌過於旺盛，別在意，我道歉。」

「我覺得，彼德爵爺，」柏達克太太尖刻地說：「你不應該犧牲品味胡亂發揮想像力。」

溫西略顯困惑地跟著她走出書房，竟心不在焉地將《紐倫堡編年史》夾在腋下帶走。

事後想起來當時這麼做確實有些奇怪。

♛

「我非常煩惱，」漢考克說。

週日晚間禮拜後，他造訪佛比謝皮姆家，坐得直挺挺地，削瘦的臉因焦慮而脹紅。

「我絕對不相信哈伯德會幹這種事。我太震驚了。不僅僅是從教堂裡偷走屍體這般邪惡的行為，雖然這夠嚴重了，那對神聖事物的嘲弄既悲哀又虛偽，而且竟然利用宗教儀式滿足一己之私。他甚至參加了葬禮。佛比謝皮姆先生，我身為牧師，身為牧者，深深覺得難過。」

「喔，好了，漢考克，」佛比謝皮姆說：「你得寬容一點。你知道哈伯德不是壞人，但你不能期待那個階層的人擁有高尚的品格。重點是，接下來該怎麼辦？當然，我們必須通知柏達克先生。這情況太尷尬了。老天，你說哈伯德承認了這一切？他坦承了？」

「我直接問他。」牧師說：「我回想彼德．溫西爵爺的話，內心感到非常不安。我覺得——我說不出為什麼——爵爺的說法聽起來像是異想天開，但似乎又有幾分真實性。昨天晚上我打掃小禮拜堂的地板時，掃出了不少木屑；我又去外頭找焚化爐房的鑰匙，竟在不遠處的樹叢裡找到了——事實上就在焚化爐房的窗戶外面。我向上天祈禱——還有我太太的指引，我非常信任她的判斷——然後決定在禮拜後質問哈伯德。他沒有參加早禮讓我鬆了口氣，畢竟在那樣的情況下很可能是我多慮了。」

「沒錯，沒錯，」行政官有點不耐煩。「好，所以你直接問他，而他承認了？」

「對，教我感到難過的是他毫無悔意，甚至還笑出聲，真讓我難受。」

「想必如此。」佛比謝皮姆太太同情地說。

「我們得去找柏達克先生，」行政官起身。「不管老柏達克為什麼立下那種不像話的遺囑，但哈伯德、羅林森和莫提默的行為絕對值得譴責。天曉得，我不知道偷竊屍體是否會被起訴，得去查一下。但我想會的。假使屍體算得上財產的話，也該屬於家屬或執行人。無論如何，這是種褻瀆，也是村裡的醜聞。漢考克，我必須說這在新教徒眼裡絕非好事，你肯定很清楚。好吧，這件差事非常不愉快，長痛不如短痛，越快解決越好。我隨你一起去牧師公館，幫你向柏達克夫婦解釋。你呢，溫西？你說中了，我想柏達克應該向你道歉。」

「喔，我還是別攪和了，」溫西說：「我想我不會受歡迎的，不是嗎？這對哈維蘭．柏達克來說會是非常巨大的財務損失。」

「的確如此，真是令人不愉快。或許你說得對。我們走吧，牧師。」

溫西和女主人在壁爐前討論這件事，過了約莫半小時，佛比謝皮姆突然探頭進來說：「溫西啊，我們要去莫提默那兒。我希望你能開車一起去。梅瑞德星期天休假，我不想晚上開車，尤其是起霧的時候。」

「好啊。」溫西說。他迅速上樓，不一會兒就穿著一件厚重的皮夾克下來，腋下夾著一個包裹。他向柏達克夫妻打了招呼，爬進駕駛座，很快就在霧中謹慎地沿著海瑞厄汀路前進。

他們經過他看見幽靈馬車的樹下，他自嘲地一笑，並指出幽靈馬車消失的柵門，滿意地聽見哈維蘭怒哼一聲。在已然熟悉的交叉路口，他往右轉進弗林普敦，平穩地開了六哩路，然後佛比謝皮姆提醒他注意通往莫提默農場的路。

莫提默的農場上有許多馬廄和農場建築，離大路約兩英里。溫西在黑暗中什麼都看不清楚，但注意到主屋的窗戶都亮著。行政官焦急地按了門鈴，門打開了，屋內傳來爆笑聲，顯然莫提默並不覺得自己的惡作劇有什麼大不了的。

「莫提默先生在家嗎？」佛比謝皮姆問，語氣非常嚴肅。

「是的，先生。請進好嗎？」

他們進入一個寬敞的老式前廳，燈火輝煌，門口立著一面沉重的橡木屏風，屋內十分溫暖。溫西從黑暗中走進屋內，眨著眼睛。他看見一位臉色紅潤、高大壯碩的男子，伸出手上前歡迎。

「佛比謝皮姆！老天！你願意過來真是太好了！你有個老朋友在我這兒呢。喔！」

（他的腔調略有不同。）「柏達克！哎喲，唉喲……」

原來哈維蘭．柏達克已從行政官背後衝上前，後者試圖拉住他。

「該死！該死，你這畜生！立刻停止這場鬧劇，你對屍體做了什麼？」

「屍體？」莫提默似乎有點困惑後退了幾步。

「對，天殺的！你朋友哈伯德的伎倆。別否認了，你們到底想怎樣？屍體就在這裡某個地方吧？到底在哪兒？給我交出來！」

他威嚇地繞過屏風走到燈下，一名高瘦男子冷不防從扶手沙發椅上站起來迎向他。

「冷靜點，老弟！」

「老天！」哈維蘭說，往後重重踩上溫西的腳趾。「馬汀！」

「沒錯，」那人說：「就是我，又陰魂不散出現了。你好嗎？」

「所以這一切是**你**在搞鬼！」哈維蘭大怒。「我早該知道的，你這齷齪的畜生！你覺得將自己的父親從棺材裡拖出來搬到鄉下很有趣？太低劣了，令人作嘔，簡直不像話！看來你完全放棄當個正直的人了。你該不會要否認吧？」

「我說，柏達克！」莫提默叫道。

「閉嘴！你去死吧！」哈維蘭喊著：「我馬上就來收拾你。聽著，馬汀，我不會再忍受這種無恥的行為，快交出屍體……」

「等一下，等一下，」馬汀露出淺淺的微笑，雙手插在外套口袋裡。「你這番說法似乎振振有詞。這些是什麼人？喔，那是牧師。我認識。恐怕我們必須解釋一下，牧師。還有，呃……」

「這位是彼德．溫西爵爺，」佛比謝皮姆插嘴道：「他發現了你們的……柏達克，恐怕我同意令弟的說法，這伎倆太惡劣了。」

「喔，老天！」馬汀說：「莫提默，你不知道你的對手是彼德．溫西爵爺吧？怪不得一下子就被揭穿了。這位先生是出名的福爾摩斯啊。我似乎恰恰在關鍵時刻回來了，才不致造成真正的傷害。戴安娜，這位是彼德．溫西爵爺。這是內人。」

一位穿著黑色晚禮服的年輕美女羞赧地對溫西微笑，然後謙遜地轉向小叔。

「哈維蘭，我們想解釋……」

他完全無視她。

「好了，馬汀，遊戲結束了。」

「我想也是，哈維蘭。但你何必這麼大張旗鼓。」

「大張旗鼓？我喜歡這個詞，你正是如此將父親的遺體從棺材裡偷出來……」

「不是、不是，哈維蘭，我完全不知情，我發誓。我幾天前才得知父親的死訊。我在庇里牛斯山拍影片，一聽說就立刻趕來了。莫提默、羅林森和哈伯德策畫了這齣戲。我昨天早上在巴黎的家裡收到信才知道這件事。老實說，哈維蘭，我真的完全不知情。我怎麼會知道？我也不需要知道。」

「你這話是什麼意思？」

「要是我在這裡，只要出個聲就能阻止葬禮，何必大費周章偷走屍體？完全沒必要。莫提默告訴我的時候，我反而嚇到了。雖然我很感謝他們這麼替我著想，為我做了這麼多事，但我想最有權利生氣的是漢考克先生。莫提默已經盡可能小心行事了，先生。真的，他將老爸停放在曾是小教堂的地方，還供著花，我相信你會滿意的。」

「是的、是的，」莫提默說：「我完全沒有不敬之意，真的，來看看祂吧。」

「實在太糟糕了。」牧師無助地說。

「你瞧，因為我不在，他們只能盡力而為。」馬汀說：「我會盡量安排合適的墳墓，當然是在地上，也可以火化。」

「什麼？」哈維蘭驚呼：「你以為我會因為你無恥地要錢，就讓父親不下葬？」

「親愛的弟弟，你以為我會讓你埋了他，好讓你奪走我的財產？」

「我是遺囑執行人，我決定他應該下葬，不管你怎麼說都一樣！」

「我也是遺囑執行人，我說他不該下葬。在地面也絕無問題，我會讓他好好安息。」

「你們聽我說，」牧師站向兩個憤怒的年輕人之間。

「我等著看葛理翰怎麼說你。」哈維蘭咆哮。

「喔，沒錯，正直的律師葛理翰，」馬汀冷笑著。「他知道遺囑的內容，不是嗎？我想他不會向你提過了吧？」

「他沒有，」哈維蘭反脣相譏。「他可很清楚你是個惡棍，才不會說呢。你不只因為被勒索娶了那女人回家讓家族蒙羞……」

「柏達克先生，柏達克先生……」

「你小心點，哈維蘭！」

「你沒有半點節操……」

「住嘴！」

「竟然竊取父親的遺體和我的遺產，好讓你隨你天殺的老婆繼續和一群戲子娼婦過放蕩無恥的生活……」

「哈維蘭，別詆毀我的妻子和朋友。你又好到哪裡去？我聽說溫妮花錢如流水，鎮日賭博玩樂，幾乎要破產了不是嗎？怪不得你想搶走自己兄長的遺產。我從來就看不起你，哈維蘭，但是看在上帝的份上……」

「等一下！」

佛比謝皮姆終於成功地阻止這對兄弟，半是因為已習慣發號施令，半是兩兄弟看來都已吼得喘不過氣。

「等一下，馬汀。我這麼叫你，是因為我認識你和你父親很久了。我知道哈維蘭一番話激怒了你，這些話確實難以原諒，我相信等他平靜下來後也會發現的。但你得記得這件事令人難受，他非常震驚不悅──我們都一樣──因此說哈維蘭要『搶走』你的遺產是不公平的。他對這邪惡的遺囑一無所知，自然會依習俗安排葬禮。你們要和平地解決這件事，就算找不到遺囑也該如此。好了，馬汀……還有哈維蘭，你們好好想想。親愛的孩子，這種場面真是教人看不下去，真的不該發生。你們絕對可以好好地平分遺產。老人的屍體實在不該成為兩個兒子之間爭執的起點，更何況是為了錢。」

「對不起，」馬汀說：「我失態了。您說得沒錯，先生。聽著，哈維蘭，算了。我會分你一半遺產……」

「一半！一切都是我的！你分我一半？真是慷慨！明明是我的錢！」

「不是的，老弟，現在是我的錢，老爸還沒入土呢。不是嗎，佛比謝皮姆先生？」

「的確，法律上來說是的，遺產現在是你的。哈維蘭，這你一定也明白。但你哥哥說要分你一半，所以……」

「一半！我才不要一半！這傢伙想騙走屬於我的錢，我要報警逮捕他，告他搶劫教堂，你等著瞧。電話在哪裡？」

「抱歉，」溫西說：「我並不想進一步干涉你們家族的事務，但我真的不建議你報警。」

「你不建議？這他媽的和你有什麼關係？」

「這個嘛，」溫西不以為然地說：「如果這件事鬧上法庭，我很可能得出庭作證，因為找到那玩意的人是我，不是嗎？」

「所以呢？」

「所以呢，我可能會在法庭上被問到，遺囑放在我找到的地方多久了。」

哈維蘭的喉嚨乍時像被什麼給堵住了。

「那又怎麼樣？該死！」

「嗯，你知道的，要是認真思考多半會起疑。我的意思是，去世的令尊肯定在他出國前就將遺囑藏進了書櫃裡，而那是多久以前？三年？五年？」

「差不多四年。」

「沒錯。在這期間你們聰明的管家任憑溼氣浸蝕圖書室，不是嗎？沒有生火，窗戶也破了……書籍毀損嚴重，對我這樣的藏書人來說可是非常痛心。對，好吧，假設他們問起遺囑，而你回答遺囑在潮溼的地方藏了四年。接下來我對他們說書架裡側有一塊笑臉形狀的受潮印痕，《紐倫堡編年史》上也有相應的受潮笑臉，但在兩者間藏了四年的遺囑上卻沒有任何痕跡，他們不會覺得奇怪嗎？」

哈維蘭太太突然尖聲大叫。「哈維蘭！你這個蠢貨！你這個大蠢貨！」

「閉嘴！」

哈維蘭猛地轉身，向他太太咆哮。她跌坐進椅子裡，伸手掩住嘴。

「謝謝妳，溫妮，」馬汀說：「不，哈維蘭，不用解釋，溫妮不就穿幫了嗎？原來你根本知道……你知道遺囑內容，故意藏起遺囑舉行葬禮。我真的非常感謝你，幾乎像感謝謹慎守法的葛理翰先生一樣感謝你。擅自隱匿遺囑是詐欺、陰謀，還是什麼罪名？佛比謝皮姆先生肯定很清楚。」

「老天，老天！」行政官說：「你確定嗎，溫西？」

「確定。」溫西說，拿出了夾在手臂下的《紐倫堡編年史》。「印痕在這裡，你們可以看看。柏達克先生，請原諒我擅自借用你的財物，我擔心哈維蘭先生會在半夜想到這個破綻，將這部編年史賣掉或送人，或乾脆割去封面。請容我將這本書還給馬汀先生——原封不動。請原諒我宣稱自己並不羨慕這場鬧劇裡的任何角色，正如派克斯尼夫先生[6]所言，這顯露出人性醜惡的一面；而我非常厭惡自己被設計成發現遺囑的證人。我可能是個渾球，哈維蘭·柏達克先生，但我可不是個大渾球。各位晚安，我在車子裡等你們。」

溫西昂然走了出去。

牧師和佛比謝皮姆很快尾隨著出門。

「莫提默會送哈維蘭和他妻子去車站，」行政官說：「他們要立刻回城裡。漢考克，你明天再將他們的行李送去。我們最好快點離開。」

溫西按下引擎啟動鈕。

一個男人急急跑下臺階，來到車旁。是馬汀。

---

6 Mr. Pecksniff，英國作家狄更斯（Charles Dickens）小說《馬丁·丘茲爾維特》（*Martin Chuzzlewit*）中的人物。

「我說，」他喃喃道：「你幫了我大忙……我還真不值得你這麼做，或許你覺得我其實是個該死的畜生。但無論如何，我會讓老爹好好安息，也會和哈維蘭平分遺產。請別對我太嚴苛。他太太是個恐怖的女人，玩弄他於股掌之間，還害他背了一屁股債，搞垮他的生意。我會處理好這場混亂。你瞧，我不希望你將我們想得太糟。」

「喔，這是當然！」溫西說。

他踩下離合器，消失在潮溼的白霧中。

4 雨中足音的復仇

邦特將腦袋從對焦遮光布下抽了回來。

「我想差不多了，先生，」他有禮地說：「除非還有任何病患——如果我能這麼稱呼牠們的話——您想留下紀錄。」

「今天就到此為止吧，」醫生說，小心翼翼地從桌上拿起最後一隻嚇傻了的老鼠，滿意地放回籠子裡。「或許星期三，如果彼德爵爺願意再度讓我借用你的話……」

「你說什麼？」爵爺喃喃低語著，從幾個看起來毫無魅力的玻璃罐前抬起了那長鼻梁。「好老狗，」他心不在焉地說：「你叫牠的名字就搖尾巴，對吧？這些是雞尾酒嗎，哈特曼，還是埃及豔后的大腸標本？」

「你什麼也不懂，對吧？」年輕的醫生笑道：「朝我施展那套戴眼鏡的書呆子把戲是行不通的，溫西，我很清楚你的招數。我對邦特說假使三天後你能讓他再過來，幫我記錄這些樣本進步的情況，我會非常感激——那意味著我期待牠們有所進步。」

「你何必問呢，親愛的老傢伙？」爵爺說：「你難道不知道我很樂意為偵探同行效力嗎？這可和追捕凶手是同一件事。弄完了嗎？好傢伙！對了，如果你不修補那只籠子的話，可能會搞丟病患喔——五號病患吧。最後那根鐵絲已經鬆了，聰明的病患弄鬆的，真是厲害的小東西，不是嗎？不需要牙醫——我真想當老鼠——鐵絲可比那天殺的電鑽好多了。」

哈特曼醫生輕輕驚叫了一聲。

「你是怎麼注意到的，溫西？我以為你根本沒看籠子。」

「我自有觀察的本能，也因為練習而進步。」彼德爵爺靜靜地回答：「我的眼睛會注意周遭任何異狀，腦子隨即提出警告。我們進來時就看見籠子了，直到剛剛才意識到不對勁。但我的心思不在那上頭。顯然病患情況有進步了。總之搞定了吧，邦特？」

「我相信都沒問題了，爵爺。」他的侍從回答。他收拾好相機和感光板，默默地整理起小實驗室，室內設備——和郵輪上的房間一樣，麻雀雖小，五臟俱全——剛因實驗而搬動過。

「好吧，」醫生說：「我非常感謝你，還有邦特。我希望這些實驗能獲得好的成果，你無法想像一系列的好照片對我多有幫助，我沒辦法做這些——目前還不行。」他加上一句。疲累的年輕臉龐渴望地看著相機。「而且我不能在醫院做研究，沒有時間。我得來這裡。掙扎謀生的家醫科醫生沒法不看病，就算在布魯姆斯伯里[1]也一樣。有時就算病人只付半克朗，也足以影響我能否撐下去。」

「正如米考伯先生[2]所言：『收入二十英鎊，支出十九英鎊十九先令六便士，結局很幸福；支出二十英鎊六便士——結局很悲慘。』不用表達感激了，老伙計，邦特最喜歡鼓搗焦油和定影液了。讓他的手藝不會生疏，能夠練習都是好事。採取指紋和顯影可讓他喜不自勝，而拍攝壞血病纏身（這個詞不錯！）的老鼠在無案可查之際也聊勝於無。最近沒什麼犯罪事件，我們無聊死了，對不對，邦特？不曉得倫敦怎麼了，我甚至管起了鄰居的閒事，以防本事生疏。那天我問郵差在克羅伊登的情人可好，嚇得他魂不附體，那郵差已婚，住在大奧蒙德街。」

「你怎麼知道的？」

「其實我並不知道。但郵差就住在我朋友派克探長對面，他太太——不是派克的太太，派克還單身，我是指郵差的太太——詢問派克克羅伊登的飛行表演是不是演出一整

1 Bloomsbury為倫敦市中心一區，一九〇五年至二次大戰期間，部分藝文人士常在此處聚會，其中也包括名作家維吉尼亞．吳爾芙。

2 Mr. Micawber，英國作家狄更斯（Charles Dickens）小說《大衛．考伯菲爾》（*David Copperfield*）中的人物。

晚。派克腦子不靈光，不假思索地說：『不是。』這不就穿幫了嗎？我覺得我該說說派克兩句，實在太粗心啦。」

醫生笑了起來。「你留下來吃午餐吧？」他說：「雖然只有冷肉和沙拉。管家星期天不來，我還得自己應門，真是太不專業了，但也沒辦法。」

「我很樂意，」溫西說，他們走出實驗室，從後門進入黑暗的小公寓。「這是你自己建的嗎？」

「不是，」哈特曼說：「前一名房客弄的，是個藝術家，所以我才租下這裡。雖然很破爛，這玻璃屋頂在今天這樣的大熱天可會熱死人，但我得有個便宜又能在一樓開業的地方。手頭寬裕前只能待在這裡了。」

「在你的維生素實驗讓你一舉成名之前嗎？」彼德愉快地說：「你會成為下一個風雲人物，我有直覺。小而美啊。」

「確實，」醫生說：「實驗室拖垮了氣氛，但我的管家只有白天在。」

他帶頭走進一間狹長的餐廳，桌上已經擺好了冷午餐。離廚房最遠的那一端窗戶外面就是大詹姆士街。這房間只比走廊稍大一點，還有很多門——廚房門、相鄰牆上另一道門通往玄關，對面第三道門能瞥見一間中型診療室。

彼德．溫西爵爺和醫生坐在餐桌旁，醫生表示希望邦特先生加入他們。但守禮自持的邦特不贊成這提議。

「假使我能冒昧地表達自己的偏好，」他說：「我寧可和平常一樣服侍您和爵爺。」

「沒用的，」溫西說：「邦特喜歡讓我知道自己的處境。邦特簡直是恐怖分子，連靈魂都不是自己的啦。你隨意吧，邦特，我們做夢都不想強迫你。」

邦特先生遞上沙拉，倒水時肅穆的模樣就像在斟一瓶陳年波特酒。

這是一九二一年一個寧靜的夏季週日午後，這條骯髒的小街上幾乎不見人影，只有冰淇淋小販相當活躍，擽空在繁忙生意中奢侈地靠在角落的樹蔭下。布魯姆斯伯里健康的孩子們很安靜，可能大熱天都待家裡吃著熱騰騰的午餐。唯一的噪音來自樓上，沉重的腳步聲來回踱步。

「樓上這傢伙是什麼人？」彼德爵爺問：「我猜他並不是早起的人。但這並非說有什麼人必定會在週日早起。我無法想像為什麼上天要讓住城裡的人遇上這種討厭的日子，我應該去鄉間的，但今天下午還要去維多利亞車站和朋友碰面，真會挑日子……那位女士是什麼人？妻子還是女朋友？無論如何我想她對女性在家中扮演的角色都相當低調。我也猜樓上是臥房。」

哈特曼驚訝地望著彼德爵爺。

「原諒我糟糕的好奇心，老伙計，」溫西說：「壞習慣。不干我的事。」

「你怎麼……」

「猜的，」彼德爵爺坦白地說：「我聽見天花板上傳來鐵床架的嘎吱聲，然後有個沉重的傢伙咚地一聲下了床，但那也可能是沙發或別的狀況。總之過去半小時以來，那人穿著襪子走來走去，那女人則從我們進來之後就一直在做事。」

「我以為，」醫生帶著誇張的表情說：「你一直在聽我解釋維生素B的好處，以及一七五五年林德[3]如何以新鮮的檸檬治療壞血病。」

「我是在聽，」彼德爵爺急急承認，「但我也聽見了腳步聲。那傢伙走進廚房——只是拿火柴，然後走進客廳，讓女人繼續忙。我說了什麼？喔，對了，正如我之前所說，我會無意識地聽到聲音或視而不見，但稍後一想就清楚了。就像邦特的顯影板一樣顯現出來。潛……潛什麼，邦特？」

「潛像，爵爺。」

「就是這個。邦特是我的左右手，少了他我什麼事也做不成。照片放進顯影劑之前都是潛像，腦子也一樣，沒什麼神祕的。所有小灰書都是我敬愛的祖母！你該記住的全靠這些灰色小細胞了。我只是好奇，關於樓上的房客我說中了嗎？」

「完全說中了。那男人是瓦斯公司的檢查員，個性陰沉，對妻子很好（以他的方式）。我是說，他不介意星期天早上窩在床上，家事丟給太太去做，但他願意花錢為她添購漂亮的帽子和皮大衣。他們結婚才六個月。春天時她感冒了，我去替她看病，那男人在一旁簡直急瘋了。我得說那名妻子是個可愛的小美人——義大利人，我想他是在蘇活區某間餐館撿到她的，一頭漂亮的黑髮和眼睛，還有維納斯般的身材。她當時有點像是餐館的招牌吧，我猜。非常活潑。之前有個她的仰慕者追來這裡——一個靦腆的義大利小矮子，帶著一把刀，像猴子般靈活。要不是我剛好在場，她先生也隨後趕來，事態可能會不太妙。這一帶人們總是在街上幹架，雖然有助於我的生意，但總是治療頭破血流和脖子錯位也是頗為乏味的。但我沒說她脖子上的割傷也相當令人厭倦。長得漂亮不是女孩的錯，這可不是說她態度冷淡，我認為她真的很喜歡布洛德頓——那男人的名字。」

溫西心不在焉地點點頭。「我猜這裡的生活有點單調。」

「以我的工作來說的確如此，生孩子、醉漢和打老婆都稀鬆平常，當然還有常見的疾病。目前我靠一個拉肚子的小孩過活——天氣這麼熱一定會發生的。秋天之後就是感冒和支氣管炎，偶爾會遇上肺炎；當然還有腿的問題，像靜脈屈張……老天！」醫生大聲叫起來：「要是能不管這些專心做實驗就好了！」

「哎呀，」溫西說：「小說裡患上奇病孤僻的百萬富翁在哪裡？你閃電診療出富翁的病情，奇蹟般地治好他——『上帝保佑你，醫生，這是五百鎊的謝禮』——然後你來到了哈利街[4]！」

3 詹姆斯・林德（James Lind，一七一六—一七九四），英國皇家海軍外科醫生，發現可利用柑橘類水果和新鮮蔬菜治療及預防壞血病。

4 Harley Street，倫敦名醫聚集開業的地方。

「那種人不會住在布魯姆斯伯里。」醫生說。

「診斷病情一定非常迷人，」溫西沉吟道：「你是怎麼做的？我的意思是每種病是否有固定的症狀，像是打橋牌時叫梅花，示意同伴叫無將牌？你不會只說：『這傢伙的鼻子上長了痘痘，所以患有心臟脂肪變性……』」

「我希望不是。」醫生略帶諷刺地說。

「還是那更像是搜索犯罪的線索？」溫西繼續說著：「你看見某些事物，無論是一個房間或人的身體，四下一片狼藉，諸多可疑之處，你得找出通往真相的徵兆？」

「比較像是這樣，」哈特曼醫生說：「有些症狀本身很重要，比方壞血症患者的牙齦狀況，其餘則要合併……」

話說到一半，兩人都跳起來。樓上傳來一聲尖叫，隨後是沉重的砰咚聲，一名男人悲傷地大喊，腳步沉重地來回奔跑，就在醫生和他的客人們震驚地愣在原地時，那男人下來了——還在慌亂中滾下樓梯，並猛敲哈特曼的門。

「救命！救命！讓我進去！我太太！她被殺了！」

他們很快開門讓男人進來。男人膚色不深、體型高壯，穿著汗衫和襪子。男人一頭亂髮，神情既困惑又悲戚。

「她死了、死了！他是她的情人，」他哀嚎著：「快來！誰來帶走她……醫生！我失去了我太太！我的馬德蓮娜……」他停頓了一下，看起來像要抓狂，又再度沙啞地開口：

「有人闖進來，不知為何持刀刺向她、殺了她。我要讓他接受法律制裁，醫生，快來！而她竟然還在為我燉雞做午餐……啊啊啊！」

他歇斯底里地尖叫出聲，最後僅輕笑一聲就沉默下來。醫生抓住男人的手臂搖晃。

「鎮定一點，布洛德頓先生。」醫生尖聲說道：「或許她只是受傷了，別擋路！」

「只是受傷？」男人說，沉重地在最近的椅子頹然坐下。「不、不，她死了，小馬德蓮娜，喔，我的天！」

哈特曼醫生先從診療室拿了一卷繃帶和幾件外科工具，快速跑上樓，彼德爵爺緊跟在後。邦特留下來以冷水對抗歇斯底里的男人，然後走到餐廳窗口大叫。

「什麼事？」街上有個聲音應道。

「您能不能進來一下，警員？」邦特先生說：「這裡發生了謀殺案。」

布洛德頓偕邦特和警員一同上樓，走進小廚房找哈特曼醫生和彼德爵爺。醫生跪在女人屍體旁邊，一行人進來時抬起視線，搖了搖頭。

「當場死亡，」他說：「直接刺中心臟，可憐的孩子，但她沒有受苦。喔，警員，你在這裡真是太好了，這似乎是一樁謀殺案……凶手恐怕已經逃走了。布洛德頓先生可以向我們說明，案發時他在現場。」

男人跌坐在椅子上，呆呆地望著屍體，神色呆滯。警員拿出一本筆記本。

「先生，」警員問道：「就別浪費時間了，越快進行搜查，越可能抓到犯人。案發時你在現場，是嗎？」

布洛德頓出神地盯著警員一會兒，隨即努力保持平靜地說：

「我在客廳抽菸讀報，我的……她在這裡準備午餐。我一聽到她的尖叫聲就趕過來，發現她倒在地上。她什麼都沒來得及說……那時她應該已經死了。我又跑向窗口，看見那傢伙越過玻璃屋頂，我朝他大吼，但他早就不見蹤影，於是我衝下樓……」

「慢著，」警察說：「先生，你沒想到追上去嗎？」

「我第一個念頭只想救她，」男人說：「我以為她或許還沒死，我試著救活她……」男人一陣哽咽後就不作聲。

「你說凶手從窗口進來？」警察問道。

「不好意思，警員，」彼德爵爺插了話，他似乎一直在打量廚房裡的物品。「布洛德頓先生是說看見那人從窗口**出去**，紀錄最好要正確。」

「這是一樣的，」醫生說：「凶手只能從窗戶進來，這些公寓的構造都一樣。樓梯間的門通往客廳，布洛德頓先生在客廳裡，所以那凶手不可能從客廳闖入。」

「而且，」溫西說：「也不可能從臥房的窗戶進來，要不然我們會聽見。我們就在正下方的房間裡。當然，除非凶手從屋頂下來。臥房通往客廳的門是打開的嗎？他冷不防轉向布洛德頓。

男人遲疑了一會兒。「對，」又說：「是的，我確定是打開的。」

「要是凶手從臥房窗口進來，你會看見他嗎？」

「我不可能沒看到。」

「好了，先生，」警察有點不悅地說：「還是讓**我**來問吧，那傢伙確實不可能從臥房窗口進來，會被街上的人看到。」

「你太聰明了，竟然想得到這一點。」溫西說：「當然不可能，我想都沒想過。那正如你所說，一定是從這扇窗戶了。」

「不只如此，窗框上還留下痕跡，」警員以勝利的口吻說道，指向倫敦煙塵中模糊的汗漬。「沒錯，凶手沿排水管爬下去，越過下面的玻璃屋頂……那屋頂下是什麼？」

「我的實驗室，」醫生說：「老天！我們吃飯時這個殺人凶手……」

「一點也沒錯，先生，」警員同意。「看來是越過那道牆到隔壁的院子去了，要不然肯定會有人看見。別擔心，我們會抓到他的，先生。我馬上過去。」警員轉向布洛德頓。「先生，你看見了這傢伙的長相嗎？」

布洛德頓抬起驚惶的面孔。醫生插嘴：

「警員，我想你應該知道，」他說：「這位女士約莫八星期前被叫做馬瑞契堤的義大利侍者持刀攻擊——呃，雖然不是致命的攻擊。」

「啊！」警察欣喜地舔了舔鉛筆，又問布洛德頓：「你認識醫生說的義大利人嗎？」

「就是他，」布洛德頓憤怒道：「追我太太追來這裡——上帝詛咒他！我希望他和她一樣死在這裡！」

「沒錯，」警察說：「好了，先生，」轉頭詢問醫生：「凶器在你這裡嗎？」

「沒有，」哈特曼說：「我到的時候屍體上沒有凶器。」

「你拔出了凶器？」警員問布洛德頓。

「沒有，」布洛德頓說：「凶手帶走了。」

「凶手帶走凶器。」警員做了筆記。「呼！這裡可真熱，不是嗎？」又加上一句，擦了擦前額。

「我想是瓦斯烤箱，」溫西冷靜地說：「瓦斯烤箱很熱的，尤其在七月中。你介意我關掉烤箱嗎？裡面有烤雞，但我想你或許不想……」

布洛德頓呻吟出聲。警員說：「沒錯，先生，發生這種事後沒人想吃飯的。謝謝你，先生。好了，醫生，你能告訴我們是怎樣的凶器嗎？」

「是長而窄的武器，我猜是義大利短劍。」醫生說：「大約六吋長，凶器從第五肋骨下方猛力刺進去，穿透心臟。你們都看得出來幾乎沒有流血，這種傷勢等同瞬間斃命。你發現時她就躺在這兒嗎，布洛德頓先生？」

「就這樣臉朝上躺著。」她丈夫回答。

「那就很清楚了，」警員說：「這個馬瑞契堤，還是叫什麼的，對這位可憐的年輕女士懷恨在心……」

「我相信他仰慕她。」醫生補充。

「沒錯，」警員說：「當然啦，這些外國人就是這樣，連最像樣的都是，天生就會動不動戳人一刀。好吧，馬瑞契提從窗戶爬進來，看見這位可憐的年輕女士站在桌子旁邊準備午餐，就從背後摟住她，給了她一刀，非常輕鬆，她沒有穿束腰。她尖叫出聲，他抽出短劍，然後逃走了。現在只要找到那傢伙就成了。先生，我這就告辭，馬上就可以逮捕凶手，請別擔心。但我得派人守在這裡不讓人進來。先生們，日安。」

「可以移動這可憐的女孩了嗎？」醫生說。

「當然可以，要我幫忙嗎，先生？」

「不，別浪費時間，我們可以自己來，」警員啪達啪達走下樓。哈特曼醫生轉向溫西。「您能幫我嗎，彼德爵爺？」

「邦特比較擅長這種事。」溫西抿著嘴說。

醫生有點驚訝地望著他，但沒說什麼。醫生和邦特一同抬走屍體，布洛德頓沒有跟上來，只是悲傷地坐在原地，臉埋在雙手中。彼德爵爺在小廚房裡走來走去，察看幾把刀及廚房用具，望進水槽，還察看星期天午餐用到的麵包、牛油、果醬、蔬菜等食品。水槽裡散落著削到一半的馬鈴薯，就像是家居生活遭暴力中斷的悲慘見證。漏鍋裡裝滿豌豆。彼德爵爺好奇地轉動這些東西，凝視著醬料碗光滑的表面，就像水晶球一樣。一碗麵粉他摸上了好幾次，然後從口袋裡掏出菸斗，慢慢填起菸草。

醫生回來了，然後將手放在布洛德頓肩上。

「來吧，」醫生輕聲說：「我們將她放在另一間臥房裡了。她看起來非常安詳。你要記得，除了她看見刀子的那瞬間，她並沒有受苦。這對你來說一定非常難受，但要撐下去。警方……」

「警方也沒法讓她活過來，」那男人粗暴地說：「她死了。別管我，該死！我說別管我！」

他站起來大大揮動雙手。

「你不能坐在這裡，」哈特曼堅決地說：「我會開點藥給你，你要保持平靜，我們待會兒就會離開，但如果你無法控制自己……」

經過一番說服，布洛德頓沉默地跟著醫生離開。

「邦特，」廚房的門在身後關上後，彼德爵爺說：「你知道我為什麼懷疑老鼠實驗能否成功？」

「您是指哈特曼醫生的實驗，爵爺？」

「對，哈特曼醫生有個理論。我的邦特，在任何調查中，理論是最危險的事。」

「我曾聽您說過，爵爺。」

「該死，你和我一樣明白！醫生的理論有什麼問題？」

「您希望我回答，醫生只看得見符合他理論的事實對嗎，爵爺？」

「你看穿了我的心思！」彼德爵爺懊惱地說。

「而且醫生還灌輸他的理論給警方。」

「噓！」溫西說。醫生回來了。

♛

「我得讓他躺下來，」哈特曼醫生說：「我覺得我們最好讓他獨自靜一靜。」

「你知道嗎，」溫西說：「我不贊成這個主意。」

「為什麼？你覺得他會傷害自己？」

「我猜這理由和別的理由一樣好，」溫西說：「當你沒有任何能付諸言詞的理由時。但我的建議是，一刻都不要離開他。」

「為什麼？在這麼哀痛欲絕的情況下，外人在場只會讓他更難受，你還要我別管他。」

「看在上帝的份上快回去。」溫西說。

「說真的，彼德爵爺，」醫生說：「我知道怎樣對我的病人最好。」

「醫生，」溫西說：「這無關是不是你的病人，而是謀殺案。」

「案子的真相已經很清楚了。」

「這案子共有二十個疑點。對了，洗窗工人上次什麼時候來的？」

「洗窗工人？」

「誰會注意到黑漆漆的洗窗工人呢？」溫西輕聲說道，拿火柴點燃菸斗。「你默默地泡在浴缸裡，輕鬆地什麼也不想，但突然間有個腦袋像漢米頓．泰格[5]的鬼魂一樣出現在窗口，彷彿漂浮在空中，並以粗啞的嗓音朝你打招呼：『早安，先生。』洗窗工人不來洗窗子的時候在哪裡呢？是不是和忙碌的小蜜蜂一樣冬眠去了？是不是……？」

「說真的，彼德爵爺，」醫生說：「你不覺得自己太逾越分寸了嗎？」

「很抱歉讓你有這種感覺，」溫西說：「但我真的想知道洗窗工人什麼時候來的。」

「如果你真想知道的話，昨天才來過。」哈特曼醫生語氣相當不悅。

「你確定？」

「還洗了我家的窗戶。」

「正如所料，」彼德爵爺說：「就像那首歌唱的：

『**正如所料，**

是個小洗窗工人。』」

「既然如此，」溫西加上一句：「絕對不能放布洛德頓一個人。邦特！該死，那傢伙上哪兒去了？」

廚房的門打開了。

「爵爺？」邦特突然現身，就像才默默盯梢完病人。

「很好，」溫西說：「你回去待在那裡。」那百無聊賴的態度消失了，溫西注視著醫生的神情就像是四年前看著不聽話的副官一樣。

「哈特曼醫生，」他接著說：「有些不對勁，你不妨回想，我們當時正在聊症狀，然後傳來尖叫聲，接著是跑步聲。**腳步聲跑向哪裡？**」

「我不清楚。」

「你不清楚？但這可是徵兆，醫生。我的直覺一直困擾著我，如今我知道為什麼了。那是從廚房跑出來的腳步聲。」

「所以呢？」

「所以！現在又有洗窗工人……」

「工人怎麼了？」

「你能發誓窗框上的痕跡並非洗窗工人留下的嗎？」

「但是布洛德頓記得那工人……？」

「我們檢查過你的實驗室屋頂是否留有腳印嗎？」

「但凶器呢？溫西，這太瘋狂了！有人拿走了凶器。」

---

5 Hamilton Tighe，出自英國牧師理察．巴勒姆筆下一部關於神話傳說、幽靈故事和詩歌等合輯著作。

「我知道。但你覺得傷口周圍如此平滑，會是短劍造成的嗎？我認為看上去有點粗糙。」

「溫西，你到底想說什麼？」

「公寓裡有線索……但是我想不起來。我看見了……我知道我看見了。我會想起來的。與此同時別讓布洛德頓……」

「什麼？」

「做他要做的事。」

「他要做什麼？」

「要是我能告訴你的話，我就能告訴你線索是什麼了。他剛才為什麼沒辦法立刻說出臥房門是打開還是關上的？非常好的故事，但未考慮周詳。不管怎樣……我說醫生，找個藉口脫下他的衣服拿來給我，再叫邦特過來。」

醫生困惑地瞪著溫西，然後聳聳肩走進廚房。彼德爵爺跟在後面，沉默地瞥了布洛德頓一眼。彼德爵爺走回客廳，在一張紅絲絨扶手椅上坐下，瞪著鍍金相框裡的石版畫，陷入長考。

不一會兒邦特抱著一堆衣服走過來，溫西接過衣服有條不紊卻無精打采地搜索。他突然放下衣服，轉向侍從。

「不對，」他說：「這是預謀的。邦特，我搞錯了，我不是在這裡看見的，不管我看見了什麼，我是在廚房看到的。好，那到底是什麼呢？」

「不好說，爵爺，但我相信我應該也察覺到了……不是有意識地察覺到，爵爺，如果您知道我的意思，是不經意察覺到的某種異狀。」

「沒錯！」溫西突然說：「潛意識萬歲！我們從廚房來回想。從門口開始，牆上掛著平底鍋和小湯鍋，往裡走是瓦斯烤箱，門是開著的，裡面有烤雞。牆上掛著一排木頭湯匙，點火器、烤盤夾。要是我太忘形要阻止我。壁爐，還有調味料罐之類的物品。有什麼不對勁嗎？沒有。櫥櫃，盤子，刀叉，都很乾淨；灑麵粉器，牛奶罐，篩子在牆上，磨豆蔻的擦子，三層蒸鍋，蒸鍋裡很乾淨。」

「您察看了櫥櫃所有抽屜嗎，爵爺？」

「沒有，可以去看看，但重點是我的確注意到了某件事。我注意到什麼了？那才是重點。先不管，繼續，精采的還在後面！刀座，磨刀粉，餐桌，你說了什麼嗎？」

「沒有。」邦特說，呆板的敬畏態度消失了。

「餐桌讓我想起了什麼。非常好，桌子，上面有麵包、火腿和香草填料，板油塊，另一個篩子，幾碟盤子，玻璃盤裡有牛油，一碗醬料……」

「啊！」

「醬料！對了，有點……」

「有點不對勁，爵爺……」

「是醬料！喔，我的腦袋！他們在《親愛的布魯特斯》[6]裡是怎麼說的，邦特？『抓住你的工具箱。』沒錯，抓住醬料，又滑又難搞，等等！」

溫西停頓了一下。

「我小時候，」溫西說：「很喜歡到廚房找老廚子聊天，是個老好人，我現在彷彿還能看見她處理雞的模樣，我趴在桌邊，她都自己拔雞毛處理內臟。我非常喜歡看她做事。小男孩都是小畜生，對不對，邦特？拔毛，去內臟，清洗，填料，將雞的小屁股塞進你知道是什麼的小洞裡，綁好雞，在烤盤上塗油……邦特？」

「爵爺！」

「抓住醬料！」

「那個碗，爵爺……」

「那個碗……想像一下……就是那個碗不對勁！」

「碗是滿的，爵爺！」

「我知道了、我知道了、我知道了！碗是滿的……表面光滑。老天！我就知道那很奇怪。現在想想碗為什麼不應該是滿的？抓住……」

「雞在烤箱裡。」

「沒有醬料！」

「非常草率的料理，爵爺。」

「雞……在烤箱裡……卻沒有醬料。邦特！假設雞是在她死後才放進烤箱裡的呢？某個需要隱藏某樣物品的人匆忙塞進去……太可怕了！」

「但是使用什麼工具？」

「沒錯，為什麼？這就是重點。那隻雞還讓我想起另一件事，我就快想起來了。慢著，拔毛，去內臟，清洗，填料，捆綁……老天！」

「爵爺？」

「來吧，邦特。謝天謝地我關掉了烤箱！」

溫西衝進廚房，對醫生和病患毫不理睬，後者坐起來哽咽地尖呼出聲。他拉開烤箱門，拿出烤盤，雞皮才剛變色。溫西發出勝利的輕呼，拉住雞翅膀下面露出的鐵環，抽出一根六吋長的螺旋串肉針。

醫生在廚房門口設法制止激動的布洛德頓。溫西在布洛德頓掙扎時，以柔道手法推至角落壓制。

「凶器在這裡。」他說。

「混蛋，你證明啊！」布洛德頓凶狠地喊叫著。

---

6 *Dear Brutus*，蘇格蘭劇作家、小說家詹姆斯・馬修・貝瑞爵士（Sir James Matthew Barrie）的劇作。

「我會的，」溫西說：「邦特，叫門口的警察過來。醫生，我們需要你的顯微鏡。」

♛

醫生在實驗室裡低頭看著顯微鏡，玻片上塗抹著串肉針上的血跡。

「怎麼樣？」溫西不耐煩地問道。

「沒問題，」哈特曼說：「烤箱的熱度還沒到達中央。老天，溫西，你說對了……圓形血球，直徑三六二一分之一，是哺乳類動物的血跡，可能是人血……」

「她的血。」溫西說。

♛

「這非常聰明，邦特，」出租車開向位於皮卡迪利的住處時，彼德爵爺說：「如果雞在烤箱裡多烤一會兒，血跡就會被完全破壞，無法檢驗出來。這顯示出無預謀的犯罪通常是最安全的。」

「爵爺覺得這男人的動機是什麼？」

「我年輕時，」溫西沉吟後說道：「人們會叫我讀聖經。問題是，我唯一有興趣的章節就是人們不想讓我讀的內容。但我對〈雅歌〉[7]很熟。你可以去查查，邦特，你這年紀看不會造成任何傷害的：裡面解釋何謂嫉妒。」

「我讀過〈雅歌〉，爵爺，」邦特回答，臉龐微微發紅[7]。「如果我沒記錯的話，裡面是這麼說的：『嫉妒如陰間之殘忍[8]。』」

7 舊約聖經詩歌智慧書的第五卷。
8 出自雅歌 8:6，此處採和合本譯文。

5 龍頭的博學歷險記

「彼德叔叔！」

「等一下，小黃瓜。不，佛里奧特先生，我不想買那本卡圖盧斯[1]，畢竟沒有封面和最後的開頁，十三個金幣有點貴，不是嗎？但等維特魯威[2]和《諷刺冒險》（*Satyricon*）進貨以後你再送過來，我很想看看。好了，老伙計，什麼事？」

「來看一下這些圖片，彼德叔叔，我覺得這本書非常古老耶。」

彼德．溫西爵爺嘆了一口氣，繞過雜亂的書堆，從佛里奧特的書店後方陰暗處走過

1 Catullus，古羅馬詩人。

2 Vitruvius，古羅馬作家、建築師、工程師。

來。波崔吉先生的私立小學突然爆發麻疹，加上丹佛公爵和公爵夫人正在歐陸，十歲的姪子聖喬治子爵，通稱為小傑瑞、傑金斯或醃小黃瓜，現在正由爵爺照管。彼德爵爺並不是那種天生會「應付」小孩，讓老奶娘讚嘆的高手；但他以對待成人般一絲不苟的禮貌對待孩子，成功地容忍他們。因此他抱著尊重的心態迎接小黃瓜的新發現。雖然你不見得能信任孩子的品味，那本書很可能只是糟糕的模糊銅版畫，或是拙劣的當代重製版，內頁印刷粗糙；暴露在街頭塵埃的「清倉書架」上不會有好貨。

「叔叔！這裡有個好玩的人，鼻子和耳朵都好長，還有尾巴，身上長滿了狗頭。Monstrum hoc Cracoviæ……這是個怪物，對吧？我覺得一定是怪物。Cracoviæ是什麼，彼德叔叔？」

「喔，」彼德爵爺大大地鬆了口氣。「這是克拉科夫怪物，」有這種嚇人圖片的書絕對有年紀了。「我們瞧瞧吧。沒錯，這是一本非常古老的書——繆斯特的《天地奇物志》[3]。我很高興你能分辨出好東西，小黃瓜。《天地奇物志》怎麼會在佛里奧特先生這裡只賣五先令？」

「這個嘛，爵爺，」書商跟著他的顧客走到門口。「書況非常糟；封面鬆脫，幾乎所有跨頁地圖都不見了。這本書是幾星期前進來的，混在我們向諾福克的一位先生收購的書裡頭，書上有他的名字，是亞薩爾大宅的康耶斯醫生。當然，我們可以不出售，等再進一本後試圖補全。但您也知道這本書不屬於這家店的主力，我們專精於古典作家。所以這本書就以原本的書況出售了。」

「喔，快看！」小黃瓜插嘴：「這裡有個人被切成碎塊呢。這說明上寫什麼？」

「我以為你會拉丁語。」

「是啊，但是筆畫太花了。上頭寫了什麼？」

「這是縮寫式。」彼德爵爺耐心地說明：「Solent quoque hujus insulæ cultores……這是說島上居民在雙親老而無用之後，會帶他們去市場賣給食人族；假使年輕人生了重病也會有同樣的下場。」

「哈哈！」佛里奧特說：「那些食人族還真可憐，得到的不是壞掉的肉，就是又老又柴難啃的肉，是吧？」

「這些居民似乎非常會做生意。」爵爺同意。

小黃瓜子爵顯得很感興趣。

「我**真的**喜歡這本書。」他說：「我能用自己的零用錢買嗎？」

「當叔叔的另一個課題，」彼德爵爺心想，迅速回想《天地奇物志》裡有沒有任何兒童不宜的插畫；因為他知道公爵夫人極為一板一眼。想了一會兒，他只記得有一張可能勉

3 *Cosmographia Universalis*，作者為文藝復興時期的德國數學家塞巴斯丁・繆斯特（Sebastian Münster），是世界第一位繪製出四大洲地圖的人，本書為其一五四四年出版的重要宇宙論著作。

強碰觸紅線，但公爵夫人很可能不會注意到。

「這個嘛，」他持平地說：「我是你的話，小黃瓜，我應該會買。這本書況並不好，佛里奧特先生方才也老實說了，要不然這書相信會非常值錢。但除了缺頁之外，這本書非常乾淨，如果你有興趣藏書的話，絕對值得你花五先令。」

在此之前，子爵對食人族的興趣顯然大於書況，但一想到下學期將在波崔吉先生的私立小學裡以珍本藏書家的新身分登場時，這念頭變得有無比的吸引力。

「班上可沒別人收藏書呢，」他說：「大部分人集郵。但我覺得郵票很無聊，不是嗎，彼德叔叔？我有點想放棄集郵。教歷史的波特先生和你一樣有很多書，而且很會踢足球。」

彼德爵爺正確地聽出這段波特先生評語的含意，於是表示藏書絕對是極富男子氣概的嗜好，而且幾乎沒有藏書的女孩。他說，因為這需要了解許多日期、字體等技術性細節，而男性的大腦才辦得到。

「此外，」他加上一句：「你知道，這書本身非常有趣，值得細讀。」

「那我要這本，」子爵說，這筆重要而昂貴的交易讓他雙頰微微發紅。畢竟公爵夫人並不鼓勵小男孩隨便花錢，而且對零用錢管得非常嚴謹。

佛里奧特鞠躬，接過《天地奇物志》包裝起來。

「你手上現金夠嗎？」彼德爵爺謹慎地詢問，「還是我暫時助你一臂之力？」

「不用了，謝謝叔叔；我有瑪麗阿姨給我的半克朗，還有自己的四先令零用錢。因為學校爆發麻疹，宿舍沒換新床單，我的錢就省下來了。」

交易以紳士的方式完成。剛起步的藏書家立刻親自抱著結實的大書叫來一輛出租車，歷經壅塞的交通之後，將這本《天地奇物志》帶回了皮卡迪利110A。

「邦特，威伯佛斯．波普先生是什麼人？」

「我想我們不認識這位先生，爵爺。但他希望耽誤爵爺幾分鐘時間談生意。」

「他八成要我替他沒出嫁的老姑媽找走失的狗。有了偵探的名聲真能惹來這些事！讓他進來。小黃瓜，如果這位先生的生意是私事的話，你最好到餐廳去。」

「好的，彼德叔叔。」子爵乖巧回應，然後趴在圖書室壁爐前的地毯上，仔細翻閱《天地奇物志》裡有趣的篇章，不時仰賴拉丁語辭典[4]。他原本只覺得這部編纂而成的鉅作，不過是集令人厭惡的野蠻大寫字母之大成罷了。

威伯佛斯．波普是個年近四十、略顯矮胖的男子，前額全禿，戴著玳瑁邊的眼鏡，態

4 指劉易斯和肖特（Lewis & Short）的未刪節版《拉丁語詞典》（一八七九年出版），為繼《牛津拉丁語詞典》後古典拉丁語學生最重要的詞彙資源。

度十分殷勤。

「您會原諒我貿然前來打攪吧？」他開口便問：「我相信您一定會覺得不勝其煩，於是我要求佛里奧特先生告知您的姓名住址，否則就坐在他店門口的臺階上不肯走，他的助手都在拉門板了。等我告訴您這是怎麼回事，您恐怕只會覺得我愚蠢至極。但您一定不能責怪佛里奧特先生，好嗎？」

「完全不會，」爵爺說：「我是說我很高興你來。在書籍上我能幫上你的忙嗎？或許你也藏書？要喝點什麼嗎？」

「不，」波普輕笑起來。「我不是藏書家。謝謝您，我可以喝一口……不、不，真的就一口。謝謝您。」他望著四周書架上厚重的皮面精裝書，「雖然我絕對不是藏書家，但我碰巧對您昨天買的一本書有興趣，嗯……深富感情的興趣。真的，這是件微不足道的小事，您會覺得我很傻。書店老闆說您是繆斯特《天地奇物志》的新主人，那本書過去屬於我的舅舅康耶斯醫生。」

小黃瓜突然抬起頭來，彷彿聽見談話和他有關。

「並不盡然，」溫西說：「當時我在場，但購入藏書的是我姪子傑洛德。傑洛德，波普先生對你的《天地奇物志》感興趣。這是我的姪子，聖喬治子爵。」

「年輕人，你好嗎？」波普和藹地說：「我看得出藏書癖是家族遺傳。我猜你也是拉丁語學者，對嗎？準備要下達不中傷宣誓[5]了嗎？哈哈！你長大之後要做什麼？大法官？

我打賭你肯定想當火車司機，對吧，對吧？」

「不了，謝謝你。」子爵冷淡地說。

「什麼，不想當火車司機？好吧，現在我希望你能當個精明的生意人，和我做一筆書本的交易。你叔叔會確保我出個公平的價錢，對吧？哈哈！你瞧，你那本圖畫書對我具有獨一無二的非凡意義。我在你這個年紀，讀這本書是我相當樂在其中的娛樂，我常在星期天翻閱。啊，真是愉快的時光！我很喜歡看那些古怪的木刻版畫，還有迷人的老地圖，上面有船有蠑螈，還有Hic dracones——我敢說你知道那是什麼意思？」

「此地有龍。」子爵一臉不情願地開了口，但仍保持禮貌。

「沒錯！我就**知道**你是個學者。」

「這是一本引人入勝的書。」彼德爵爺說：「我姪子被克拉科夫怪物迷住了。」

「啊，沒錯。非常迷人的怪物，不是嗎？」波普熱切地贊同。「我常想像自己是蘭斯洛特爵士[6]之類的人物，騎在白色的戰馬上，手持長矛，衝向怪獸；受困的公主在一旁為我打氣。啊！童年！你現在正享受一生中最美好的時光，年輕人。你不會相信，但這是實

---

5 指濫訴。濫用司法資源的議題從羅馬帝國起就有所謂「不中傷宣誓」（Culumniae jusjurandum）的機制，避免婚姻官司陷入長期的爭訟。

6 亞瑟王傳說中圓桌騎士團的成員之一。

話。」

「您想要我姪子做什麼?」彼德爵爺略微尖銳地問道。

「沒錯,沒錯。好了,您知道,我舅舅康耶斯醫生幾個月前賣掉了他的藏書。當時我在國外,昨天去亞薩爾拜訪時才得知這本書和一堆書都被賣掉了。言語無法表達我的懊惱。我知道那不值錢,畢竟缺頁很多,但我無法忍耐失去它。所以正如我說的,只是出於情感,就焦急地趕到佛里奧特先生的店,希望買回來。發現晚了一步之後很懊惱,還纏著佛里奧特先生,直到他告訴我書被誰買走了。你瞧,聖喬治爵爺,我是來這裡向您買書的。好了,我出加倍的價錢。這個價錢不錯吧,您說呢,彼德爵爺?哈哈!這樣您就幫了我一個大忙。」

聖喬治子爵看起來頗為不安,轉向叔叔求救。

「這個嘛,傑洛德,」彼德爵爺說:「你知道這是你的決定。你打算怎麼做?」

子爵輪流以兩腿支撐身體重心。藏書家這行顯然和其他行業一樣有其難處。

「彼德叔叔,」子爵尷尬地低聲說:「我能小聲和你說話嗎?」

「通常在這種場合不該小聲說話,小黃瓜,但你可以請波普先生給你一點時間考慮他的提議。要不你也可以先和我商量,這些做法都完全沒有問題。」

「波普先生,如果您不介意的話,我想先和我叔叔商量一下。」

「當然,當然,哈哈!」波普說:「徵求經驗豐富的藏書家意見是非常謹慎的做法,對吧？這一代的年輕人真厲害，對不對，彼德爵爺？已經是個優秀的生意人。」

「請容我們暫時離席。」彼德爵爺說完，拉著姪子進了餐廳。

「我說，彼德叔叔，」門關上之後，小藏書家上氣不接下氣地說：「我**非得**將我的書賣給他不可嗎？我不覺得他是好人。我**討厭**要我解釋名詞的人。」

「如果你不想賣的話，當然不一定要賣，小黃瓜。那本書是你的，你有權利賣或不賣。」

「叔叔，要是**你**會怎麼做？」

彼德爵爺回答這個問題之前，令人驚訝地躡手躡腳走到餐廳通往圖書室的門前，冷不防打開門，正好逮到波普跪在地毯上專心地翻閱書頁，書仍舊攤在地毯上。波普先生聽到門開了，驚慌地站了起來。

「波普先生，請隨意看看。」彼德爵爺禮貌地說，再度關上門。

「怎麼了，彼德叔叔？」

「假使你願意聽我的建議，小黃瓜，我會對波普先生提高警覺。我不相信他的話。他說書裡的插畫是木刻版畫，當然啦，那可能是他無知，但我不相信他小時候週日下午都看地圖找龍。你可能已經發現了，繆斯特的地圖裡幾乎沒有龍，大部分是普通的地圖。從我們現在的世界觀來看可能有點奇特，但其實非常直截了當。所以我才提起克拉科夫怪物，你瞧，他以為那是一種龍。」

「喔，我明白了。原來你是故意的！」

「波普先生想買回這本書，肯定是為了某個不願意透露的原因。因此要是那本書是我的，我不會急著賣。明白了嗎？」

「你的意思是那本書可能擁有很高的價值，只是我們不知道？」

「很有可能。」

「太棒了！就像《男孩之友圖書館》（*Boys' Friend Library*）系列裡的故事一樣。那我應該怎麼回覆他，叔叔？」

「我是你的話，我不會表現得過於激動。我會宣稱經過充分考慮，因為很喜歡這本書，所以決定不賣。當然，最後要謝謝他的提議。」

「好的。你能幫我說嗎，叔叔？」

「我覺得你自己說比較好。」

「嗯，或許那樣比較好。他會生氣嗎？」

「有可能，」彼德爵爺說：「但就算他生氣也不會表現出來。你準備好了嗎？」

諮商委員會回到圖書室。波普已經謹慎地離開地毯，正在檢視角落的書櫃。

「非常感謝您的提議，波普先生，」子爵堅定地走向他。「我考慮過了，我……我很喜歡那本書，決定不賣。」

「很抱歉。」彼德爵爺插了話：「但我姪子很堅決。不，不是價錢的問題，他想要那本書。我希望我能滿足你的要求，但畢竟書不屬於我。離開前想再喝點什麼嗎？真的？拉叫人鈴吧，小黃瓜。我的侍從會送你到電梯口。晚安。」

訪客離開後，彼德爵爺沉思片刻後拿起那本書。

「我們太天真了，不該留他和這本書一起的，小黃瓜，就算是一刻也不行。幸好沒有任何損傷。」

「你不會以為我們離開時他有什麼發現吧，叔叔？」小黃瓜睜大了眼睛。

「我相信沒有。」

「為什麼？」

「走到門口時，他再次出價五十英鎊買這本書。這就洩底啦，哼！邦特。」

「爵爺？」

「將這本書放進保險箱裡，鑰匙給我。你最好關門窗時打開所有的防盜系統。」

「哇，耶！」聖喬治子爵開心地歡呼起來。

♛

威伯佛斯．波普來訪後的第三天早上，子爵在經過一名男孩所能體驗到最光榮、最令人滿足的一個神奇的夜晚之後，坐在他叔叔的公寓裡吃著遲來的早餐。他幾乎興奮到沒法吃完邦特端上來的腰花和培根。後者無懈可擊的禮節完全不受眼周迅速擴大的黑眼圈影響。

約莫凌晨兩點，小黃瓜——他睡得不好，因為前一天晚上和大人去看戲，又吃得過飽——聽到防火逃生梯的方向傳來聲響，於是靜悄悄地下了床，走進彼德爵爺的房間叫醒他。子爵說：「彼德叔叔，我確定防火梯上有小偷。」彼德爵爺並沒有說「胡說，小黃瓜，快回去睡覺」，而是迅速起身傾聽，然後說：「老天，小黃瓜，我想你說對了。」他讓小黃瓜去叫邦特，小黃瓜一向覺得他叔叔是高尚的紳士，但回來時確實看見他從放手帕的抽屜裡拿出一把自動手槍。

就在這一刻，彼德爵爺從體面的叔叔變成了不起的叔叔。他說：

「聽著，小黃瓜，我們不曉得有幾個壞蛋，所以你最好乖乖聽話，我說什麼就立刻照辦；就算我說『快逃』也一樣。聽懂了嗎？」

小黃瓜對叔叔做了保證，心臟怦怦地跳著。他們坐在黑暗中等待。一道微弱的電鈴聲冷不防在彼德爵爺的床頭響起，還亮起一盞綠色小燈。

「圖書室的窗戶，」爵爺說完立刻關掉警鈴。「如果他們聽見了可能會放棄。我們試著給他們幾分鐘。」

他們等了五分鐘，然後安靜地沿著走廊前進。

「邦特，繞去餐廳，」爵爺說：「他們可能會從那裡逃跑。」

他謹慎地打開圖書室的鎖，開了門。小黃瓜注意到叔叔開鎖時幾乎沒聽到任何聲響。手電筒射出的光圈正緩緩沿著書架移動。竊賊顯然完全沒發現反擊部隊，相當專注地忙碌著。小黃瓜的眼睛適應黑暗之後，看見一個人拿著手電筒，另一人將書本一一從書架上抽出來檢視。望著彷彿脫離身體的兩隻手浮在手電筒光圈中沿書架移動，真是太有趣了。

那兩人喃喃抱怨著，看來這份差事比想像中困難得多。古代作家有著刪減書背上的書名，或是根本不印上書名的習慣，這相當困擾他們。拿著手電筒的人不時伸手進光圈裡，那隻手上拿著一張紙，另一人見狀就焦急地拿書本和那張紙比對，然後將書放回架上，繼續搜索。

突然一道細微的聲音響起。小黃瓜確定不是**自己**的聲音，可能是待在餐廳的邦特，蹲著的那人似乎也聽到了。

「那是什麼聲音？」那人驚呼著轉過頭。

「手舉起來！」彼德爵爺大喊，打開電燈。

另一人衝向餐廳門口，然後傳來撞擊和詛咒聲，這表示遇上了邦特。蹲著的那人像木偶般慢慢舉起手。

「小黃瓜，」彼德爵爺說：「你可以走到書架旁那位先生身邊，將他外套右側口袋裡突出來的醜惡東西拿出來嗎？等一下，絕對不要擋在他和我的手槍之間，拿出來時要非常小心。別急。非常好。朝下拿過來就可以了，好嗎？謝謝。邦特解決了另一個。現在去我臥房，衣櫃底下有一卷結實的繩子。喔！對不起，手可以放下來了，我想這樣一定很累。」

入侵者的雙手被綁在背後。小黃瓜覺得彼德爵爺簡直就像是名偵探塞克斯頓・布雷克。彼德爵爺示意俘虜們坐下，喚邦特倒杯威士忌蘇打過來。

「在我們叫警察之前，」彼德爵爺說：「要是你們能讓我知道在找什麼、誰叫你們來的，會非常有幫助。啊！謝了，邦特。我們的客人沒辦法抬起手，或許你能幫忙讓他們喝一口。想喝的話就說。」

「您真是個紳士，大人，」第一個小偷說著，並且禮貌地扭過頭在肩膀上擦嘴，因為也沒辦法抬起手背。「要是我們知道這份差事是這樣，絕對不會接受的。那傢伙說什麼『就像從小孩手中拿走糖果一樣容易』，又說『那位先生非常好應付，不過是個上流社會的書蟲』，他是這麼說的。還有，『你們誰能替我找到這本舊書，』他說：『就能拿到二十五英鎊。』哇！也太好賺！但他根本沒說這裡有五十萬本天殺的舊書，每一本都一個樣，就像一團該死的龍騎士一樣。他也沒說您床邊就有一把自動手槍，也沒說您這麼會綁人。他根本什麼都沒提。」

「這真是太不公平了，」爵爺說：「你們知道那位先生叫什麼名字嗎？」

「不知道，那是另一件他沒說的事。他並不高，皮膚白，戴著圓圓的眼鏡，微禿。我猜是個慈善家。我以前有個朋友惹過麻煩，替他辦過事，那先生對我朋友說：『你能找兩個人幫我辦點小事嗎？』我朋友心想沒什麼大不了，你瞧，大人，我們以為這可能只是個惡作劇，所以他找了我們，我們在白教堂路的酒館見了面。預計等我們拿到那本書，星期五再碰面。」

「要是我冒昧猜測，那本書就是《天地奇物志》？」

「聽起來很像，大人。我先前將這個讓人快咬到舌頭的名字寫在一張紙上，放在我朋友那裡。比爾，那張紙呢？」

「好了，聽著，」彼德爵爺說：「恐怕我不得不報警。但我想你們要是能幫忙抓到那位先生，我想警方應該會放過你們。我強烈懷疑那位先生叫做威伯佛斯．波普。邦特，打電話報警，然後去敷一下你的眼睛。小黃瓜，我們讓這兩位先生再喝一杯，然後你最好回床上睡覺，冒險結束了。不是嗎？快穿上厚外套，好孩子，我不敢想像要是你感冒了，你母親會對我說什麼。」

接著警察上門帶走了兩個小偷。現在彼德爵爺的私人好友，蘇格蘭場的派克探長手裡正拿著一杯咖啡，端坐著傾聽案件經過。

「那本舊書到底有什麼特別的，這麼多人想要？」探長疑惑地問。

「我不知道，」溫西回答：「但波普先生那天來過之後，我起了好奇心，於是仔細翻閱了一遍。我感覺那本書或許很值錢，例如某樣隱藏的寶物。要是波普先生對那本書知道得更多，可能就能得到我相信他無權得到的東西了。總之，我發現了某樣東西之後，隨即寫信給亞薩爾大宅的康耶斯醫生，這本書先前的主人……」

「康耶斯，那個癌症醫生？」

「是的，他做了不少重要研究，如今已然上了年紀，我想約莫七、八十歲。既然他都一隻腳跨進棺材了，我希望他能比他外甥要來得誠實。我寫信給他（當然得到小黃瓜的允許），聲稱他的書在我們手裡，我們對書裡提到的事很感興趣，他能不能告訴我們這本書的歷史。我同時也……」

「你在書裡發現了什麼？」

「小黃瓜，我想我們現在先別告訴他，是吧？我喜歡讓警察摸不著頭腦。在你無禮地打斷我之前，我正在說我同時也問他是否知悉他外甥出價想買回這本書。他的回信剛送到，他表示不知道那本書有何特別之處，那在他的圖書室裡不知放了多久，內頁插圖幾乎全脫頁了，肯定是家裡某人的惡作劇。他想不出他外甥為什麼這麼想買回那本書，因為他外甥小時候並沒有讀過。事實上老先生宣稱據他所知，威伯佛斯根本沒去過亞薩爾大宅，說什麼每個星期天午後愉快地翻閱噴火龍，全是胡說。」

「威伯佛斯太不老實了！」

「嗯，就是。所以經過昨晚的騷動之後，我打電報給老先生說我們要去亞薩爾大宅，和他好好聊一下那本書和他的外甥。」

「你要帶那本書去嗎？」派克問：「如果你需要的話，我可以派警員護送你。」

「這主意不壞。」溫西說：「我們不知道那位詭計多端的波普先生是否會陰魂不散，我並不覺得他會就此罷手。」

「有備無患，以防萬一。」派克說：「我走不開，但我會派兩個人隨你一起去。」

「好傢伙。」彼德爵爺說：「叫你的手下來吧，我們立刻叫車。我猜你要和我一起去吧，小黃瓜？天知道你母親會怎麼說。絕對不要當人家的叔叔，查爾斯；要面面俱到真的太難啦。」

♛

亞薩爾大宅是一間寬敞傾圮的鄉間宅邸，無言地道盡時間的滄桑。原本都鐸晚期建築的正面已經被加蓋的義大利風格門面所掩蓋，古典的門廊上方有著山形牆，周圍是半圓形的階梯。庭園是正式的設計，小簇樹叢綿延相接，形狀一致。然而之後的主人突發奇想，進行了讓人聯想到最偉大的園丁布朗[7]的大膽造景。一座中國風的寶塔，有點類似威廉・錢伯斯爵士在皇家植物園裡的作品，但比較小；矗立在大宅東邊的一叢繡球花中。大宅後方有一座很大的人工湖，裡面散落無數小島，小島上造有奇特的小廟、洞穴、茶室，以及從矮樹叢裡冒出來的小橋。樹叢曾經頗富裝飾性，可惜現在長得亂七八糟。一棟屋簷設計像柳葉盤的船屋坐落湖邊一角，小船停靠的碼頭已然毀損，雜草叢生。

「我惡名昭彰的老祖宗哥伯特・康耶斯在一七三二年從海上退休之後，就在這裡定居

---

7 蘭斯洛特・布朗（Lancelot Brown，一七一五—一七八三），英國著名庭園景觀設計師、建築家。

下來。」康耶斯醫生微笑道：「他哥哥身後無子嗣，所以黑羊回到家裡，決心成為受人尊敬的紳士，成家立業。但恐怕他並沒有成功。關於他的錢是從哪來的，流傳著各種詭異的說法。據說他是海盜，曾經和惡名昭彰的黑鬍子一起航行；到今天村裡的人都還叫他割脖康耶斯。這稱號過去會讓老人非常生氣，據說他聽到一名馬伕叫他「老割脖」，就割掉了馬伕的耳朵。但他並不是沒教養的人，大宅後方的造景就是他的傑作；中國寶塔也是他建造的，他會在上面舉起望遠鏡眺望。謠傳他研究黑魔術，圖書館裡不少天文學書籍扉頁上的借書卡寫著他的名字，但那可能只是對航海生涯的回憶。

「不過，他到了晚年變得愈發乖僻，和家人爭吵，將小兒子一家掃地出門，是個非常討人厭的老頭。

「他臨死時牧師隨侍在側。牧師是個熱心誠懇、敬畏上帝的好人，深信讓老人和受惡劣待遇的兒子和解是神聖的任務，為此肯定忍耐了不知多少侮辱。最後老割脖讓步了，立下遺囑，將『我埋在繆斯特裡的寶藏』留給小兒子。牧師懇求他，沒有尋寶資訊，將寶藏留給兒子也沒用，但那可惡的老海盜只壞心地吃吃笑著，表示既然他費盡一番工夫蒐藏，他兒子就該花點力氣找出來。除此之外就不再多說。不久他死了。我敢說那老傢伙去了一個很糟的地方。

「在那之後家族沒落，我是康耶斯家最後的後代，也是寶藏的繼承人，但天曉得那是什麼，畢竟從來沒人找到過。我想寶藏的來路可能並不正當，但既然現在已經找不到原來的所有人，我猜我就是世界上最有權利得到寶藏的人。

「彼德爵爺，您可能覺得我不像話，一個孤獨老人還如此貪求海盜的寶藏。但我一輩子研究癌症，我相信我已經非常接近解決之道。研究得花錢，我有限的資產早就花光了；宅邸和土地也全數抵押，我非常焦急，想在死前完成實驗，並期盼留下一筆基金蓋醫院，好延續我的研究。

「過去一年來，我非常努力想解開老割脖的寶藏之謎。我將研究工作交付能幹的助手佛比斯醫生，憑著一己之力，根據稀少又薄弱的線索持續尋寶。哥伯特的遺囑裡並未說明寶藏是在德國的繆斯特還是愛爾蘭的繆斯特[8]，找起來困難重重而且花費高昂。我前往那兩個城市花了許多錢，卻一無所獲。直到八月我失望地回國，才發現得賣掉藏書，好支付旅行費用及繼續研究。」

「啊，」彼德爵爺低聲驚呼：「我慢慢明白了。」

老醫生疑惑地望著他。他們喝完了茶，坐在書房裡的大壁爐前面。彼德爵爺對這棟美麗的破敗大宅很感興趣，問了不少事，談話也自然轉向康耶斯醫生的家人，以及攤在他們旁邊桌上的《天地奇物志》。

「你說的一切都和這個謎團吻合。我想威伯佛斯．波普先生毫無疑問地想找到寶藏，

8 前者為德國北萊茵—威斯伐倫州北部的城市，又譯明斯特；後者為愛爾蘭島南部省分，又譯芒斯特。

但我不明白他怎麼知道你有這本《天地奇物志》。」

「我出售藏書時寄了一份目錄給他。」康耶斯醫生說：「他是我親戚，我想他應該有權買下任何他喜歡的物品。我不清楚他為什麼當時不買，如今才做出這麼驚人的舉動。」

彼德爵爺哈哈大笑。

「當然是因為他後來才知道啊，」他說：「喔，老天。他知道後肯定懊惱萬分！我原諒他就是了。但是，」他加上一句：「我不想讓你抱著無謂的希望，先生，就算我們解開了老哥伯特的謎題，也未必能找到寶藏。」

「找到寶藏？」

「好了，先生，我要你先看這一頁，邊緣有個潦草的簽名。我們的祖先喜歡在書頁邊緣隨便簽上名字，而不是好好地將名字寫在扉頁上。這是一個約莫查理一世時代的簽名：『Jac: Coniers.』我猜這證明了這本書至少從十七世紀初就在你家了，從那時起直到現在。好，接著翻到一千零九十九頁，這裡有關於克里斯多福．哥倫布發現新大陸的描述。一開始是一張地圖，上面有波普先生口中的怪獸游泳著，顯然這代表加納利群島，或是舊稱幸運島嶼的地域。這類老地圖看起來都正確不到哪兒去，但我覺得右邊的大島代表蘭薩羅特島，最近的兩個小島可能是特尼里弗島和大加納利島。」

「中間寫的是什麼？」

「重點就在這裡。上面的筆跡比『Jac: Coniers.』的簽名來得新，我猜大約落在西元一七〇〇年左右。但當然，也可能是更久之後才寫上去的。我的意思是一七三〇年的老人可能依舊保持年輕時的寫字習慣，特別像你的海盜祖先這類人。他年輕時多半在戶外度過，應該不常寫字。」

「彼德叔叔，您是說，」子爵興奮地打斷他：「那是老割脖的筆跡？」

「我很願意打賭，是的。聽著，先生，您去過了德國的繆斯特和愛爾蘭的繆斯特，但家裡圖書室的老賽巴斯欽．穆斯特呢？」

「老天憐憫我的靈魂！這可能嗎？」

「幾乎可以確定，先生。他是這麼寫的，你看，就在海龍的腦袋附近：

陽光永遠普照在龍頭上。

「這拉丁語有點糟，事實上你可以說是海盜的拉丁語。」

「恕我魯鈍，」康耶斯醫生說：「我看不出來這對我們有什麼幫助。」

「確實沒有。『老割脖』很聰明，他覺得要是有人看見了，想必會以為這指的是下方內文所描述的：『這些島嶼之所以叫幸運是因為氣溫舒適、天候完美。』但狡猾的老天文學家躲在寶塔裡，心中另有打算。這是一本出版於一六七八年的小書——米爾德頓的《實用占星術》（*Practical Astrology*）——正是老割脖這種業餘者愛用的工具書，這裡寫著：『如果你的星盤上有木星、金星或**龍頭**，就可以確定那裡埋有寶藏……如果你發現**太陽**是埋藏寶藏的指標，就能確定有黃金或珠寶。』你知道的，先生，我想我們可以確定。」

「老天！」康耶斯醫生說：「我相信你說中了。要是曾有人建議我學習占星術，我很可能會一臉優越地說我的時間很寶貴，不能浪費在這種胡言亂語上。真是慚愧。非常感謝你。」

「是啦，」小黃瓜說：「但是寶藏在哪裡呢，叔叔？」

「問題來了，」彼德爵爺說：「地圖非常簡略，沒有經緯度，也完全沒有標明是在哪座島的哪個位置，而是在海洋中央。此外，寶藏被藏起來之後已然過了兩百多年，可能早就被別人找到了。」

康耶斯醫生站起來。

「我已經是個老人了，」他說：「但我還有點力氣在。要是我能設法湊足遠征的費用，絕對會盡全力尋找寶藏，替我的醫院籌備資金。」

「那麼，先生，請容我助您一臂之力。」彼德爵爺說。

♛

康耶斯醫生請客人留下來過夜。溫西將興奮莫名的子爵送上床就寢之後，和老人一起研究地圖，並且仔細閱讀繆斯特寫的〈新島嶼〉（*De Novis Insulis*），希望找出進一步的線索。最後他們道了晚安，彼德爵爺帶著書上樓。然而他坐立不安，並沒有在空中床睡覺，反而在窗前坐了很久。他的窗口可以俯瞰人工湖。月亮轉為下弦，在天空中稀薄飄盪的雲朵間緩緩攀升，中國茶室的尖銳飛簷和叢生的灌木頂端閃閃發光。「老割脖」和他的園藝造景！溫西想像老海盜坐在望遠鏡旁，在那座惡俗的寶塔中，一邊吃吃笑著一邊計畫那愚蠢的遺囑，然後數著月亮上的坑洞。「如果是月亮，那就有白銀。」湖水如白銀般閃耀光芒，光滑如鏡，唯一的缺憾是船屋和小島上的黑影。湖中央有一座傾圮的噴泉，扭曲的飛龍背上尖刺突起，看起來荒謬可笑。

溫西揉揉眼睛。人工湖看起來很熟悉，有一股既視感，就像第一次看見比薩斜塔那樣——和照片太像了，難以相信是實物。溫西覺得自己肯定看過右邊那座狹長的島，上面兩座小建物讓這座島的形狀看上去就像長著翅膀的怪物；左邊的小島像不列顛群島，但有點變形；第三個小島夾在兩者之間，離岸邊較近。三座島連成一個三角形，中國噴泉在中央，月光照在龍頭上。

「Hic in capite draconis ardet perpetuo……」（龍頭永遠燃燒）

彼德爵爺大叫一聲跳起來，打開通往更衣室的門。一個裹著鴨絨被的小身影急急從窗座上起身。

「對不起，彼德叔叔，」小黃瓜說：「我**根本**睡不著。躺著也沒用。」

「到這裡來，」彼德爵爺說：「看我是瘋了還是做夢。望向窗外，比較外頭的景象和地圖——老割脖的『新島嶼』。這是他建造的，小黃瓜，他將島嶼放在那裡。看起來不就像加納利群島嗎？這三座島連成一個三角形，角落的第四座島呢？船屋在地圖裡是那艘大船的位置？地圖裡的龍頭是那座飛龍噴泉？好孩子，你的寶藏就在那裡。穿上衣服，小黃瓜，誰管現在是不是好孩子該上床的時間！我們到湖上划船去，只要船屋裡有個能浮起來的浴缸就去。」

「喔彼德叔叔！這**真的**是大冒險！」

「好了，」溫西說：「十五個好漢站在死人身上！喲喝喝，還有一瓶約翰走路！三更半夜出發尋找海盜的寶藏，探索幸運島！船員們，來吧！」

♛

彼德爵爺將漏水的小船綁在龍尾巴上，小心翼翼地爬上岸，噴泉底部長滿了溼滑的青苔和雜草。

「小黃瓜，恐怕你得坐在那裡舀水出去。」他說：「因為厲害的船長會將真正有趣的工作留給自己。我們最好從龍頭開始。如果那老傢伙提的是龍頭，八成就是龍頭了。」他摟住龍脖子保持平衡，同時仔細地按壓拉扯龍身上不同的突起。「這玩意似乎是實心的，但我肯定哪裡有機關。你別忘了舀水，我可不希望轉頭發現船沉了。海盜船長受困小島上可就糟了。不是龍鱗，來試試眼睛。小黃瓜，我覺得有什麼在動呢，只不過卡住了。應該帶點潤滑油來的。算了，它很頑固，我也很堅持。來了，來了。啊！嘖嘖！」

彼德爵爺猛力一壓，將生鏽的突起往裡推，一道大水柱從龍嘴裡噴到他臉上。乾涸多年的噴泉歡欣鼓舞地衝向天空，將尋寶者淋得渾身溼透，在月光下造出了彩虹。

「我猜這是『老割脖』的幽默，」溫西咕噥道，緩緩放開了龍脖子。「看來關不掉了。好吧，管他的，試試另一隻眼睛。」

他又徒勞地嘗試了一會兒。此時怪物的青銅翅膀冷不防傳出傾軋的鏗鏘聲，往下貼在身側，露出一道方形深洞，噴泉停了下來。

「小黃瓜，」彼德爵爺說：「我們辦到了！（別忘了還是要舀水）這裡有個盒子，而且重得要命。不，沒問題，我可以自己來。拿船上的鉤子給我，我希望那老流氓真的有寶藏，要是這只是他的惡作劇就太無聊了。算了……保持小船平穩。好了。小黃瓜，你要記住，你可以拿船鉤和曲柄組成一個有用的起重機。抓穩了嗎？就這樣，現在加油……哈囉！這是怎麼啦？」

他划船過來的時候，船屋顯然出事了。光柱四處移動，聲音越過湖面傳來。

「他們以為我們是小偷，小黃瓜。我總是遭人誤解。快點讓路，親愛的……」

划啊划啊，划到地老天荒
不再和妳划了，親愛的美人。

「您在那兒嗎，爵爺？」他們接近船屋時傳來一名男人的聲音。

「怎麼，是我們忠心的警察！」爵爺叫道：「怎麼這麼熱鬧？」

「我們發現這傢伙在船屋附近行動鬼祟。」蘇格蘭場的警員說：「他說是老先生的外甥。您認識他嗎，爵爺？」

「我想我認識，」溫西說：「這位是波普先生。晚安，你在找什麼？不會是寶藏吧？因為我們剛剛找到了。喔，別這樣罵。你知道，我們得尊重孩子。聖喬治爵爺年紀還小。對了，謝謝你昨天晚上派有趣的朋友來看我。喔，對了，湯普森，我要告他。你在嗎，醫生？太好了。現場誰有扳手還是任何工具，我們來看看曾祖父哥伯特有些什麼。如果他只是開大家玩笑，那波普先生的惡作劇可就白花錢了。」

溫西拿起一根從船屋找到的鐵棒插進箱子的鐵扣下方，用力一扳，鐵扣咯吱了幾聲斷掉。康耶斯醫生顫抖地跪下去，打開箱蓋。

一陣短暫的沉默。

「波普先生，你得請客。」彼德爵爺說：「醫生，我相信你的新醫院完工之後一定非常棒。」

6 無臉男的未解之謎

「先生，您對於東費爾珀姆海灘上發現的那傢伙有什麼看法？」胖男人問道。

銀行假日[1]過後，大批三等車廂旅客湧入頭等車廂，那胖男人焦急地想在周遭環境中顯露泰然自若的模樣，於是向一位年輕紳士搭話。年輕紳士顯然是為了享受清靜而付了全額車資，現在看起來只得放棄，即便如此他態度上仍十分和氣，禮貌地回道：

「我只看了報紙標題，似乎是謀殺，對嗎？」

「絕對是謀殺。」胖男人熱切地說著：「可砍得一塌糊塗，真嚇人。」

1 Bank Holiday，指的是英國、部分大英國協國家和部分歐洲國家（如瑞士），以及部分英國前殖民地（如香港）的公眾假日。一八七一年起由政府公布確定的日期。

「簡直像被野獸攻擊一樣，」對面一名削瘦的年長男子說：「報紙上說連臉都沒了，這要是那些到處殺小孩的瘋子幹的，我也不會感到驚訝。」

「我希望你別說了，」他妻子打了個寒顫。「我半夜睡不著躺在床上，想著莉茲的女兒們不知道會發生什麼，想到腦袋都要炸了，肚子也很難受，只好爬起來吃餅乾。報紙上不應該刊登這種可怕的消息。」

「刊登才好，夫人，」胖男人說：「這樣我們才能提高警覺，有所防備。據我所知，那位不幸的先生獨自前往偏僻的地方游泳。雖然我們所有人都可能在水中不慎抽筋，但這樣實在太蠢了。」

「我一直這麼對我先生說，」年輕妻子接著開了口。年輕丈夫皺起眉頭，身體晃動了一下。

「親愛的，那真的不安全，你心臟又不好……」她伸手到攤開的報紙下握住他的手。他將手抽了回去，不自在地說：「夠了，吉蒂。」

「我覺得呢，」胖男人繼續說：「戰爭剛結束，成千上萬人民陷入不穩定的狀態。他們眼見親友被炸飛或射成蜂窩，五年來經歷充滿血腥的恐懼，你可以說人們的心靈早已扭曲到冷血的地步。他們可能看起來忘記了這一切，平靜度日，但那只是表面，如果你明白我意思的話。然後有一天他們受到刺激——和太太吵架，或是天氣特別熱，就像今天一樣——腦袋突然「斷片」，變成瘋狂的怪物。這些書裡都寫過。畢竟我是個單身漢，晚上有時間讀書。」

「是沒錯，」一名拘謹的矮小男子從雜誌上抬起頭來。「一點沒錯，太正確了。但是你覺得適用在這個案子上嗎？我研究過不少犯罪文獻，可說是我的嗜好，認為這件案子絕不止於表面上所看到的。相較於過去幾年來的神祕案件——我是指尚未解決的案件，而且我認為永遠解決不了——會有什麼發現呢？」他停下來環視大家。「你們會發現這案子和那些懸案有很多相似之處。尤其是臉部。請注意，只有臉，不僅遭到毀容且難以辨認。像是要從世上完全抹殺被害者的人性。你們也會發現，儘管經過縝密調查還是抓不到犯人。這表示什麼？組織。有個非常強大的組織在幕後操控一切。我現在看的這本雜誌，」他敲了敲雜誌頁強調。「就有一篇報導，不是虛構的故事，而是警察年鑑裡的真實案例。某個祕密組織專門消滅那些他們不滿的對象。他們會留下祕密組織的標記後將受害者毀容，殺手的行蹤非常隱密——他們有錢有勢——根本沒人能找到他們。」

「我也看過這類故事，當然啦，」胖男人同意，「但我以為那大多是中世紀的事了。以前義大利就有這樣的組織，叫什麼？娥摩拉嗎？現在還有娥摩拉的人嗎？」

「你提到義大利很有道理，先生，」拘謹男子說：「義大利人的腦袋裡裝滿了陰謀詭計，就像法西斯黨。當然現在已經浮出水面了，但他們最初正是祕密組織。要是你看透那個國家，裡面充斥的各種祕密組織可會讓你嚇一跳。你同意我的說法嗎，先生？」說完問了那位頭等車廂乘客。

「啊，」胖男人說：「這位先生肯定去過義大利才如此清楚。你覺得這件謀殺案是娥摩拉幹的？」

「我希望不是，」頭等車廂的乘客說：「我的意思是，你不覺得那滿掃興的嗎？我喜歡家戶裡發生的簡單謀殺案，百萬富翁被發現死在書房裡的那種。我一翻開偵探小說，看見裡面有克莫拉，興趣就煙消雲散了——可說是索多瑪和克莫拉[2]吧。」

「從藝術觀點看來，」年輕丈夫說：「我同意你的說法。但在這件案子上，我想這位先生的看法可能有點道理。」

「這個嘛，」頭等車廂的乘客說：「我不清楚細節……」

「細節很清楚，」拘謹男子說：「今天早上，這個可憐的傢伙在東費爾珀姆海灘上被發現，他的臉被破壞得一塌糊塗，身上只穿著泳衣……」

「慢著，這人是誰？」

「警察還沒確認他的身分，他的衣服也被拿走了……」

「看起來像搶劫，不是嗎？」吉蒂說。

「假使是搶劫，」拘謹男子反駁：「為什麼要讓他面目全非？不是——正如我所說，拿走他的衣服就是為了隱藏其身分。祕密組織都是這麼做的。」

「他是被刀刺死的嗎？」頭等車廂乘客問。

「不是，」胖男人說：「被勒死的。」

「並不是典型的義大利手法。」頭等車廂乘客說。

「確實不是。」胖男人說。拘謹男子似乎有些不安。

「如果他去游泳，」削瘦的年長男人說：「那他是怎麼去的？如果他住在費爾珀姆，現在一定有人發現他不見了，放假時那裡可是很多遊客的。」

「在東費爾珀姆不會，」胖男人說：「你說的是西費爾珀姆，遊艇俱樂部在那裡。東費爾珀姆是海邊最荒涼的地方，除了一條長路盡頭的小酒吧之外，沒有別的房子。過了那裡之後還得穿越三塊空地才到得了海邊。沒有鋪道路，只有一條板車小徑，但還是可以開車去。我去過。」

「他是開車去的，」拘謹男子說：「他們找到了輪胎痕，但有人開走車子。」

「看起來像是兩個人一起來的。」吉蒂說。

「我想是的，」拘謹男子說：「凶手可能將被害者綁起來堵住嘴，開車載到那兒，再拖下車勒死……」

「為什麼要換上泳衣？」頭等車廂乘客問。

「這是因為，」拘謹男子說：「我剛說了，他們不想留下能證明被害者身分的物品。」

---

2 Camorra，類似黑手黨的義大利祕密組織。索多瑪（Sodom）和前文提到的娥摩拉（Gomorrah）是聖經中的罪惡之都。故事中的人物將娥摩拉和克莫拉搞混了。

「是沒錯，但何不乾脆讓他一絲不掛？這種情況下穿泳衣似乎太刻意了。」

「是啦，是啦，」胖男人不耐地說：「但是你沒仔細看報紙。那兩人不可能是一起來的，為什麼？因為只找到一個人的腳印，就是被害者的。」

胖男人得意地望著大家。

「只有一個人的腳印？」頭等車廂乘客很快接了話：「這就有意思了，你確定嗎？」

「報導上是這麼寫的：一組赤足的腳印，從車子走到屍體處。經過仔細比對證實是被害者留下的，你覺得如何？」

「我覺得如何？」頭等車廂的乘客說：「你知道這能說明很多事，讓人能綜觀全局，還透露了案發時間，更別提讓我們了解凶手是怎樣的人，或是一群怎樣的人。」

「你是怎麼知道的，先生？」年長男子問道。

「這個嘛，首先……雖然我從沒去過現場，但那裡顯然是開放人們游泳的沙灘。」

「沒錯。」胖男人說。

「我猜附近應該有延伸到海裡的岩堆，很可能有個方便的跳水池。一定延伸得滿遠的，至少可以在漲潮前游泳。」

「我不知道你是怎麼知道的，先生，但你說對了，那裡密布岩石，百碼之外還有一座游泳池，就和你說的一樣。我常在那裡跳水。」

「岩石一直延伸到陸地上的草地。」

「對。」

「我想謀殺案發生在漲潮前不久，屍體就躺在漲潮線附近。」

「怎麼說？」

「你說腳印一直通到屍體所在的地方，這表示海水沒有淹過屍體。凶手從海上過來，攻擊被害者——可能強迫他後退了幾步——然後殺了他。我們可以想像凶手蹲在旁邊，思忖海水會不會漲得夠高。」

「喔！」吉蒂說：「你讓我渾身起雞皮疙瘩。」

「至於被害者臉上的傷痕，」頭等車廂乘客繼續說：「根據我的理論，被害者來到海邊時，凶手已經在海裡了。你們明白了嗎？」

「我明白了，」胖男人說：「你認為他從我們說的岩石那一帶跳下海游過來，所以沒有留下腳印。」

「正是。既然如你所說，岩石附近的水很深，凶手應該也穿著泳衣。」

「看起來是如此。」

「就是。那麼……他是怎麼毀容被害者的？人們晨泳時通常不會隨身帶著刀子。」

「這是個謎團。」胖男人說。

「不盡然。這麼說好了，凶手要不是帶著刀，就是沒帶。如果他帶了……」

「如果他帶了，」拘謹男子急急插進來說：「肯定是埋伏在那裡等被害者。我覺得這背後是一個錯綜複雜的陰謀。」

「是的。但是如果他帶著刀埋伏，為何不直接刺死被害者就好？既然有一把完美的武器，為什麼要勒死他？不，我想他是空手來的，然後在那裡看見他的仇人，就以典型的英國方式赤手空拳地解決他。」

「那是誰毀容的？」

「我想他撂倒對方之後，看見死者更加滿腔怒火，想進一步發洩。他可能看見散落在附近沙灘上的物體，例如一塊舊鐵片，甚至尖銳的砲彈碎片或玻璃，就在瘋狂的嫉妒或憎恨之下動手。」

「太可怕了，太可怕了。」年長的女士說。

「當然，我們只能盲目猜測，因為沒有實際看到傷口。凶手很可能扭打時掉了刀，只好徒手勒死對方，然後再撿起刀。要是傷口呈現俐落的刀痕，事發經過很可能就是這樣，這就是預謀殺人。但假使傷口是即興的武器造成的粗糙裂痕，我敢說是巧遇，凶手不是瘋了就是……」

「就是什麼？」

「就是突然遇見他恨之入骨的人。」

「你覺得之後發生了什麼事？」

「很清楚，如我之前所說，凶手等待海水沖掉自己的腳印，然後帶著武器涉水或游泳回到放衣服的岩石處。海水會洗掉他泳衣和身上的血跡。他爬上岩堆，赤腳才不會在海草或是別處留下痕跡，走回岸邊的草地上，穿好衣服，然後開走被害者的車子。」

「他為什麼這麼做？」

「正是，為什麼呢？他可能急著趕去某個地方，或是擔心被害者很快被發現，自己惹上嫌疑；也可能出於不同的動機。重點是，他是從哪裡來的？他怎麼會一大早到那麼偏僻的地方游泳？他沒開車，要不然會有第二輛車的痕跡。他可能在附近露營，但如此一來得花不少時間往返車子收拾東西，也可能會遇上目擊者。我覺得他比較可能是騎自行車去的，並將自行車放進後車箱開車帶走。」

「騎自行車的話為什麼還要開走車子？」

「因為他在東費爾珀姆待太久了，恐怕會遲到。他不是得回去吃早餐，就是不出現的話會引人注意；再不然就是住得比較遠，不開車趕不及。但我想他應該是趕回去吃早餐。」

「為什麼？」

「如果只是趕時間，只要帶自行車上火車就好。我認為他住在某家小旅館，而非大飯店，在大飯店不會有人注意到他。我也不認為是民宿，要不然一定會有人說他們的客人去東費爾珀姆游泳。假使他住附近的話就很容易找到，也可能他和朋友住，而朋友替他的行蹤保密。再不然……也是我覺得可能性最大的，他住在一家小旅館，沒去吃早餐會被注意到，但他去哪裡游泳不會有人管。」

「聽起來很合理。」胖男人說。

「無論如何，」頭等車廂乘客繼續說道：「他肯定住在騎腳踏車可以輕鬆抵達東費爾珀姆的地方，所以應該不難找。還有那輛車。」

「對，你覺得車子在哪裡？」拘謹男子問，顯然還不肯放棄克莫拉理論。

「在車庫裡，等著被找到。」頭等車廂乘客立即回答。

「哪裡的車庫？」拘謹男子逼問。

「喔，凶手住處的反方向，不管那是哪裡。如果你在特殊原因下，不想讓人知道你在某個時間待在特定的地方，從相反方向回來是個不壞的主意。我想我會去西費爾珀姆找那輛車，旅館則位在離通往東西費爾珀姆兩條路交會處的大路上最近的小鎮。找到那輛車，自然就能知道被害者的身分。至於凶手，你得尋找一個正在費爾珀姆附近度假的人，很活躍，是個游泳健將、熱心的單車手——可能並不富有，因為買不起汽車——並且有討厭被害者的理由。」

「哎喲，真是想不到，」年長婦人欽佩地說：「你講得真好，簡直像是夏洛克·福爾摩斯。」

「這個理論很不錯，」拘謹男子說：「但到頭來你還是會發現這是祕密組織搞出來的，記住我說的。老天！我們到站了，只延遲二十分鐘，以假期來說算很不錯了。不好意思，我的行李在你腳下。」

車廂裡還有第八個人，顯然整趟旅程都在讀報紙。所有乘客下車走上月臺，這人伸手觸碰頭等車廂乘客的手臂。

「對不起，先生，」他說：「你的意見非常有趣。我叫做溫特伯登，正在調查這件案子。你介意告訴我尊姓大名嗎？稍後我可能想和你聯絡。」

「當然，」頭等車廂乘客說：「你知道，我很樂意參與任何案件的調查。這是我的名片，請隨時來找我。」

溫特伯登探長接過名片，看著上面的名字：

彼德．溫西爵爺
皮卡迪利 110A

♛

皮卡迪利地鐵站外販售《黃昏觀點》的小販仔細擺好看板。他覺得看起來非常不錯。

無臉男
身分揭曉

他認為這比對手毫無想像力的看板好多了：

沙灘謀殺案
被害者的身分
找到了

一位穿灰西裝的年輕紳士正好從準則酒吧走出來，似乎也這麼覺得，掏出了一便士買了一份《黃昏觀點》，專心翻閱起內容，還因此撞上車站外行色匆匆的行人而道了歉。《黃昏觀點》非常感激凶手和被害者，得以在銀行假期結束後的淡季刊出這麼刺激的報導。原本午間版的標題是耐格瑞提&贊布拉先生[3]節節高升的溫度統計圖表，如今已經撤換為：

沙灘慘案無臉死者身分大白
警方表示
知名藝術家慘遭殺害

一名中年男子的屍體上週一早晨在東費爾珀姆的海灘上被發現，身上只穿著泳衣，臉部遭鈍物破壞得面目全非。目前已知被害者名為克拉吉歐．普賴特，為克瑞登股份有限公司的經理，也是霍爾本著名公關專家。

普賴特現年四十五歲，單身，據稱休年假時開車沿西海岸旅遊，沒有同伴隨行，也沒有留下郵件的轉寄地址。因此若不是在威斯特夏警局溫特伯登探長的縝密調查之下，被害者很可能要三星期後銷假上班時，人們才會發現他失蹤了。凶手顯然算準了這一點，行凶後開走裝有被害者私人物品的車子，意圖掩蓋這樁駭人聽聞的謀殺案，爭取時間逃亡。

然而在地毯式搜索下，失蹤車輛在西費爾珀姆的車廠找到，車廠主人史匹勒原本正要進行脫碳維修。史匹勒見過開車的人，並提供描述給警方。據說嫌犯身材矮小，膚色偏黑，看起來像外國人。警方已經掌握線索，預期不久後即可逮捕嫌犯。

普賴特在克瑞登公司服務十五年後晉升經理一職，所有的同事都喜歡他，他在廣告設計上的專長可從克瑞登公司著名的標語窺得一二：「好廣告都在克瑞登。」

被害者的葬禮將於明天在葛德斯葛林墓園舉行。（照片在後頁）

彼德．溫西爵爺翻到後頁。被害者的照片並沒讓他停駐很久；那是張典型的大頭照，

3 Messrs. Negretti & Zambra，一八五〇年成立的科學儀器銷售公司，這裡指的是以該公司溫度計測得的盛夏炎熱高溫報導。

照片中五官並無特殊之處。他注意到普賴特偏瘦，看起來市儈而非藝術家氣息，並且似乎因攝影者而一臉嚴肅，毫無笑容。此外還刊出一張東費爾珀姆海灘的照片，陳屍處以十字符號標記。這張照片讓他頗感興味。他仔細研究了一會兒，驚訝地嘖嘖出聲，照片證明了他在火車上所推理的每個細節，除此之外沒什麼好教他感到驚訝的。蜿蜒沙灘上的岩堆從乾燥的短草地延伸至深水處，他端詳了數分鐘，折疊起報紙，揮手叫來一輛計程車。他坐進車裡，攤開報紙，再次看著照片。

♛

「爵爺願意讓我來打擾，」溫特伯登探長說著，他喝完一杯酒的速度快到稱不上真正的品酒。「真是太好了。我大膽前來造訪。謝謝您，我不會說不喝。您也在報上看到了，我們找到了那輛車。」

溫西對此結果表示滿意。

「非常感謝爵爺的線索，」探長寬宏大量地說：「當然，只要有更多時間，我應該也能達成同樣的結論。此外，我們已經快要抓到凶手了。」

「我在報上讀到那人似乎是外國人的長相，別說真的是克莫拉成員！」

「不是的，爵爺，」探長眨了眨眼。「要是您問我的話，我覺得火車角落的那位朋友雜誌看多了，您的單車手故事也有點過了頭。」

「是嗎？我深受打擊。」

「爵爺，這些理論聽起來不錯，但大多太完美了。一切根據事實——這可是警方的座右銘——和動機，絕對錯不了。」

「喔，所以你們找到了動機？」

探長再度眨眼。

「殺人的動機不外乎幾類，」探長說：「女人或金錢——要不就是女人和金錢——通常是其中之一。普賴特是個花花公子，在費爾珀姆有一棟小屋，裡面有幾個漂亮的女孩幫他打理暖床。明白了吧？」

「喔！我以為他獨自開車旅行呢。」

「開車旅行個屁！」探長說，激動得忘了禮貌。「那是辦公室裡的老傢伙說的。你瞧，這是個絕佳的理由不用留下地址。不，不，絕對牽涉女人。我見過她，還真是個美女，如果您喜歡瘦竹竿類型的話，但我可不喜歡。我喜歡她們豐腴一點。」

「那張椅子加上墊子會更舒服，」溫西熱心地急切打斷他。「讓我來。」

「多謝，爵爺，多謝了。我坐得很舒服。這個女人……對了，您知道我們說的都是機密。抓到兇手之前，我不希望這一切洩漏出去。」

溫西保證絕對守密。

「沒問題，爵爺，沒問題。我知道我可以信賴您。簡言之，這年輕女孩有另一個情人——一個義大利人，她因為普賴特甩了他。這傢伙聽說了，就在星期天晚上來東費爾珀姆找她。他是克里克伍德那種舞廳裡的職業舞伴，那女孩也是從那兒來的。我猜因為她覺得普賴特比那傢伙社經地位更高。總之義大利人來了，撞見他們吃晚餐……然後吵了起來。」

「你真清楚那間小屋裡發生的事啊。」

「您知道的，現在有好多來度週末的人，只要他們不惹事，我們不可能一一追蹤。那女人——他們告訴我的——去年六月就在這裡了，他則是星期六來星期一離開；但那裡很偏僻，地區警員也沒太留意。他通常晚上來，所以沒什麼人注意，除了打掃的老太太，但她幾乎等同半瞎，更別說普賴特被發現時已經面目全非了。大家可能以為他和平常一樣離開，我敢說義大利佬就是這麼打算的。我剛說他們吵起來，義大利佬被趕了出去。他肯定埋伏在海邊等普賴特，然後做了他。」

「勒死的嗎？」

「**是**勒死沒錯。」

「他的臉是刀子毀容的嗎？」

「這個嘛，不……我想不是刀。假使你問我的話，我覺得比較像破瓶子，常被沖上沙灘的那種。」

「但這樣又回到了老問題。如果義大利人計畫殺掉普賴特，為什麼不帶武器，反而要碰運氣看沙灘上有沒有破瓶子?」

探長搖搖頭。

「漫不經心,」他說:「這些外國人全都漫不經心,沒腦子。但我們的凶手有做案動機,非常明顯。不用再調查了。」

「義大利人現在在哪兒?」

「逃了。那也證明了他有罪。我們很快會抓到他,所以我才來倫敦。他離不開英國的,所有車站都在通緝他,舞廳的人也提供了他的照片和描述,隨時可能找到他。我差不多該走了,非常感謝您的招待,爵爺。」

「我才該謝謝你,」溫西說,搖鈴叫人送客。「我非常享受我們的談話。」

♛

次日中午十二點,溫西走進福斯塔夫酒館,在吧檯邊看見沙爾孔伯・哈第矮胖的身軀。記者熱情地歡迎爵爺,立刻叫了兩大杯蘇格蘭威士忌。誰付帳的問題在兩杯酒快速一飲而盡,又叫了兩杯後圓滿解決。溫西從口袋裡掏出《黃昏觀點》。

「我希望你能讓你們的人找一張清楚的給我。」他說完,指著東費爾珀姆海灘的照片。

「聽著,老偵探,」記者問道:「這表示你心裡有數了?我急著想報導後續,你知道我們得抓住讀者的興趣,但警方從昨晚之後似乎不見任何進展。」

「不，我對這件事的興趣完全在別的上頭。我確實有個理論……但目前看起來似乎錯了。這就是智者千慮，必有一失吧。但我還是想要那張照片。」

「我回去以後會讓沃倫送給您一張。我正要帶他去克瑞登公司，我們要去看一幅畫。我說，您也一起去如何，告訴我該問些什麼。」

「老天！我對商業藝術可一竅不通。」

「不是商業藝術，據說是倒楣的普賴特的畫像。他們公司裡的人畫的，那女孩說畫得不錯。我可不確定，但我想她也搞不清楚。您很有藝術品味的，不是嗎？」

「我希望你別用如此惡俗的形容，沙利。藝術品味！那女孩是誰？」

「文案部門的打字員。」

「喔，沙利！」

「不是那樣。我沒見過她，她叫做葛拉蒂絲．提特頓。我想光這名字就能嚇走所有人了。她昨晚打電話來辦公室，說有人替普賴特畫了一幅油畫像，不曉得我們用不用得上。上頭覺得值得去看看，換個口味別老放大頭照。」

「原來如此。假使拿不到獨家新聞，獨家畫像也聊勝於無。那女孩似乎腦筋很靈活，是畫家的朋友？」

「不是，她說畫家可能會非常生氣，反正我應付得來。只不過我希望你也一起去看看，評論那究竟是曠世傑作，或只是畫得很像而已。」

「我怎麼知道那畫得像不像？我又沒見過那傢伙。」

「這也沒錯，總之我想知道畫得好不好。」

「該死，沙利，畫得好不好有什麼關係？我有別的事要做。對了，畫家是誰？有人聽過嗎？」

「不知道，但我之前寫下了他的名字。」沙利從褲子口袋裡掏出一團髒兮兮的信紙，邊緣都磨損了。「一個蠢名字，阿貓阿狗之類的……在這裡。鴉德……湯瑪斯．鴉德。我就記得有點奇怪。」

「果然和阿貓阿狗一樣怪。好了，沙利，我就犧牲一下，帶我去吧。」

「我們再喝一杯。沃倫來了。這是彼德．溫西爵爺。這杯我請客。」

「讓我請。」攝影記者說，看上去是個略顯厭世的年輕人。「三大杯白標麥酒。我兩點得去葛德斯墓園參加葬禮。」

克瑞登公司的畫家鴉德顯然從提特頓口中聽說了消息，陰沉而認命地接待著訪客。

「主管們會不高興的，」他說：「但最近他們得忍耐的事太多了，我想多一件也不至於讓他們中風。」他有一張焦躁泛黃、猴子般的小臉。溫西判斷他約莫快四十歲，並且注意到一條繃帶破壞了他修長的手。

「受傷了嗎？」一行人走上通往工作室的樓梯時，溫西和氣地問道：「常這樣可不好，畢竟藝術家的手就是生財工具……當然啦，除了口足畫家之外，舉著腳作畫可不容易。」

「喔，沒什麼大不了的，」鴉德說：「但最好別讓顏料接觸傷口，畢竟還有鉛中毒這種事。那傢伙的畫像在這裡，我並不介意告訴你畫中人並不滿意這張畫。事實上他根本不想要。」

「不夠好看嗎？」哈第問。

「你說中了。」畫家從一疊海報後方拉出一幅四乘三的畫框，放置在畫架上。

「喔！」哈第驚呼出聲，但並非畫像本身令人感到驚訝。這幅人像十分直觀：畫家的筆觸技巧和創意教人備感興味又不會嚇到門外漢。

「喔！」哈第讚嘆：「他就長這樣嗎？」然後走近畫像，仔細觀察，像觀察活生生的人臉一樣，企圖看出一些端倪。

在他的審視下，畫像分解成點和線的綜合體。他發現在畫家眼中，死者的臉上滿布著紫綠色塊。

他往後退，修正了方才的問題：

「所以他就長這樣，是吧？」

他從口袋裡掏出普賴特的照片和畫像比對，畫像似乎嘲笑起他的訝異。

「當然，那些時髦的照相館會修片，」他說：「反正那不干我的事。這玩意非常吸引人，你說是吧，溫西？我想知道他們會不會在頭版給我兩列版面？沃倫，你最好快點動工。」

攝影記者對於藝術性或新聞性都無動於衷，默默地研究起畫像，在心裡轉換成黑白和彩色的影像。鴉德幫忙移動畫架到光線較好的位置；兩、三個不同部門的人經過工作室門口停下來張望，就像事故現場的圍觀群眾。工作室的臨時負責人是一名憂鬱的灰髮男子，他是過世的克拉吉歐．普賴特的助手，喃喃道著歉，將鴉德拉到一邊，指示他將空鉛改成三倍十一吋。哈第轉向彼德爵爺。

「這真醜，」他說：「您覺得這幅畫好嗎？」

「是傑作，」溫西說：「別客氣，想說什麼就說什麼。」

「喔，太棒了！我們是不是發掘了不為人知的英國大師？」

「是的，有何不可？你可能讓他紅起來，也可能完全毀了他的藝術生涯。但那是他的問題。」

「但我的意思是……你覺得這像他嗎？這幅畫讓死者看起來非常邪惡。普賴特想必覺得糟透了，所以不想要。」

「那是他蠢。你沒聽過有幅政壇大佬的畫像澈底表露出他內在的貧乏，以致他急急購藏，以免落入你這種人手裡？」

鴉德走回來。

「對了，」溫西說：「那幅畫屬於誰？你的？還是被害者的繼承人？」

「我想又回到我手上了吧。」畫家說：「普賴特算是向我訂製了這幅畫，但是……」

「算是？」

「你知道的，他一直暗示我畫他，既然他是我的上司，我想最好還是聽他的。他並沒開出任何價錢。可他看見這幅畫一點也不喜歡，於是要我修改。」

「但你沒有。」

「嗯……好吧，我姑且先擱置這幅畫，說會想辦法。我以為他或許會忘記這件事。」

「原來如此，這樣的話應該算是你的。」

「我想是吧。為什麼這麼問？」

「你的技法非常特殊，是不是？」溫西追問：「你經常舉辦展覽嗎？」

「偶爾，但從來沒在倫敦展過。」

「我想我曾經看過你的幾張海景畫。曼徹斯特，對不對？還是利物浦？我不記得你的名字，但一下就認出了你的技巧。」

「我想是吧，兩年前我的確送了幾張畫去曼徹斯特參展。」

「正是如此，我知道我不可能弄錯。我想向你買這幅人像畫。這是我的名片。我不是新聞記者，我是收藏家。」

鴉德一臉不情願地注視著名片，然後望向溫西，又看了看名片。

「如果你想要展出的話，當然沒問題，」彼德爵爺說：「我很樂意讓畫留在你手邊，多久都可以。」

「喔，不是那樣的，」鴉德說：「其實我對那玩意不太滿意。我想……也就是說這幅畫還沒完成。」

「親愛的老伙計，那是一幅傑作。」

「喔，畫本身沒問題，問題在於不怎麼像本人。」

「像不像有什麼關係？我不曉得去世的普賴特長什麼樣子，也不在乎。我認為這幅畫畫得非常好，如果改動的話一定會毀了它。這你和我一樣清楚。你介意的是什麼？不是價錢吧？你知道我不會討價還價。雖然現在世道不景氣，我還供得起這點小嗜好。說吧，真正的理由是什麼？」

「如果你真想要的話，我沒什麼理由不賣給你。」畫家說，仍舊有點悶悶不樂。「如果你感興趣的真是這幅畫。」

「要不然你以為我對什麼感興趣？名氣嗎？只要我高興，名氣這種東西要多少有多少，就算我不要也會有。總之你好好考慮，決定之後開個價通知我。」

鴉德沉默地點了點頭，此時攝影記者結束拍攝，一行人告辭後離開。

他們走出大樓的時候，剛好碰上一群克瑞登公司員工外出午餐。一名似乎刻意在大廳裡徘徊的女孩趁電梯下來時攔住他們。

「你們是《黃昏觀點》的人嗎？拍好照片了？」

「提特頓小姐？」哈第問道：「是的，拍好了。謝謝妳提供消息，妳會在今天晚報的頭條上看到。」

「喔，太棒了！我們非常期待，公司裡每個人都非常激動——對於這一切。知道是誰殺了普賴特先生嗎？我這麼問是不是太不小心了？」

「犯人隨時可能會被逮捕，」哈第說：「事實上我得盡快回辦公室確認進度，妳會原諒我吧？聽著……等比較不忙的時候，我能不能改天再過來請妳吃午餐？」

「當然可以，我很樂意。」提特頓吃吃笑了起來。「很想聽您說謀殺案的故事。」

「說到這，這位先生可是權威，提特頓小姐。」哈第眼睛裡閃著促狹的光芒。「請容我介紹彼德．溫西爵爺。」

提特頓興奮地伸出手，驚喜得幾乎說不出話來。

「妳好，」溫西說：「這傢伙急著回他的八卦小店，妳何不與我一起吃午餐？」

「這真的……」提特頓開口。

「沒問題的，」哈第說：「爵爺不會誘拐妳到任何惡名昭彰的銷金窟裡去。妳瞧瞧他那張臉有多和藹真誠。」

「我絕對沒那麼想，」提特頓說：「但是你知道……真的……我今天穿舊衣服。在這亂七八糟的破地方完全用不著穿好衣服。」

「喔，胡說！」溫西道：「妳不可能更漂亮了。衣服不重要，重要的是穿衣服的人。

沒問題的，晚點見，沙利！計程車！我們去哪裡？妳什麼時候得回來？」

「兩點鐘。」提特頓遺憾地說。

「那麼我們去薩伏依大飯店，」溫西說：「那裡還算方便。」

提特頓輕輕驚呼一聲，跳上計程車。

「您看見克瑞登先生了嗎？」她說：「我們剛才說話的時候，他正從旁邊走過。但我敢說他沒認出我來。我倒希望他沒認出來……要不然他會以為我自視甚高到不需要薪水了。」她翻找著皮包。「我一定激動得出油了。這計程車真討厭。沒有鏡子……我找不到。」

溫西嚴肅地從口袋裡掏出一面小鏡子。

「您真是太棒了！」提特頓叫起來：「彼德爵爺，您一定常帶女士出遊。」

「也沒有很常。」溫西說。他不覺得有必要坦承上一次拿出鏡子是為了檢查一名死者的牙齒背面。

♛

「當然，」提特頓說：「大家得說同事們喜歡他。您沒注意到被害者在人們口中總是穿著得體，而且受人愛戴嗎？」

「他們不得不如此，」溫西說：「這讓謀殺案更添加一絲神祕與遺憾。就像失蹤的女孩都開朗顧家，沒有男性友人一樣。」

「真傻，對不對？」提特頓說，嘴裡塞滿了烤鴨和青豆。「我認為大家很高興能擺脫普賴特，畢竟他粗魯又惡劣，而且待人刻薄，總是將別人的功勞據為己有；他部門裡那些可憐的傢伙都被打壓得垂頭喪氣。彼德爵爺，我想您只要走進辦公室，就能從裡頭的氣氛感覺出主管是否稱職。就文案室來說，大家愉快又友善，雖然我得說有人仍會說出不得體的話，那些搖筆桿的傢伙就是那樣，有口無心。但歐爾梅洛德先生是個真正的紳士——我們文案室的主管——雖然每個人多少會抱怨乳酪法案和他們得寫出來的百貨公司文案，但他還是讓大家對工作充滿幹勁。換作普賴特那裡就不一樣了，在那兒彷彿非得拚死拚活不可，如果您知道我意思的話。我們女孩注意到的事可比大人物想的要多得多。當然啦，我對這些感情非常敏感；有人說我簡直到了通靈的地步。」

彼德爵爺說女人最擅長一眼判斷出一個人的本性。他認為女性的直覺相當準。

「這是真的，」提特頓說：「我常說要是有機會向克瑞登先生開誠布公，肯定能告訴他好些事情。公司內部的暗潮洶湧，上頭根本不知道。」

彼德爵爺說他相信一定是這樣。

「普賴特先生對待那些在他眼中不如他的人實在惡劣。」提特頓繼續說道。「我相信這會讓您義憤填膺。歐爾梅洛德先生要我傳話給他的時候，我總是等不及快點離開。他說話的方式真的很侮辱人。我才不管他是不是死了；人死了並不會讓他以前的行為變得良善，彼德爵爺。可不只是言行粗魯。就拿貝凱特先生來說，夠粗魯的了，但大家並不介意，因為那就像是一隻笨拙的大狗兒——其實更像是綿羊。我們痛恨的是普賴特先生那般惡劣的嘲弄。他總是刻意打壓別人。」

「那張畫像呢？」溫西問：「像不像他？」

「像極了，」提特頓熱切地說：「所以他才那麼討厭那幅畫。他並不喜歡鴉德。但是當然，他知道鴉德是個好畫家，所以要求鴉德繼續畫，他想便宜獲得好作品。鴉德也無法拒絕，要不然普賴特會開除他。」

「以那名畫家的才華來說，我不覺得這會有什麼差別。」

「可憐的鴉德先生！他的運氣一直不好。好畫家並不是都能賣畫。我知道他想結婚，要不然他絕對不會來搞商業藝術。他和我聊了很多私事。我不知道為什麼……可能我是男性願意傾訴的對象。」

彼德爵爺替眼前的女士倒酒。

「喔，拜託！不，真的！不能再喝了！我為歐爾梅洛德先生速記的時候，他不知會說什麼呢。我會寫下各種各樣的怪事。喔！我真的該回去了，太晚了。」

「還不晚。喝杯黑咖啡吧，解個酒。」溫西微笑。「妳也沒說什麼。我非常高興能聽妳談辦公室的事，妳描述得非常生動，顯然普賴特先生並不怎麼受人愛戴。」

「至少在辦公室是如此……在別處就不清楚了。」提特頓悶悶不樂地說。

「哦？」

「喔，他是個花花公子，」提特頓說：「絕對是。我的幾名友人某天晚上在西區遇見他，他們說了很多有趣的事。這是辦公室裡的笑話：老普賴特和他的小花們。克勞利先生——就是參加越野賽的克勞利——說他知道普賴特先生的開車旅行是怎麼回事。有一次普賴特先生假裝開車去威爾斯，克勞利先生問他怎麼走，他卻什麼也不知道。克勞利先生的確開車去過威爾斯，所以很清楚普賴特先生根本沒去，可他卻說他去了；事實上，克勞利先生確定他一直待在亞伯立斯威的旅館裡，而且是和一位漂亮動人的同伴在一起。」

提特頓喝完咖啡，堅定地放下杯子。「我**真的**得回去了，要不然絕對會遲到。非常感謝您。」

♛

「爵爺，」溫特伯登探長問道：「您買下了這幅人像畫？」

「是的，」溫西說：「這是一幅好作品。」他凝視著畫布若有所思。「坐下，探長，我想告訴你一個故事。」

「我也有個故事想告訴您。」探長說。

「你先請。」溫西顯得深感興趣。

「不，不，爵爺，您先請，請說吧。」

他輕笑著坐進一張扶手椅。

「好吧，」溫西說：「我的比較像是童話故事。請注意，我並沒有求證。」

「請說，爵爺，請說。」

「很久很久以前……」溫西嘆了一口氣。

「童話故事都是這樣開頭的。」溫特伯登探長說。

「很久很久以前，」溫西重複：「有一個畫家，他是個好畫家，但是賺錢這個壞女巫沒被邀請參加他的洗禮……真是的。」

「畫家通常是這樣的。」探長同意。

「所以他不得不去當個廣告藝術家，因為沒人肯買他的畫。但他也和童話故事裡那些人一樣想娶個好太太。」

「很多人都想。」探長說。

「畫家的主管，」溫西繼續說道：「是個看不起人的刻薄傢伙；他甚至做不好自己的工作，但戰爭期間好人都上了戰場，才讓他掌了權。老實說，我替他覺得難過。他有自卑情結，」探長嗤之以鼻。「他覺得唯有踐踏別人才能證明自己，於是成了一個外強中乾的小暴君，將屬下的功勞都據為己有，踐踏他們，騷擾他們，讓他們染上比他更嚴重的自卑感。」

「我認識這種人，」探長說：「搞不懂這些傢伙怎麼能為所欲為。」

「一點沒錯，」溫西說：「好吧，我敢說要不是他想讓畫家替他畫肖像的話，會更加為所欲為。」

「真是夠蠢的，」探長說：「這只會讓畫家感嘆懷才不遇。」

「是的。但你知道，這名外強中乾的暴君有個迷人的女伴，他想拿畫像向女伴炫耀。他以為讓畫家替他作畫，就幾乎不用花上錢。但不幸的是他忘了藝術家可能在各方面忍氣吞聲，但在藝術上絕不會造假。真正的藝術家都是如此。」

「我想是吧，」探長說：「我不懂藝術。」

「你可以相信我。於是畫家照自己所見畫了一幅人像，將那人卑微刻薄的靈魂完全呈現在畫布上，讓所有人看見。」

溫特伯登探長瞪著那幅畫，畫像似乎在嘲笑著他。

「的確不討好。」他承認。

「當畫家替一個人畫像之後，」溫西繼續說：「那人的臉看起來就再也不一樣了。就像是……我該怎麼說？就像一名砲手望著據點處的風景一樣，在他眼中那不是風景，他看不到美景，沒有優美的線條和漂亮的色調。他只看到哪裡有掩護、哪裡有足以瞄準的地標、哪裡可安置大砲。那不再是風景了，而是作戰地圖。」

「我明白，」溫特伯登探長說：「我以前是砲手。」

「畫家對自己畫過的每一張臉都有同樣的熟悉感，」溫西繼續說道：「而那是一張他痛恨的臉。而今他以一種不同且更惱人的方式恨起那張臉來。就像一臺壞掉的手搖風琴，逕自演奏同一道令人抓狂的曲調，每一次都響起同樣恐怖的噪音。」

「老天！您真會形容！」探長叫道。

「畫家看見那人可憎的面孔，就是這種感覺。每一天他都看得見。他逃不掉，因為他得工作。」

「他應該辭職，」探長說：「勉強和合不來的人一起工作，這樣下去絕對行不通。」

「總之他對自己說，至少休假時就不用看見他了。他知道西岸有個安靜又美麗的地方，很少人去那兒。他曾經去過，還作了畫。喔，對了，這讓我想起了……我的另一張畫。」

他走到櫃子前面，從抽屜裡拿出一幅小油畫。

「我兩年前在曼徹斯特看到這幅畫，也正好記得買下它的畫商名字。」

溫特伯登探長目瞪口呆地緊盯那幅畫。

「這是東費爾珀姆啊！」他叫道。

「是的。簽名只有T. C.兩個字母，但技法絕對不會錯。你覺得呢？」

探長對繪畫技巧一無所知，但看得懂縮寫。

他望著人像畫，再看了看風景畫，最後望向彼德爵爺。

「畫家是……」

「鴉德？」

「如果你不介意的話，我想繼續叫他畫家。畫家收拾行李，放進自行車的置物箱裡，然後前往祕密基地度週末，安撫週間備受折磨的靈魂。他住在一間安靜的小旅社，每天早上騎車到漂亮的小沙灘游泳。他從沒向旅館裡任何人提過，因為那是**他的**地方，不希望別人發現。」

溫特伯登探長將風景畫攤開在桌上，替自己倒了一杯威士忌。

「某天早上，剛好是星期一早上，」溫西放慢了聲音，語氣上顯得不太情願。「他照常前往海邊。還沒有完全漲潮。他跑上岩堆，他知道有個地方水很深。他跳下去游泳，讓海洋無盡的笑聲吞噬他喧囂的煩惱。」

「什麼？」

「希臘詩人曾說：『kymatôn anêrithmon gelasma』——古典文學裡的句子。有人說這意味著陽光下的波浪；但綁在岩石上的普羅米修斯怎麼看得見波浪呢？一定是他在兀鷹啄食他的心臟時，聽到了海潮沖刷岩石的聲音[4]。我記得曾在學校和菲爾帕司爭辯這一點，還因此頂嘴被敲了手指。我無從得知當時他就是譯者，要不然我一定會更無禮地和他爭論，然後被脫褲子打屁股。親愛的老菲爾帕司！」

「我一點也聽不懂您的意思。」探長說。

「抱歉，我真是離題太遠了。說到畫家……好，他游到岩堆盡頭，這時海水快漲潮了；他正打算上岸，看見一個人站在沙灘上。請記得那是他深愛的沙灘，是他眼中神聖的天堂。他從海裡走上來，一面咒罵著銀行假期的遊客——那無所不在的香菸、柯達相機和留聲機，而就在那晴朗的早晨，他看見了熟悉的面孔，那是他熟知且痛恨的每一道線條。時間明明還早，熱氣卻已然霧氣蒸騰地從海面升起。

「那個週末的確很熱。」探長說。

「那個人向畫家打招呼，沾沾自喜地開口：『嗨！』接著說：『你在這裡？你怎麼找到我的祕密沙灘？』這讓畫家失控了，他最後的避難所被侵犯了。他撲向那人瘦弱的喉嚨——你看得出來他脖子很細，喉結很明顯——可憎的喉嚨。潮水在他們腳邊沖刷著。他感覺自己的拇指深深陷入他畫過的皮膚裡。他微笑著看見熟悉的可恨五官變形發紫，直到無法辨認。他盯著那雙眼睛逐漸由深陷的眼眶凸了出來，薄薄的嘴唇扭曲，發黑的舌頭往前直直伸出——我希望我沒嚇到你？」

探長笑了起來。

「完全沒有，您描述的方式太精采了。您應該寫小說的。」

「**我隱身枝枒之間**，

---

4 普羅米修斯為希臘神祇，名字意為「先見之明」，後為拯救人類偷取火種觸怒宙斯被鎖在高加索山的懸崖上，慘遭兀鷹日復一日啄食肝臟。

猶如畫眉般歌唱。」

爵爺漫不經心地回道，繼續說下去：

「畫家勒死了那人，扔在沙灘上。他看著屍體，心臟揪了起來。他在現場撿起一個邊緣銳利的破瓶子，著手破壞起那張他再熟悉不過且痛恨至極的面孔。澈底摧毀那張臉的每一吋。

「他坐在自己的創作旁邊，不禁害怕起來。他們搏鬥的時候遠離水邊，沙灘上留有他的腳印。他的臉上和泳衣上都沾染血跡，手也被破瓶子割破了。所幸海水漲潮，他望著潮水沖刷掉血跡和腳印，洗淨這個瘋狂的故事。他記得那人並未告訴任何人會來這裡。他慢慢地一步一步退到海水裡，水漲到他的胸口，他看見紅色的汙漬在藍棕色的潮水中如薄霧般消散殆盡。他潛入海水中揮動手足，不時回頭望向靜止在身後的那一幕。我認為他乾乾淨淨地回到岩堆上岸時，想起來應該帶著屍體回海裡，讓它永久沉入大海，但是太遲了。他已然洗淨身上的血跡，無法再回頭面對那玩意；而且他已經遲到了，如果不回去吃早餐，旅社的人可能會問起他去了哪裡。於是他輕快地跑過岩石和草地上，沒留下腳印。他小心翼翼穿好衣服，開走了會洩漏真相的車子。自行車就放在後座的墊子底下，而你和我一樣清楚他去了哪兒。」

彼德爵爺急躁地站了起來，走到畫像前面，沉思著讓拇指拂過畫布。

「你或許會問，要是他那麼痛恨這張臉，為什麼不乾脆毀去畫像？他下不了手；這是他畫過最好的作品。他開價一百鎊，真是便宜。但我想他不敢拒絕我，我還算有點名氣，這應該算得上勒索吧。但我想要這幅畫。」

溫特伯登探長微笑著。

「爵爺，您曾設法證實鴉德去了東費爾珀姆嗎？」

「沒有。」溫西突兀地轉過身。「我沒有採取任何行動，那是你的事。我已經對你說了這個故事，老天在上，我寧願什麼也不說當個旁觀者。」

「您別擔心，」探長第三次笑了起來。「這故事很不錯，爵爺，您說得真好。但您說這是童話故事，一點沒錯。我們後來找到了義大利佬，他叫做法蘭西思索，他就是凶手。」

「你怎麼知道？他認罪了？」

「和認罪沒兩樣。他死了，自殺的。他留了一封遺書給那女人，懇求她原諒，說他看見她和普賴特在一起，內心充滿殺意。『我報仇了，』他說：『幹掉了膽敢愛妳的傢伙。』我猜他知道自己即將被捕——我希望媒體別總是給罪犯通風報信——所以決定自我了斷，以免上斷頭臺。我得說我很失望。」

「一定是這樣，」溫西說：「當然，非常令人失望。但我很高興我的故事只是童話。你要走了嗎？」

「我得回局裡，」探長說著站起來，「非常高興認識您，爵爺，我是認真的，您真的應該寫作。」

他離開之後，溫西仍舊望著那幅畫像。

「『真相是什麼？』彼拉多笑問。當然，正因為這如此難以置信……我可以證明……如果我高興的話……但那張臉充滿了惡意，而這世界上好畫家實在太少了。」

7 阿里巴巴洞窟的冒險

在蘭貝斯區一棟陰暗小屋的前廳裡，男人一面吃醃鯡魚一面讀晨報。男人不算高大，體格結實，棕髮的波浪過於規則，濃密的棕色鬍子修剪齊整。他的海軍藍雙排釦西裝、襪子、領帶和手帕搭配得一絲不苟，以品味來說略顯矯作，靴子的棕色也稍稍過頭了。他看起來不像個上流社會紳士，甚至稱不上紳士的男僕，然而對於上流家庭的生活卻顯得相當嫻熟。他擺放的早餐桌一如上流社會的僕人般一絲不苟，他走到旁邊小桌替自己切了一盤火腿，舉止就像優秀的管家；可是他年紀不夠大，不像退休的管家，又或是繼承了一筆財產的僕役。

他津津有味地吃完火腿，然後啜飲著咖啡，仔細閱讀起一段深感興趣的文字：

彼德．溫西爵爺遺贈男僕

一萬英鎊捐獻慈善機構

去年十二月在坦干伊加打獵時不幸喪生的彼德．溫西爵爺的遺囑，昨天已認證為五十萬英鎊。一萬英鎊捐贈不同的慈善機構，包括（以下是不同的捐贈對象）……。他的貼身男僕馬文．邦特獲得每年五百英鎊的年金，以及立遺囑人在皮卡迪利公寓的租賃權。（接著是一串私人贈與清單）……此外的產業，包括皮卡迪利110A價值不菲的藏書和繪畫，盡數留給立遺囑人的母親，丹佛公爵夫人。

彼德．溫西爵爺得年三十有七。他是現丹佛公爵最小的弟弟，公爵是英國最富有的貴族。彼德爵爺是著名的犯罪學家，致力於解決許多著名案件。他同時也是出名的藏書家和社交界人士。

那人如釋重負般嘆了口氣。

「毫無疑問，」他大聲說：「如果他們回得來的話，就不會將財產送人了。這傢伙確實死了。我自由啦。」

他喝完咖啡，收拾餐桌，清洗餐具，從前廳帽架上拿起圓頂硬禮帽，走出大門。

他搭公車到伯蒙德賽下車，鑽進錯綜複雜的陰暗小路，十五分鐘後來到貧民區的一家破舊小酒館。他進去叫了一杯雙份威士忌。

酒館才剛開門，就湧入好幾名客人聚集在吧檯旁，他們顯然在門口等很久了。那個以前顯然是僕役的男人伸手拿起酒杯，碰到一個花俏傢伙的手肘，那人穿著格子西裝，繫著難看的領帶。

「喂！」花俏傢伙叫道：「你是什麼意思？這裡可不歡迎你這種人，滾出去！」又加油添醋了幾句難聽的話，還使勁推向男人的胸口。

「誰都能來酒館，不是嗎？」男人毫不客氣地出手推回去。

「好了！」酒吧女侍上前打圓場：「別這樣，這位先生不是故意的，裘克斯先生。」

「不是？」裘克斯語氣輕蔑地說：「那麼**我**是故意的。」

「你該覺得丟臉，」年輕女侍甩了甩頭髮反駁：「我的酒吧裡不許吵架。至少一大早不行。」

「的確很意外，」蘭貝斯區來的男人說：「我並非好惹事之徒，也習慣去高雅的場所，但如果有人想惹事……」

「好，好啦，」裘克斯冷靜下來。「我並不是特別對你擺臉色，但稍微自我調整會更好。下次注意一點就好。你要喝什麼？」

「不，不，」男人抗議：「這該讓我請。抱歉我推了你，我不是故意的。我也不喜歡被找碴。」

「別說了。」裘克斯寬宏大量地說：「這次讓我來。再來一杯雙份威士忌，小姐，我和平常一樣就好。別在人多時來，要不然你又會惹上麻煩。」

他帶頭走到角落的一張小桌前。

「沒問題，」裘克斯說：「幹得非常好。我不覺得會有危險，但還是小心為上。怎麼樣，羅傑斯？你決定加入我們了嗎？」

「是的，」羅傑斯說，扭頭瞥了一眼。「是的，我決定了。但這是在一切安全的前提下，我不想惹麻煩，也不想玩危險的把戲。我不介意提供情報，但你得明白我不會參與任何行動。這樣夠明白了嗎？」

「就算你想參與行動也不行，」裘克斯說：「你這可憐的傢伙，一號的行動只有專業的能參加。你只要讓我們知道那玩意在哪裡，怎麼入手就好；其餘就留給組織處理。組織可不是蓋的。你甚至不會知道有哪些人參加行動、或是怎麼進行。你不會認識任何人，也不會有人認識你——當然，除了一號之外；他掌握每一個人。」

「也包括你。」羅傑斯說。

「當然有我。但我會被調到別的地區，今天之後我們不會再見面了，只除了在成員大會上，但那時我們都會戴面具。」

「繼續說。」羅傑斯難以置信地說。

「這是事實。你會被帶去見一號，他會看著你，但你看不見他。假使他覺得你派得上用場，你就能加入，接著會有人告訴你該去哪裡報告；每兩星期有一次分區會議，每三個月一次成員大會，所有人會被叫到號碼，上前領取自己的任務。就這樣。」
「要是兩名成員必須共同執行同一個任務呢？」
「假使是白天的任務，他們會變裝到連自己的媽都認不出來；但大多是夜間任務。」
「原來如此。但是，聽著……我怎麼做得到不被跟蹤，還暗中向警察報告？」
「你當然做不到。我也不建議你這麼做。上一個動這腦筋的傢伙還沒來得及通風報信，就被人從羅瑟希德水道撈了起來。一切都逃不過一號的法眼。」
「嗯……一號到底是什麼人？」
「想知道的人可多了。」
「沒人知道？」
「沒人知道。一號真是太厲害了。我可以告訴你，他是個紳士，而且是上流社會的人；從一號的行動看來，他可說眼觀四面，耳聽八方。他的手彷彿長到足以從這裡伸向澳大利亞。但是人們對他一無所知，除了二號，而我甚至不確定這件事。」
「組織有女性？」
「絕對有，沒有這些女人根本沒法辦事。但你別擔心，組織裡的女性都靠得住，她們和你我一樣，不想沒好下場。」
「但是聽著，裘克斯……錢怎麼辦？風險這麼大，值得嗎？」
「值得嗎？」裘克斯傾身越過小桌面，低聲說了幾句話。

「太棒了！」羅傑斯驚呼：「我能拿多少？」

「和所有人一樣多，不管有沒有參加任務都一樣。組織有五十人，你會得到五十分之一，就和一號與我一樣。」

「真的？不是開我玩笑？」

「一點不假！」裘克斯笑了出聲。「沒有比這更棒的事了吧！從沒有過這樣的任務，這可是史上最大的一筆。一號是個偉人。」

「你出過很多任務？」

「很多？聽著，你記得戈拉薩斯項鍊和葛爾列斯頓銀行搶案？還有法爾舍姆劫案？弗蘭瀚珍珠？全是組織幹的。而且全都沒破案。」

羅傑斯舔了舔嘴脣。

「但是聽我說，」他謹慎地說道：「假設我是間諜，就像你說的，若我直接找上警察，報告你方才說的一切，你會怎麼做？」

「啊，」裘克斯說：「假設嗎？這個嘛，假設你找警察的途中沒出事的話……但這我可不敢保證……」

「你的意思是你們正在監視我？」

「你可以打賭我們在監視你。是的，假設報警一路上沒出事，而且你盤算著要警察來酒館抓我……」

「然後？」

「但你們找不到我，就這樣。我早就去找五號了。」

「誰是五號？」

「啊，我不清楚。但他是給你一張新面孔的人。整形手術，他們是這麼說的；還有新指紋。一切都是新的。我們有最先進的方法。」

羅傑斯吹了一聲口哨。

「怎麼樣？」裘克斯問，從酒杯邊緣上方打量眼前的男人。

「聽著……你對我說了很多，要是我拒絕會有危險嗎？」

「喔，不會。只要你安分點，不給我們惹麻煩。」

「嗯，我明白了。如果我答應呢？」

「你馬上會變成有錢人，過上奢侈的生活。而且你什麼都不用做，只要告訴我們待過的那些豪宅裡的狀況。只要好好替組織服務，賺錢毫不費力。」

羅傑斯沉默地考慮片刻。

「我加入！」最後他說。

「很好。小姐！我們還要同樣的。敬你一杯，羅傑斯！我一看見你就知道是合適的人選。再敬輕鬆賺錢和一號！說到一號，你最好今晚來見他。事不宜遲。」

「沒錯。我該去哪兒？就在酒館？」

「不是。我們不會再來這間小酒館了。很可惜，因為待在這兒很舒服，挺不錯的，但也是沒辦法的事。你要在今晚十點，準時往北走過藍貝斯橋。」（羅傑斯顯得有些畏縮，這表示他的住址早已曝光。）「你會看見一輛黃色的計程車，司機正在修引擎。你要上前對他說：『你的車能跑嗎？』他會說：『要看你想去哪裡。』你就說：『我要去倫敦一號。』確實有這家店。但他不會載你去那裡。事實上你不會知道他要載你去哪兒，因為計程車的車窗會遮蓋起來。別介意，第一次都是這樣。等你混久了，就會知道那個地方的名字。你到達之後照著指示老實說就好；要是你沒說實話，一號就會處理你。明白了嗎？」

「明白了。」

「準備好了？會害怕嗎？」

「當然不會。」

「好傢伙！我們現在最好閃人。我要向你道別，因為我們不會再見面了。再見了，祝你好運！」

「再見。」

他們通過旋轉門，走上陰暗汙穢的街道。

♛

前僕役羅傑斯加入犯罪組織後的兩年間，倫敦的上流社會發生了好幾件驚人的竊盜案。丹佛公爵夫人的鑽石頭飾遭竊；故彼德．溫西爵爺的寓所遭搶，損失價值七千英鎊的金銀製餐具；百萬富翁西奧多爾．溫思索普的鄉間莊園遭竊──同時揭露這位仕紳竟是一名勒索上流社交圈的慣犯，並在梅菲爾引發騷動；汀格伍德侯爵夫人在柯芬園聽歌劇《浮士德》唱〈珠寶之歌〉時，配戴的八串珍珠項鍊遭人一把搶走。後來得知那些珍珠是仿製品，真品早就被夫人典當了，讓侯爵相當難堪，但搶案仍舊轟動不已。

一月某個週六下午，羅傑斯坐在蘭貝斯的房間裡，聽見前門傳來動靜。他幾乎在聲音還沒消失前就跳起來，衝過狹小的走廊，猛地打開前門。街上沒人。然而他才走回客廳，就看見帽架上放了一只信封，上頭寫著「二十一號」。直至今日他已然習慣組織神出鬼沒的傳訊方式，於是他聳聳肩膀，打開信封。信件內容如下：

> 二十一號：今晚十一點半將在一號家裡舉行額外的例會。缺席責任自負。
>
> 暗號是**終局**。

羅傑斯站在原地考慮了一會兒，然後走進後面房間，裡面有個嵌在牆上的大保險櫃。他轉動鎖盤，走進保險櫃裡，裡面空間很大，其實算是個小型保險庫。他拉出一個標示著「信件」的抽屜，將收到的那張紙放進去。

過了一會兒他走出來，重設了鎖盤的密碼，然後回到客廳。

「終局，」他說：「嗯，我想也是。」他朝電話伸出手，隨即又改變主意。

他上到樓頂，再爬上閣樓。他在梁柱間爬行，來到最裡面的角落，謹慎地按下柱子上的一個鈕，一道密門打開了。他爬進去，來到隔壁家戶的閣樓裡。他進去時迎接他的是微小的咕咕聲。天窗下放置著三個籠子，每個籠子裡都有一隻信鴿。

他小心地望向天窗外面，窗戶面向著一間工廠後方的高牆。陰暗的小院子裡不見人影，四周也沒有窗戶。他縮回頭，從口袋裡掏出一張小紙片，在上面寫了幾個字母和數字，再從最近的籠子抓出信鴿，將紙條貼在牠的翅膀上，然後輕巧地讓鴿子站上窗緣。鴿子遲疑了一會兒，粉紅色的腳抬了幾次，振振翅膀就飛走了。他望著牠飛上陰暗的天空，越過工廠的屋頂消失在遠處。

他看了看手錶，回到樓下。一小時後他放出第二隻鴿子，再一小時後是第三隻。接著他坐下來等待。

九點半時他再度爬上閣樓。天已經黑了，但天空仍閃爍著幾顆寒星，冷風從打開的窗口吹進來。地板上有個微微發亮的物體，他撿起來，那東西溫軟有羽毛。答案來了。

他在柔軟的羽毛間摸索著，找到了紙條。他讀紙條前先餵了鴿子，放牠回籠裡。就在要關上籠門時，他停頓了一下。

「要是我出了什麼事，」他說：「也不會讓你餓死的，孩子。」

他將窗開大了一些，再度下樓。他手中的紙條只寫著兩個字母「O. K.」，看起來是匆忙寫下的，因為左上角曳出一條長長的墨痕。他微笑著將紙條扔進火裡，走進廚房，料理並掃光一大盤炒蛋和鹹牛肉，沒有配麵包，雖然架子上就有一條麵包。他喝了一大杯自來水，讓水流了好一會兒才又接了一杯，並且仔細擦拭水龍頭表面，然後才喝下肚。

之後，他從上鎖的抽屜裡拿出一把左輪手槍，仔細檢查確定能夠正常運作後，取出新的彈匣裝上，然後坐下繼續等待。

差一刻到十一點，他站起來出門走到街上，快步往前，和牆邊保持距離，直直走到燈火明亮的大街上。他搭乘公車，坐在司機旁邊的角落座位，在那裡可以看見所有上下車的乘客。換了好幾趟公車之後，他終於抵達漢普斯特德高雅的住宅區。他下車後朝公園走，依舊離牆邊遠遠的。

今晚沒有月亮，但也並未一片漆黑，他走過公園荒涼處時，看見一、兩個黑影分別從不同方向靠上前。他躲在一棵大樹後面，戴上黑天鵝絨的面罩遮住整張臉。面罩上繡著白色的數字21。

接著他感覺地面略微傾斜，於是走到公園旁略偏僻的一棟宜人別墅。別墅的一扇窗戶透出亮光。他走向門口，身旁的黑色身影和他戴著同樣的面具，也圍上前站到他身邊。他算了一下共六個人。

最前面的人伸手敲敲別墅的門。不一會兒，門開了一條縫。那人伸頭進去，低聲交談幾句話，門打開了。那人走進去，門關起來。

進去三個人之後，羅傑斯發現輪到自己了。他用力敲了三下，然後輕敲兩下。門打開兩、三吋，一隻耳朵出現在門縫裡。羅傑斯輕聲說：「終局。」那隻耳朵縮回去，門打開了，他走進去。

二十一號沒有多說一句話，直接走進左邊的小房間，裡頭裝潢得像個辦公室，擺放一張桌子、一個保險箱和幾張椅子。一個穿晚禮服的肥胖男人坐在桌子後方，面前攤開一本帳簿。新來的人小心地關上門，門的彈簧鎖喀啦一聲鎖上。他走到桌前說：「二十一號，先生。」然後恭敬地等待。肥胖的男人抬起頭，天鵝絨面罩上的數字1白得驚人。他奇特嚴峻的藍眼睛緊緊打量著羅傑斯。在他的示意下，羅傑斯取下面罩。一號仔細確認他的身分後說：「很好，二十一號。」在帳簿裡記下一筆。男人的聲音和眼神一樣如金屬般冷硬；不動如山的黑面罩下審視的眼光似乎讓羅傑斯坐立不安，他不由得垂下視線。一號示意他可以離開時，羅傑斯不覺鬆了口氣，再次戴上面罩，走出房間。他出去時，另一人接著走進去。

組織成員聚會的空間是將一樓兩個房間打通而成的大廳，裝潢是標準的二十世紀鄉村風格，燈光非常明亮。角落的留聲機播放著爵士樂，約莫十對戴面罩的男女正在跳舞，有的穿晚禮服，有的穿花呢毛衣。

大廳一角是一座美式吧檯。羅傑斯走過去，向戴面罩的酒保點了雙份威士忌。他靠在吧檯上，慢慢啜飲著。大廳裡聚集的人越來越多。有人上前關掉留聲機。他抬眼張望，一號正走上臺，一個穿黑衣的高挑女人站在旁邊。高挑女人的面罩上繡著白色的數字2，完全遮住她的頭髮和面孔，只能從姣好身材和雪白的手臂及胸前，以及閃閃發光的黑眸看出是個幹練且迷人的女性。

「各位女士，各位先生，」一號站在大廳末端，那女人坐在旁邊。她垂著視線，不動聲色，但雙手緊握椅子扶手，全身散發出緊繃的氣息。

「各位女士，各位先生，我們今天少了兩個號碼。」面罩紛紛轉動，眼神四下計數。「應該用不著我說，我們獲取溫道斯漢姆直昇機藍圖的計畫一敗塗地。我們勇敢忠心的同志十五號和四十八號遭人出賣，已被警方逮捕。」

眾人不安地低語。

「你們當中有些人或許會想，就算最可靠的同志在審問下也可能鬆口。各位無需擔心，我下達了例行指令，今晚也收到消息，他們確定已永遠沉默。想必各位樂於得知這兩名勇敢的同志毋庸面對不忠的誘惑，也不會公開受審或在監獄度過餘生。」

面罩下紛紛倒抽的一口氣彷彿吹過麥田的微風。

「他們的家人按慣例會獲得撫卹。我會指派十二號和三十四號負責這個任務，聚會結束後來我辦公室接受指示。我提到的數字成員能夠並且願意接受任務嗎？」

兩隻手舉起來。主席看了看手錶，繼續說道：

「各位女士，各位先生，請和身旁的舞伴跳下一支舞。」

留聲機再度啟動。羅傑斯轉向身旁的紅衣女子，她點點頭，兩人跳起狐步舞。

一對對的舞者嚴肅而沉默地迴轉著，身影投映在窗簾上。

「發生了什麼事？」紅衣女孩低聲問道，幾乎沒有動嘴脣。「我好害怕。你呢？我覺得好像要出大事了。」

「主席做事的方法確實讓人吃驚。」羅傑斯同意。「但那樣比較安全。」

「那些可憐的傢伙……」

一名舞者轉身跟上他們，拍了拍羅傑斯的肩膀。

「請勿交談，」男舞者說，眼神非常嚴峻，隨後帶著舞伴轉圈消失在人群裡。女孩打了個冷顫。

留聲機又停了下來，掌聲紛紛響起，舞者們聚集在主席的位子前面。

「各位女士，各位先生，你們可能想知道為什麼我召集這次的聚會。原因很嚴重。最近行動失敗並不是意外，也不是警方湊巧在場。而是我們之中有叛徒。」

原本並肩的舞伴們各自退開，顯得有些退縮，像是被手指碰到的蝸牛一樣。

「你們都記得汀格伍德任務令人失望的結果。」主席嚴厲的聲音繼續說道：「你們可能也記得其餘並不算成功的案子。這些問題都回溯到一個人身上，而我很高興能向大家宣布現在可以安心了，我們已經找到並會解決這個叛徒。不會再出現任何錯誤。介紹叛徒進來的那名受誤導的成員將被處分，他的不慎不會再帶來更多不良的影響。各位無需驚慌。」

所有人環視四周，彷彿同時在找尋叛徒和介紹他進來的倒楣鬼。某張黑面罩下肯定是張慘白的臉，額頭在悶熱的天鵝絨下冒汗，但不是因為跳舞發熱。但黑面罩掩蓋了一切。

「各位女士，各位先生，請和舞伴跳下一支舞。」

留聲機再度響起，這次是一首幾乎要被遺忘的老曲子：〈沒人愛我〉。紅衣女子被一個穿晚禮服的高大男子帶走了。有隻手放上了羅傑斯的手臂，嚇了他一跳。一個穿綠色毛衣的矮胖女人將冰冷的手滑進他手裡，他們無聲地跳著舞。樂聲結束之後，照例響起掌聲，在場人們冷漠而僵硬地站在原地，等待接下來的發展。主席的聲音再度響起。

「各位女士，各位先生，請自然一點。我們是來跳舞，不是開會。」

羅傑斯領著舞伴走向一張椅子，替她拿了一杯冰水。他站在她面前，注意到她的胸口快速地起伏。

「各位女士，各位先生，」無盡的中場休息結束了。「你們一定迫不及待想知道真相。我要指出叛徒。三十七號！」

某人跳起來，恐懼的尖聲驚呼。

「安靜！」

那可憐人哽咽地抽泣著。

「我從來不……我發誓我沒有……我是無辜的！」

「安靜。你太不小心了，必須接受處罰。如果你要為自己愚蠢的行為辯解，我稍後會聽你說。坐下。」

三十七號頹然倒在椅子上，掏出手帕推進面罩底下擦臉。兩個高大的男人逼近他，黑面罩紛紛後退，就像逃離染疫的患者。

留聲機再度作響。

「各位女士，各位先生，現在我要點名叛徒。二十一號，到前面來。」

羅傑斯往前走。四十八道驚恐的眼神盯著他。悲慘的裘克斯挺直身軀哀嚎著。

「喔，老天！喔，老天！」

「安靜！二十一號，拿下你的面罩。」

叛徒取下臉上厚重的布套，周遭眼神裡的憎恨幾乎要淹沒他。

「三十七號，這個人是你介紹進來的，他說他叫約瑟夫．羅傑斯，曾是丹佛公爵的第二男僕，因手腳不乾淨被開除。你證實過他的說詞嗎？」

「證實過、我證實過！老天在上，他說的都是真的。我找過兩個僕人證實了他的身分，我還到處查證，他說的都是真的……我發誓！」

主席注視著手上的一張紙條，接著看向手錶。

「各位女士，各位先生，請帶著舞伴……」

二十一號的手臂被扭到身後綁起來，雙手戴上手銬。但他依舊靜靜站著不動，看著人們在身旁跳舞。

這支舞結束後的掌聲，聽起來像是群聚斷頭臺下的男女嗜血的喝采聲。

「二十一號，你說你是名叫約瑟夫．羅傑斯的男僕，因為偷竊被開除。你真的叫這個名字嗎？」

「不是。」

「你叫什麼名字？」

「彼德．戴斯．布萊登．溫西。」

「我們以為你死了。」

「當然，就是要讓你們這麼以為。」

「真正的約瑟夫．羅傑斯呢？」

「他死在國外，我取代了他的身分。我得說不能怪你們的人查不出我的身分，因為我不只取代了他的身分，我變成了他。我就算獨處，也像羅傑斯一樣走路，像羅傑斯一樣坐著，我讀他的書，穿他的衣服。到後來我幾乎連思考都和他同步。成功偽裝的就是從不懈怠。」

「原來如此。是你安排自己的寓所遭竊？」

「很顯然，是的。」

「你的母親公爵夫人遭竊，也是你一手策畫的？」

「是的。那頭飾非常難看……對任何有品味的人來說都不是損失。對了，我能抽菸嗎？」

「不能。各位女士，各位先生……」

眾人如提線木偶般僵硬地舞動四肢，腳步蹣跚。囚犯露出挑剔的眼神作壁上觀。

「十五號、二十二號和四十九號。你們一直監視囚犯，他曾試圖和任何人聯絡嗎？」

「沒有，」二十二號代表發言。「我們打開他的信件和包裹，也竊聽他的電話，跟蹤他去所有地方。同時監聽他的水管，查看是否有摩斯信號。」

「你確定？」

「絕對確定。」

「犯人，一切都是你自己策畫的嗎？說實話，不然你可能會有更悲慘的下場。」

「只有我自己。我不冒不必要的險。」

「或許吧。但我們還是要除掉蘇格蘭場那個……他叫什麼名字？派克，還有犯人的男僕馬文．邦特，或許還有他母親和妹妹，他哥哥是個蠢貨，不太可能參與犯人的計畫。但我想應該監視他，以防萬一。」

囚犯第一次露出動搖的態度。

「先生，我向你保證，我母親和妹妹完全不知道任何對組織有害的事。」

「你應該早點考慮到她們。各位女士，各位先生，請帶……」

「不！不！」眾人無法再忍耐這種諷刺。「不！殺掉他。然後快點散會。實在太危險了。警察……」

「安靜！」

主席環視全員。現場充滿危險的氣氛，他決定讓步。

「很好，帶走犯人並處理掉，他要接受第四號處罰。一定要先向他解釋清楚。」

「啊！」

眾人的視線獲得了獸性的滿足。強壯的手一把抓起溫西的手臂。

「等一下！看在上帝的份上，讓我死得像樣點。」

「你早該想到有這一天。帶走他。各位女士，各位先生，請放心，不會讓他這麼輕易解脫的。」

「住手！住手！」溫西急切地喊著：「我有話要說，不是要求你饒命——我只希望能死個痛快。我……我有情報可以賣你。」

「賣情報？」

「對。」

「我們不和叛徒交易。」

「不，聽我說！你以為我沒想到會有這一天嗎？我沒瘋，我留下了一封信。」

「啊，果然如此。一封信？給誰的？」

「給警方。如果我明天沒有出現……」

「那會怎樣？」

「他們會打開那封信。」

「先生，」十五號插嘴：「他只是在唬人。犯人沒送出任何信件，我們可監視他好幾個月。」

「聽著，我到蘭貝斯之前就留下了那封信。」

「那就沒有任何有價值的訊息。」

「當然有。」

「什麼？」

「我保險庫的密碼。」

「真的？你們搜過這人的保險庫？」

「是的，先生。」

「裡面有什麼？」

「沒什麼重要的訊息，先生。無論是組織的結構或是這棟房子……一切都能在天亮前調整或遮掩。」

溫西微笑。

「你們檢查過保險庫的密室嗎？」

一陣沉默。

「你們聽見他說的話了，」主席尖銳地問：「你們可找到了密室？」

「沒有密室，先生。他在唬人。」

「好吧，」主席說：「你倒說這可能存在的密室裡藏了什麼？」

「組織裡每個人的姓名、地址、照片和指紋。」

「什麼？」

囚犯周圍的眼神流露著恐懼。溫西冷靜地看著主席。

「你怎麼獲得這些資訊？」

「你知道我自己也做了些情蒐。」

「但一直有人監視你。」

「沒錯，我第一批蒐集到的就是監視者的指紋。」

「你可以證明？」

「我當然能證明，好比五十號叫做……」

「住口！」

有人猛地伸手試圖制止溫西，主席舉手示意退下。

「如果你在這裡提起任何名字，就絕對別想求好死了。我們有第五號處罰……特別留給指名道姓的人。帶犯人到我辦公室。大家繼續跳舞。」

主席從褲子的後口袋掏出自動手槍，望著書桌前五花大綁的囚犯。

「說實話！」他說。

「要我是你，就會收起那玩意。」溫西不屑地回應：「那種死法可比第五號處罰好太多了，我寧可讓你開槍打死我呢。」

「聰明，」主席說：「但太聰明了。快說你知道些什麼。」

「要是我說了，你會放了我？」

「我可不保證。快說！」

溫西聳了聳綁得發痛的肩膀。

「當然，我可以說我知道什麼，你聽夠了就叫我停。」

他傾身向前，低聲說話，在留聲機的噪音和舞者的腳步聲中幾不可聞。外頭經過公園的路人只注意到那棟房子裡的人又在作樂了。

「如何，」溫西說：「要我繼續說下去嗎？」

主席的聲音在面罩下聽起來像是正在苦笑。

「爵爺，」他說：「你的故事讓我對你不是組織真正的成員感到遺憾，機智、勇氣和勤勉對我們這樣的組織是很有價值的。難道我不能說服你嗎？不……我想我不能。」

他按下桌上的鈴。

「請成員進餐廳。」他對進來的戴面罩男人說。

「餐廳」在一樓，窗戶和窗簾緊閉。房間中央有一張空蕩的長桌，周圍擺放椅子。

「原來是巴米賽德的盛宴[1]。」溫西愉快地說，這是他第一次看見這個房間。房間的另一端，地板上有一道活門陰沉地開啟著。

主席就站在桌頭。

「各位女士，各位先生，」他開口。這愚蠢的客套話聽起來從沒這麼邪惡過。「我不會欺瞞你們，事態非常嚴重。犯人告訴我二十幾人的姓名和住址，我們以為除了當事人和我之外，沒有別人知道。我們太大意了。」他的聲音變得嚴厲。「必須徹查。我們的指紋被採集，他讓我看一些照片。我們的調查員竟然忽略了保險庫的密室暗門，這也必須追究。」

「別怪他們，」溫西說：「那本來就是設計來讓人忽略的，我故意的啊。」

1 Barmecide feast，巴米賽德是《天方夜譚》一則故事中的富翁，他宴請一名乞丐時以空盤上菜，嘴上說著一道道菜名卻沒有真的菜餚端上來。不過讀完故事之後，對巴米賽德的印象會從為富不仁轉為品德高尚的智者。

主席不予理會，繼續說下去。

「犯人表示記載姓名、住址的冊子藏在密室裡，還有從組織成員家中偷來的信函文件，以及無數件沾上指紋的物品。我相信他說的是實話。他願意說出保險庫的密碼，好死個痛快。我認為應該接受。各位女士，各位先生，你們覺得如何？」

「我們已經知道保險庫的密碼了。」二十二號說。

「白痴！這人早說了，並且證明自己是彼德．溫西爵爺。你覺得他會忘記換密碼嗎？更別提還有一道密室暗門。要是他今晚失蹤，警方又趕到他的住處……」

「我說，」一道醇美的女人聲音說：「我們應該答應他，才能盡快獲得他的情報。沒時間了。」

桌子周遭響起一片贊同聲。

「你聽見了，」主席對溫西說：「只要你供出保險庫的密碼和密室暗門，組織願意讓你死個痛快。」「你保證？」

「我保證。」

「謝謝你。我母親和妹妹呢？」

「假使你能保證——你是高尚的君子——這兩位女士並不知悉任何會傷害組織的情報，我們就饒了她們。」

「謝謝你，先生。你們可以放心，我以人格保證，她們什麼也不知道。我做夢也沒想過讓任何女士參與這麼危險的祕密——特別是我重要的家人。」

「很好。大家都同意嗎？」

眾人喃喃表示同意，但不如先前熱切。

「那我就說出你們想要的情報，保險庫的密碼是UNRELIABILITY（靠不住）。」

「暗門呢？」

「為了方便警方搜查——畢竟他們也可能找不到——所以暗門是開啟的。」

「很好！你知道要是警方攔下我們的人……」

「對我絕對沒好處，是吧？」

「還是有風險，」主席沉吟著說：「但我想我們必須接受這個風險。帶犯人去地下室，讓他好好研究第五號裝置，消磨時間。與此同時十二號和四十六號……」

「不行、不行！」

一道不滿的聲音脅迫般響起。

「不行，」聲音如蜜糖的高大男子說：「不行！這不就讓大家的祕密落入某些成員手裡？我們今晚已經抓到一名叛徒，還有不只一個傻子。但我們怎麼能確定十二號和四十六號不是叛徒或傻子？」

那兩人凶狠地轉向高大男子，另一個女孩高亢激動的聲音插嘴道：

「聽著，聽著，他說得對！那我們呢？我可不希望我的名字被陌生人知道。我受夠了。這些人會帶走證據出賣所有人。」

「我同意，」又有一名成員說：「我們不能相信任何人，沒人可以信任。」

主席聳聳肩。

「各位女士，各位先生，那麼大家有何建議？」

一陣沉默。接著剛才那女孩再度尖聲說道：

「我說主席應該自己去，畢竟他是唯一知道所有人名字的人，這對他而言絕非新鮮事。為什麼是我們承擔所有的風險，而他獨自待在這兒安全地守著一大筆錢？他親自去。這是我的意見。」

桌邊眾人不安地騷動。

「我附議。」一個錶帶上別著好幾個新徽章的矮胖男子說。溫西看著那些徽章不禁微笑；正是虛榮心讓他得知這人的姓名住址，看見這些徽章讓他感到親切。

主席環顧眾人。

「各位的意思是我該去？」那尖厲的聲音充滿不祥之兆。

四十五隻手一起舉起來。只有二號動也不動，一聲不吭，雪白的手依舊緊握著椅子扶手。

主席緩慢地掃視眼前每一個不懷好意的黑面罩，最後眼神落在二號身上。

「我是否該視為所有人一致同意？」他問。

女人抬起頭。

「別去。」她輕聲說。

「你們聽到了，」主席的聲音裡帶著嘲弄的意味。「這位女士說，別去。」

「我認為二號的意見不重要，」聲音如蜜糖的男人說：「我們的太太可能也不希望我們去，假使她們和這位夫人一樣享有特權的話。」聲音充滿輕蔑。

「沒錯，沒錯！」另一個男人說：「我們是民主的組織，不需要特權階級。」

「很好，」主席說：「二號，妳聽見了。大家都反對妳。妳有什麼理由支持自己的意見嗎？」

「我有一百個理由。主席是組織的首腦和靈魂，如果他出事，我們會變得如何？你們，」她傲視眾人。「你們都搞砸了。這一切可是你們大意造成的。你們覺得要是沒有主席善後，我們還能再撐五分鐘嗎？」

「她說得有道理。」一個先前沒開口的人接了話。

「抱歉，我提個建議，」溫西不懷好意地說：「這位女士似乎是主席的心腹，那麼我的資料對她而言應該不是祕密。既然如此何不讓二號去？」

「我說她不能去，」主席嚴峻地說，很快制止女伴開口。「如果這是大家的意見，我去。給我房子的鑰匙。」

其中一人從溫西的外套口袋裡掏出鑰匙遞過去。

「房子外有人監視嗎？」他問溫西。

「沒有。」

「實話？」

「實話。」

主席轉向門口。

「要是我兩小時內沒回來，」他說：「你們就看著辦吧，犯人任由你們處置。我不在時由二號代理。」

他離開房間。二號站起來發號施令。

「各位女士，各位先生，晚餐結束了。繼續跳舞。」

♛

在地下室裡研究第五號裝置，時間過得非常緩慢。倒楣的裘克斯時而怒罵時而哀嚎，最後吼得筋疲力盡。看守囚犯的四名成員不時竊竊私語。

「已經一個半小時了。」其中一人說。

溫西抬起頭，繼續打量房間。裡頭有很多奇特的物品，他想一一記住。

這時上方的活門打開了。「帶他上來！」一個聲音叫道。

溫西立刻站起身，臉色略顯蒼白。

組織成員再度圍繞桌邊。二號坐在主席的椅子上，視線顯得怒不可抑，緊盯著溫西。但她開口時的自制讓他欽佩。

「主席已經離開了兩小時，」她說：「他出了什麼事？你這叛徒……快說他怎麼了？」

「我怎麼知道？」溫西說：「或許他不想當一號了，寧願見好就收。」

她憤怒地大叫了一聲，跳起來走向他。

「畜生！騙子！」說完賞了他一巴掌。「你知道他絕對不會那麼做。他對朋友非常忠誠。你做了什麼？快說！要不然我可會強迫你開口。你們兩個，拿烙鐵來。他會說的！」

「我只能猜測，夫人，」溫西回答：「而我在烙鐵的刺激下並不會猜得更準，就像馬戲團的小丑一樣。請別慌張，我會說出我的想法。我想——事實上我倒害怕如此——主席急著檢查保險庫，很可能一個不留神讓密室的門在身後關上了。若是這樣……」

他揚起眉毛，肩膀痛得聳不起來，露出略微遺憾的表情望著她。

「你這什麼意思？」

溫西環視眾人。

「我想，」他說：「我最好先向你們解釋我的保險庫構造。那是個很棒的保險庫。」哀愁地加上一句：「是我發明的。當然不是指保險庫的原理，那是科學家的事，而是保險庫本身的構造。」

「我告訴你們的密碼是正確的。密碼鎖是波恩和費雪公司的十三字母鎖，這是相當精密的鎖。密碼可以打開保險庫的門，裡面是我的現金和霍夫布洛爾的袖釦等物品。但是保險庫裡還有一個兩道門的密室，打開的方法完全不一樣。這兩扇密門的外面那一道是一層薄鋼片，看起來和保險庫的後牆一樣，完全密合時則看不出來。密門以普通的鑰匙朝外打開，正如我之前告訴主席，我離開時暗門是打開的。」

「你以為，」女人嗤之以鼻，「主席會笨到掉進這麼明顯的陷阱嗎？他會頂住暗門不讓它關上。」

「確實如此，夫人。但請容我說明，外面那層暗門的作用就是看起來像唯一的一道門，那道門的後面還有另一道與牆壁密合的滑板門，外觀上幾乎看不出來，而這扇門也是打開的。我們敬仰的主席只需走進保險庫的密室，密室恰好嵌在地下室廚房的煙囪裡。我希望我解釋清楚了？」

「是，是，繼續說。簡潔一點。」

溫西鞠躬，更加刻意地仔細說明。

「我有幸蒐集組織活動的相關資料，並且記載在一本非常大的冊子裡——甚至比主席在樓下使用的帳冊還要大本。對了，夫人，我相信妳明白帳冊必須放在安全的地方，除了可能被警方查到的風險之外，任何剛進入組織的成員也不應該接觸到這本帳冊。我想大家會反對這種事情發生。」

「那沒問題，」她很快回答：「老天！你快繼續說。」

「謝謝妳，我鬆了一口氣。很好。我的大本子放在密室後方的鋼架上。且慢，我還沒說明密室內部，那是個六呎高、三呎寬、三呎深的空間。可以輕鬆容納一個人——除非那人特別高大。總之那裡很適合我，你們看得出我的身高只有五呎又八點五吋[2]。主席比我高大，可能會覺得有點擠。但如果他站累了，是可以蹲下的。對了，我不清楚妳知不知道，你們將我綁得太緊了。」

「我還想綁進你骨子裡呢。來人啊，動手！他在拖延時間。」

「假使你們動粗，」溫西說：「我就什麼都不說了。冷靜一點，夫人，妳的主席受制於人的時候，最好別自亂陣腳。」

「快說！」她再度叫道，憤怒地跺腳。

「我說到哪兒？啊！密室。正如我所說，那裡有點擠，而且沒有任何通風設備。我說過我的冊子放在鋼架上嗎？」

「說過了。」

「對。那個架子有非常精密的彈簧裝置。冊子被拿起來的時候——我說過那是一本大冊子——架子會靜靜往上升起，啟動電力開關。夫人，想像一下：我們敬仰的主席走進去，抵住外面的暗門；他看見我的冊子，很快拿下來，迅速翻閱以確定我說的一切都在裡

2 約一百七十四公分。

面，並且找尋我說的那些沾有指紋的物品。在此同時，架子無聲卻迅速往上升起。妳能想像吧？接著觸動真正的暗門，像豹子一樣敏捷地在他身後關上。這個比喻有點陳腐，但是恰到好處，妳不覺得嗎？」

「我的天！喔，我的老天！」她伸手扯下頭上令人窒息的面罩。「你……你這惡魔！惡魔！暗門要怎麼打開？快說！我會折磨到你開口為止！」

「暗門的密碼很好記，夫人，雖然此前大家都忘了。妳記得小時候有人對妳說過阿里巴巴和四十大盜的故事嗎？我設置暗門時，回想起童年時光，在懷舊的心情下將密碼設為『芝麻開門』。」

「啊！一般人能在你的惡魔陷阱裡撐多久？」

「喔，」溫西愉快地說：「假使他保持鎮定，不大吼大叫、胡亂敲打消耗氧氣的話，應該可以撐上好幾個小時。如果我們立刻趕過去，他應該會沒事。」

「我自己去。帶走這個人……隨你們處置。在我回來前別殺了他。我要看著他死！」

「慢著，」溫西不為所動地說：「我想妳最好帶我一起去。」

「為什麼？」

「妳知道，因為我是唯一能開門的人。」

「但你已經說出密碼了。你可是騙我的？」

「沒有，密碼是真的，只不過那是新型的電動門。事實上是最新的，我滿以它為傲。

密碼是『芝麻開門』沒錯，但要由我來說。」

「要你來說？我倒是想親手勒死你。要你來說是什麼意思？」

「就是字面上的意思。別勒我的喉嚨，我嗓子一旦啞了，可就開不了門了。這樣比較好。那扇門對聲音很敏感，有一次我感冒聲音沙啞，一星期都打不開門。就算在平常，我偶爾也得試上幾次才發得出正確的聲調。」

她轉身問身邊一名矮壯的男人。「這是真的？可能嗎？」

「夫人，恐怕是真的。」男人禮貌地說。溫西覺得他應該是優秀的技術員，可能是工程師。

「那是電動裝置？你知道怎麼運作？」

「是的，夫人。應該是有個隱藏的麥克風，將聲音轉化為控制電針震動。當針的震動符合正確模式時，電流就會接通，門就開了；同樣的裝置也可以透過光線啟動。」

「能使用工具開門嗎？」

「可以，但很花時間，而且只能強行破壞。門可能很堅固。」

「我確信門很堅固。」溫西保證。

她雙手抱頭。

「恐怕我們束手無策。」那名工程師說，語氣中帶著一絲欽佩。

「不，等一下！肯定有人知道……製作這玩意的工匠？」

「在德國。」溫西簡短地說。

「要不然……對，對，我知道了。錄音。這個、這個……讓他說出密碼。快點！我們該怎麼做？」

「不可能的，夫人。我們該怎麼在週日的凌晨三點半錄音？可憐的主席早就死了……」

一陣沉默，緊閉的窗外傳來新的一天甦醒的聲音。遠處響起汽車喇叭聲。

「我放棄。」她說：「我們得放了他。替他鬆綁。你會放他出來吧，對不對？」她悲慘地轉向溫西。「你雖然是個惡魔，但沒那麼壞！你會立刻回去救他出來！」

「放他走？門都沒有！」有人開口：「他會向警察告密，夫人，絕對不行。主席完了，就這樣，我們最好趁早自求多福。就這樣了，大夥兒。將這傢伙扔去地下室，堵住嘴，別讓他大叫。我要去毀掉帳冊。如果你們不相信我就一起來吧。三十號，你知道開關在哪兒。給我們十五分鐘閃人，然後炸燬這鬼地方。」

「不行！你們不能走，不能拋下他等死！他可是你們的主席、你們的領袖啊！我不會讓這種事發生的。替他鬆綁。你們誰幫我解開繩子……」

「別鬧了。」先前說話的那人又開口。他抓住她的手腕，她掙扎著，在一旁尖叫，又咬又叫試圖掙脫。

「妳想想，」聲音像蜜糖的男人說：「再過一、兩個小時就天亮了，我們不能因為一個人危及所有人的安全。他不會希望這樣。沒錯，將這傢伙扔進地下室，讓他不能搞鬼，然後趁來得及分頭逃命吧！」

「另一個犯人呢？」

「他嗎？那可憐的傢伙是無害的，他什麼也不知情。放了他。」他輕蔑地說。

不到幾分鐘溫西再度被扔進地下室。他略感困惑，他們竟然拒絕放了他，甚至不惜犧牲一號。當然他很清楚自己冒的險，但他們竟留他活口，還是令他難以置信。

帶他進地下室的人綁住他的腳踝，然後關上燈離開。

「喂，同志！」溫西說：「一個人坐著有點寂寞，至少開個燈吧。」

「沒事的，朋友，」那人回答：「反正你不會在黑暗裡待太久，他們設定好定時炸彈了。」

另一人愉快地笑了起來，然後兩人並肩走出去。

就這樣了，他預計和這棟房子一起被炸飛。可如此一來主席絕對會比他先死。這讓溫西感到憂慮，他想讓大魔頭伏法。畢竟蘇格蘭場為了破獲這個集團耗費了六年之久。

他豎起耳朵等待。他覺得頭頂彷彿傳來腳步聲，組織成員應該都逃走了……

他確實聽到嘎吱聲，活門打開了。他感覺到，而非聽到，有人進入地下室。

「噓！」一個聲音在他耳邊說著。一雙柔軟的手拂過他的臉，在他身上摸索。他的手腕感覺到鋼刃，繩索鬆開掉落，鑰匙打開了手銬，腳踝上的繩子也解開了。

「快！快點！他們設定好炸彈了。這棟房子馬上就要爆炸。快跟我來。我暗地溜回來。我說我忘了拿珠寶，那是真的，我故意沒帶走。我一定要救他！只有你能救他。快點！」

溫西忍著痛楚跌跌撞撞跟在她身後爬上樓，血液終於在他麻木的手腳流通起來。不一會兒她就拉開窗簾，打開緊閉的窗戶。

「快走！放他出來！你保證嗎？」

「我保證。我要警告妳，夫人，這棟屋子已經被包圍了。我的保險庫大門關上那一刻就送出了訊號，我的男僕會前往蘇格蘭警場報案。妳的同志們應該都被捕了……」

「啊！你快走吧！別管我，快！沒時間了。」

「快離開這裡！」

他抓住她的手臂，一起踉蹌地跑過外面的小花園。只見矮樹叢裡閃現手電筒的光芒。

「是你嗎，派克？」溫西叫道：「叫你的人撤退，快！房子要爆炸了。」

花園裡頓時人聲鼎沸，許多人四下奔跑。溫西在黑暗中被撞到牆邊。他跳起來抓住笠

石，將自己拉起來。他伸手將那女人拉向自己。他們往前跳；所有人往前跳；那女人驚呼一聲絆倒了。溫西停了下來，他也絆到石頭，往前栽倒。夜空中轟然一聲巨響，爆出一團火球，大放光明。

♛

溫西從花園圍牆的斷垣殘壁中痛苦地撐起身體，身邊傳來微弱的呻吟，他的同伴顯然還活著。冷不防有盞燈照亮了他們。

「你在這裡！」一個愉快的聲音說：「沒事吧，老夥伴？喘不過氣來。老天，真是千鈞一髮！」

「沒事，」溫西說：「只是有點喘不過氣。那位女士沒事嗎？唔，手臂顯然斷了，除此之外沒事。發生了什麼事？」

「約莫半打人被炸飛，其餘都抓起來了。」溫西在清晨的微光中瞥見四周倒臥的人影。「老天，真是辛苦的一天！名人的死而復生也過於華麗了！你這老混蛋……兩年來我真以為你死了！還買黑布纏在手臂上呢，真的。除了邦特之外有任何人知道真相嗎？」

「只有我的母親和妹妹。我將這件事寫在祕密信託裡。你知道的，就是寄給遺產執行人的信函。我想接下來要證明我是我本人，得和律師大戰一場了。哈囉！那是我的朋友薩格嗎？」

「是的，爵爺，」薩格探長說，興奮得幾乎又哭又笑。「能見到爵爺真是太好了。這次幹得漂亮，爵爺。大家都想和您握手呢，先生。」

「喔，老天！我希望我能先稍作梳洗，至少刮個鬍子。在蘭貝斯流放兩年之後，我也非常高興見到大家。這次表演很精采，是吧？」

「他沒事嗎？」

一聲痛苦的叫喊讓溫西吃了一驚。

「天啊！」他叫起來：「我可忘了保險庫裡的主席了。快開車子過來，這幫惡棍偉大的首領正在我家的保險庫裡快呼吸不過來了。來！快上車，也扶這位女士進來。我向她保證過會回去救他。雖然，」（他在派克耳邊說了這句話。）「他可能會面臨謀殺罪名，我認為他在法庭上的機會不大。抱她起來吧，他關在保險庫裡撐不了多久。那男人就是你們要抓的人，莫理森案和霍普威明頓案，以及好幾百樁案件的主謀。」

♛

他們驅車到蘭貝斯，在屋前停下時，寒冷的早晨已將街道染成一片鋼灰色。溫西抓住女人的手臂，扶她下車。疲累焦急的她沒戴黑面罩，露出蒼白痛苦的臉龐。

「俄羅斯人？」派克在溫西耳邊低聲說道。

「差不多。該死！前門鎖上了，鑰匙和那傢伙一起在保險庫裡。你從窗口跳進去好嗎？」

派克聽命照做，幾秒鐘後打開前門。屋內非常安靜。溫西領頭走到後方的保險庫，外面的門和第一層暗門都以椅子頂住沒有關上，夾層的暗門像一道綠色的牆壁般擋在眾人面前。

「我只希望他別胡亂敲打弄壞了開門裝置。」溫西不住呢喃著。女人的手焦急地緊抓著他。他振作起精神，強迫自己冷靜下來刻意以高昂的語調說話。

「好了，老傢伙，」他對著門自言自語：「讓我們瞧瞧你的本事。芝麻開門。該死，芝麻開門！」

綠色的門無聲地滑進牆壁之間。女人衝向前，一把摟住從保險庫裡頹然前倒的身軀。男人的衣服破破爛爛，傷痕累累的手上還流著鮮血。

「沒事，」溫西說：「沒事了！他還活著，能夠上法庭接受審判。」

8 鏡中倒影

那名頭髮亂翹的矮小男子熱衷地閱讀著。一旁的溫西不好意思說那本書是他的，拉過另一張扶手椅，將酒杯放在伸手可及之處，享受著休憩廳裡長桌上常備的鄧洛普的書。

矮小男子頂著亂糟糟的紅髮繼續讀書，手肘撐在椅子的扶手上。他顯得呼吸急促，翻頁時將厚重的書本放在大腿上以雙手翻閱。溫西判斷他並不是個「厲害的讀者」。

男子讀完之後，慎重地轉過頭，又仔細地將最後一段讀了一遍。他準備將攤開的書放回桌上時，瞥見溫西正盯著他。

「不好意思，先生，」一道尖細的倫敦東區口音說：「這是您的書嗎？」

「不要緊，」溫西慷慨地說：「我都會背了。我帶來只是為了困在這種地方時，能有本不管從哪兒開始都能讀上一、兩頁的書。」

「這個叫做威爾斯[1]的傢伙，」紅髮男子繼續說：「是個非常聰明的作者，對吧？他讓這一切顯得至為真實，然而你知道裡面有些事不可能是真的。比方說這個故事，先生，您會說這種事真會發生在你我身上嗎？」

溫西扭過頭看向那一頁。「普萊特納實驗，」他接著說：「描寫一名教師被炸飛到第四次元，回來時身體器官左右互換。好吧，我不覺得這種事真會發生在現實生活裡，但是當然，第四次元這個概念非常有趣。」

「這個嘛……」他停頓下來，羞赧地抬眼望著溫西。「我並不了解所謂的第四次元，也不知道是否真的有這種地方，但他寫得彷彿懂科學的人都能了解。不過關於器官左右互換，我倒肯定真有其事。如果你相信的話，我就親身經歷過。」

溫西遞出他的香菸盒。矮小男子下意識伸出左手，但似乎有點抗拒，改換右手接過。

「您瞧，就是這樣，我只要一不留意就會使用左手。就像普萊特納一樣。我並不想這麼做，但根本沒用。我其實不介意，畢竟只是小事，而且很多人是左撇子。但讓我感到焦慮的是，我不清楚自己曾在這叫做第四次元還是什麼的地方，做過什麼事。」

他長嘆一聲。

「我好擔心，我擔心得要命。」

「你可以對我說。」溫西道。

「我通常不喜歡找人說這些事，以免被認為精神異常。但我真的太焦慮了。每天早上醒來，我都會懷疑自己晚上是否曾經外出，也不確定今天到底是哪一天。總得看了早報才能安心，儘管如此我也不能確定……

「我會對您說，如果您不覺得無聊或視我胡言亂語的話。一切都是從這個開始的……」他吞了口口水，緊張地東張西望。「這裡不會有人看到。先生，如果您不介意的話，請將手放在這裡一會兒……」

他解開看來不太稱頭的雙排扣外套，手放在約略心臟的位置。

「沒問題。」溫西說完照他的話做。

「您感覺到什麼嗎？」

「我不曉得自己在做什麼，」溫西說：「我該有什麼感覺嗎？感覺到腫塊還是什麼的？假使你是指脈搏，摸手腕比較好。」

「喔，手腕確實較好摸到，」矮小男子說，「試一下另一邊的胸膛，先生。」

溫西順從地將手移到另一邊。

「我似乎感覺到震動。」過了一會兒後他說。

「是嗎？您沒想到會在這一側感覺到吧？就是這樣，我的心臟在右邊，而我想讓您自

1 H．G．威爾斯（H. G. Wells，一八六六—一九四六），英國知名科幻小說家，筆下的《時間機器》、《世界大戰》等作均膾炙人口且對科幻領域創作影響深遠。

己感覺到。」

「這是因為生病嗎？」溫西深表同情。

「從某方面來說是的，但還不止於此。我的肝臟也在相反的位置，所有內臟都是。我讓醫生檢查過，他說我全身都顛倒過來了。我的盲腸在左邊……我是說在我割掉盲腸前它就在左邊。如果是在沒人打攪的地方，我會讓您看我的疤痕。我向外科醫生說明我的情況時，他非常驚訝，並稱這略為棘手，因為手術時位置全部顛倒。」

「確實很不尋常，」溫西說：「但我相信有時候還是會有這種例子。」

「我的情況不是那樣。這是空襲造成的。」

「空襲？」溫西大吃一驚。

「對……如果只是逃過空襲，我會謝天謝地好好活下去。當時我十八歲，剛受徵召入伍。在那之前，我任職於克瑞登公司的包裝部門——我猜您聽過——克瑞登廣告公司，位於霍爾本。當時我母親住在布里克斯頓，我休假從訓練營進城找一、兩位老友，打算晚上去看場電影。吃完晚飯後——剛好趕上最後一場電影，我從萊斯特廣場穿越柯芬園市場時，突然震天巨響，炸彈好像落在我腳邊。我眼前一片漆黑。」

「我猜那是炸掉奧爾德姆的那次空襲。」

「是的，一九一八年一月二十八日。我剛才說我眼前一片漆黑，接下來我發現自己在光天化日下走著，周圍綠草如茵，一片樹林流水。我根本不知道自己怎麼到了那裡。」

「老天！」溫西說：「你覺得那是第四次元？」

「其實不是，那是海德公園。我稍微清醒點後就發現了。我走在池塘旁邊，幾個女人坐在長凳上，孩子們在草地上玩耍。」

「你在爆炸中受傷了嗎？」

「外表看不出來，我也沒什麼感覺，但是一邊的腰和肩膀上出現大面積的淤傷，像是撞到了什麼。我腳步踉蹌，完全想不起空襲這回事，也不知道自己為什麼沒去克瑞登上班，或是是怎麼來到這裡。我看看錶，但是錶停了。我忽然一陣飢餓，伸手進口袋裡找到一些錢，但我身上的錢應該不只這些——事實上少了很多。我想我得吃點東西，於是從大理石拱門走出公園，走進里昂斯餐館。我點了兩顆蛋、吐司和一壺茶，等待時順手拿起別人留在座位上的報紙。這下可好。我記得的最後一件事是二十八日晚上去看電影，可報紙上的日期是一月三十日！我損失了兩個晚上和一整天！」

「令人震驚。」溫西說。矮小男子將溫西的反應詮釋成自己的意思。

「震驚！肯定是。我嚇得魂不附體。替我送餐的女孩肯定以為我瘋了，我問她今天是星期幾，她說：『星期五。』我完全沒看錯。

「我不想在開頭就說得太冗長，因為故事才剛開始。當時我壓抑內心的激動用完餐點，然後去看醫生。他問我最後記得什麼，我說只剩看電影那件事。他問我是否遇到空襲，我這才想起炸彈落在我腳邊，卻也只剩這些。他說我受到驚嚇，出現失憶的現象，這種情況很常見無需過於擔心。他又說要檢查我是否受傷。他拿起聽診器放到我的胸前，不久後對我說：

「『喔？原來你的心臟在另一邊。』

「『是嗎？』我說：『我是第一次聽到。』

「他詳細地替我檢查，然後說了我方才向你坦承的事，我體內的器官完全左右顛倒。他問了很多我家裡的事。我說我是獨生子，父親過世了——我十歲時被貨車撞死——我和母親住在布里克斯頓等等。他說我是個不尋常的案例，但不需擔心，除了器官位置和常人不同之外，身體非常健康。他要我回家休養幾天。

「於是我回家，我以為這一切到此為止。不過我的休假正好結束，應該回公司報到，我花了點時間向長官解釋。幾個月後軍隊準備出征，我回家向家人道別。那天我在河岸飯店的鏡廳喝咖啡時……你知道走下樓梯那家？」

溫西點點頭。

「到處都是大面的鏡子。我剛好望向其中一面鏡子，看見一位年輕女士對我微笑，像是認識我。我是說我看見她的鏡中倒影，你知道我的意思。我有點困惑，因為我從來沒見過她，所以沒做任何反應，以為她認錯人了。此外，雖然我當時年紀還不夠老，但我想我還是認得出那樣的女士，畢竟我母親一直教育且敦促我。我轉開視線，繼續喝咖啡，突然間一個女人的聲音在我旁邊響起。

「『哈囉，紅毛，你不和我打招呼嗎？』

「我抬頭看見她走來我旁邊。如果她的妝別那麼濃的話，算是個美人。

「『抱歉，』我僵硬地說：『我不認識妳，小姐。』

「『喔，紅毛，』她說：『經過星期三晚上你還能這麼說啊，達克威奇先生？』她的語氣中帶著嘲弄。

「她叫我紅毛時，我並沒有特別在意，任何女孩一看到我的頭髮都可能想到這個詞。但她叫出我的名字時，我必須說我嚇了一大跳。

「『小姐，妳似乎認得我？』我說。

「『我會說我們彼此認識，你不覺得嗎？』她說。

「好了，我也不用再說下去了。從她的話中，我發現她以為曾在某天晚上遇見我，帶我回她家。最讓我害怕的是，她說那是空襲當晚的事。

「『是你沒錯，』她一臉困惑地盯著我的臉。『當然是你，我光從鏡子裡看見你就認出來了。』

「當然，我無法否認。畢竟我完全不記得那天晚上做過什麼。但這讓我非常沮喪，當年我還是一名純真的青年，從未和女孩交往過。要是做過那種事肯定記得。我只覺得我鑄下大錯，還白白花了錢。

「我找藉口擺脫了她，卻還是擔心自己是否幹下別的怪事。她表示二十九日早上之後就沒再見過我。」

「很有可能。」溫西說，一面伸手按鈴。侍者上前，他叫了兩杯酒，繼續聽達克威奇的告白。

「不過我沒想太多，」矮小的男人繼續說道：「之後我出國了，第一次看見屍體，第一次躲避砲彈，第一次在戰壕裡生活，沒時間反省自己。

「接下來的怪事發生在比利時伊珀爾的戰地醫院。九月從法國康布雷進軍，我在科德里附近受了點傷——其實根本是地雷爆炸時幾乎被活埋。我昏迷了將近二十四小時，回復神智後才發現肩膀被打穿了。我在後方徘徊，有人替我包紮傷口，但我完全想不起來。我走了好久，不知身處何方，最後來到救護站。他們替我療傷，送我到基地醫院。我發燒著神智不清，醒來時已經躺在病床上，由護士輪流照護。有天，隔壁病床的傢伙正睡著覺，我和那傢伙隔壁床的人聊天，那人告訴我救護站位在的城市；隔壁床那傢伙冷不防突然轉頭對我說：

「『老天，』他說：『你這卑鄙的紅毛豬。就是你，對吧？那些財物你搞去哪兒了？』

「我大吃一驚。我這輩子從沒見過那傢伙，而他仍不斷朝我破口大罵，連護士都趕來察看，站內的傷病患也紛紛從床上坐起來……真沒見過這種事。

「後來才知道，這場騷動源於那傢伙曾和某人一同躲在防空洞裡，他堅持那人就是我。當時他們聊了一會兒，不料那人趁他毫無防備之際，洗劫了他的錢、手錶和左輪手槍等財物就此逃逸。太卑鄙了，如果這是事實，我完全不怪他這麼生氣。但我表示那不是我，肯定是同名的人。但他說他認得我，說和那人一起待上一整天，對那張臉記得一清二楚，不可能認錯。不過後來那人稱自己隸屬布蘭克夏爾軍團，而我有文件可證明隸屬巴弗斯軍團，最後他向我道歉，說自己搞錯了。幾天後他死了，我們認為他當時神智應該不太清楚。而且兩個軍團共同作戰，確實很可能認錯。我曾經設法調查布蘭克夏爾軍團是否有和我長得很像的人，但他們叫我回家。我還沒完全痊癒，戰爭就結束了，於是沒再追查下去。

「戰爭結束後，我回到以前的工作崗位，一切似乎回到了正軌。我二十一歲時和一個好女孩訂婚，我以為生活很美好。直到有一天……一切都崩潰了！那時我母親已經去世，我一個人住。有一天我的未婚妻寄來一封信，信上寫著星期天她在南區看見我和一名年輕女人在一起，她無法忍受，表示我們已經完了。

「湊巧那週末我染上流感，沒法去見她。獨自生病躺在家裡真是悲慘，沒人照顧，可能就此死去也無人知曉。我的住處只有一個房間，沒有室友，周圍也沒有親友。我明明病得很嚴重，但我未婚妻卻說在南區看見我和一名年輕女子在一起，她自然聽不進我的解釋。我反問**她**為什麼去南區？當然，這讓她勃然大怒，將戒指退給我，婚約就此結束。

「讓我困惑的是，難道我病到連自己去了南區都不知道？我以為我躺在房間裡半睡半醒，可一切都很模糊。我想起以前也曾發生無法解釋的情況……你知道的……除了模糊的夢境之外，我什麼都想不起來。我彷彿記得曾在哪裡遊蕩許久，可能是神智不清，也可能是夢遊。我沒有任何證據。失去未婚妻讓我難受至極，要不是我還一面擔心自己發瘋的話，可能熬不過去。

「您或許以為這一切是胡言亂語，不過是同名之人或長相神似之類的誤會。但我還有一件事要告訴您。

「我開始做噩夢。我從小就害怕一個東西。我母親是個正直的好女人，喜歡偶爾去看場電影。不像現在，以前的電影看起來可能較粗製濫造，不過大家都很喜歡。我七、八歲的時候，看過一部古裝電影《布拉格的學徒》，大意是學院裡有個年輕人將靈魂賣給惡魔，而有一天他的倒影從鏡中走了出來，犯下各種可怕的罪行，人們卻以為是那年輕人做的。我記得是如此，由於時間太久了以致幾乎忘了細節。但我還記得倒影從鏡子裡走出來的那一幕，可嚇壞我了。我當場大哭大叫，過了一會兒母親不得不匆忙帶我離開電影院。多年來我一直做噩夢，夢中我望著一面長鏡，就和電影裡那年輕人一樣，過了一會兒鏡中倒影對我微笑，我走上前伸出左手，另一個自己也走向我伸出右手。接著倒影突然走到我面前……這裡才是最可怕的，又轉身走回鏡子裡，扭過頭來微笑著。此時我赫然發現**他**才是真正的我，而**我**變成了倒影。我追到鏡子前面，接下來一切陷入灰色的薄霧中，我驚醒，嚇得渾身大汗。」

「真的非常詭異且令人難受，」溫西說：「分身[2]的古老傳說廣為流傳，但是我從來不覺得害怕。**我**小時候，保母會玩一種把戲嚇唬我。如果我們出門，被問到一路上是否遇到什麼人，她就會說：『喔，沒有。我們除了自己之外誰也沒遇到。』因此我以前會緊跟在她身後，生怕轉個彎就有一對和我們長得一模一樣的人撲上來。當然我寧死也不會向別人承認我害怕。就是個傻孩子。」

矮小的男人沉思地點點頭。

「無論如何，」他繼續說道：「那時我的噩夢又回來了。最初只是偶爾出現，但你知道，越來越頻繁。最後每天晚上都做噩夢。只要一閉上眼睛，那面長鏡子就出現在眼前，那玩意笑著逼近我，伸手像要抓我進鏡子裡。有時我會嚇醒，有時夢境持續著，我在一道奇特的鏡中世界裡踉蹌地走著……一切籠罩在迷霧之中，牆壁像電影《卡里加里博士的小屋》[3]一樣扭曲。真是瘋了。我常整晚坐著，不敢入睡。我會鎖上臥房的門，藏起鑰匙——因為我深怕自己會做出可怕的事。後來我讀了一本書，書中提到夢遊者記得自己清醒時所藏匿的物品。所以那樣做根本沒用。」

「你何不找個室友？」

「我找過。」他遲疑了一會兒。「我找了一個女人……她是個好孩子。那段時間我就不

---

2 Doppelgänger，指分身或生靈，是一種源於德國的古老都市傳說，當人們在現實世界中遇到自己的分身時表示「壽命將盡」。作家莫泊桑等名人都曾寫下遇見分身的經歷。

3 Dr. Caligari，一九二〇年德國的無聲恐怖電影，布景是由繪製在畫布上的抽象鋸齒狀建築物呈現。

做夢了。謝天謝地我過了三年平靜的日子。我很喜歡那女孩，非常喜歡。但她死了。」

他一口喝完威士忌，眨了眨眼。

「流感，肺炎。我崩潰了。她非常美麗……

「在那之後我又回到一個人。我感到悲傷。我不能……也不想，但我又做起了噩夢，而且比以前更糟。我夢到自己犯下各種各樣的壞事……算了，現在都不重要了。

「直到有一天，夢境在大白天出現……

「午餐時分我在霍爾本，那時我還在克瑞登上班，已經是包裝部門的主管，一切很順利。我記得那天下著雨，陰沉潮溼。我去剪頭髮，往南邊走一段路來到一家理髮廳──是走廊末端有扇門，門上有鏡子和金色名字的那種店。你知道我的意思。

「我走進去，走廊裡有燈，我看得很清楚。我走到鏡子前面，看見自己的倒影越來越接近，突然間我感覺在做夢。我甩了甩頭告訴自己沒這回事，伸手開門。我伸出左手，因為門把在左邊；我也慣用左手，當下並未多想。

「至於那個倒影，當然，它伸出右手，那也沒問題。我看見自己戴舊氈帽、披風衣的身影。但是那張臉……老天！它正對我笑！就和夢境裡一樣，可是它突然轉身走開，扭過頭瞥向我……

「我的手放上門把，門開了。我感覺自己一個跟頭跌進門檻裡。

「在那之後，我什麼也記不得。我在自己的床上醒來，醫生在我旁邊。醫生說我在大街上昏倒，民眾在我身上找到幾封信，上頭寫有我的住址，然後帶我回家。

「我對醫生說明這一切，他表示我精神不穩，應該換個工作，多在戶外活動。

「克瑞登的人對我非常好，他們讓我去視察戶外的廣告。你知道的，就是前往每個城鎮檢查看板和海報的破損狀況，然後回報。他們派了一輛車給我，我現在做的就是這工作。

「噩夢改善了，儘管我還是不停做夢。幾個晚上前的噩夢，是我有史以來做過最糟的……我在一個黑暗且充滿迷霧的地方喘著氣，我跟蹤那個惡魔——也就是我自己，並且逮到它了。我現在還能感覺到我的手指正掐住它的喉嚨……我在扼殺自己。

「那是我待在倫敦時的事了。我在倫敦的狀況最糟，然後來到這裡……

「所以您看得出來我為什麼對這本書很感興趣。第四次元……以前從沒聽說過，但這個叫做威爾斯的傢伙似乎非常清楚。您深富學養，我敢說您上過大學吧。您有什麼看法呢？」

「你知道，」溫西說：「我覺得醫生的話有道理。神經衰弱。」

「是的，但那不能解釋我器官左右顛倒的情況，對吧？你先前提到傳說，有些人認為那些中世紀的傢伙非常清楚。我不會說我相信惡魔這種話，但他們當中可能有的和我一樣有病，而要是沒親身經歷的話，應該說不了這麼多，如果你明白我的意思的話。我更想知道的是，我無法恢復正常嗎？我必須對你說，這是我心上一塊巨大的石頭。」

「我要是你就不會太擔憂，」溫西說：「我會繼續享受戶外生活，我會結婚，讓身旁有人監視自己的行動，不是嗎？如此一來或許就不會再做噩夢。」

「是、是的，這些我都想過。但是……你看到前幾天的新聞嗎？一個男人在睡夢之中掐死了自己的太太，換作是我……真是太可怕了，不是嗎？這些夢……」

矮小男人搖搖頭，望著壁爐的火焰沉思。溫西沉默了一會兒，然後起身走進酒吧。女店主、酒保和女侍湊在一起讀晚報，熱切地交談著，一聽見溫西的腳步聲就安靜下來。

過了十分鐘，溫西回到休憩廳，矮小男人已經走了。溫西拿起掛在椅背上的防風外套，上樓回到臥房。他若有所思地慢慢脫衣服，換上睡衣和晨褸，然後從外套口袋裡拿出一份晚報，仔細地讀著頭版報導。接下來他顯然下了決心，站起來小心地打開房門，黑暗的走廊上杳無人跡。溫西打開手電筒，沿著走廊往前，在一扇門前停下來，打量著放在外面等人來擦拭的鞋子。他輕輕轉動門把，門是鎖上的。他輕輕地敲門。

一個紅髮的腦袋探出來。

「我能打擾一會兒嗎？」溫西低聲問道。

矮小男子往後退，溫西走進房間。

「怎麼了？」達克威奇問。

「我想和你談談。」溫西說：「回床上去，因為這可能要花點時間。」

矮小男子面露懼色，但還是照做了。溫西繫好睡袍，戴緊單片眼鏡，在床邊坐下。他沉默地注視著達克威奇好一會兒，然後說：

「聽著，你今晚告訴我的故事很不尋常，但不知為何我相信你。這可能只顯示我是個蠢貨，但我天生如此，已經沒救了，就是這麼容易相信別人。你讀過今天的晚報嗎？」

他一把將晚報塞進達克威奇手裡，透過單片眼鏡緊盯著他。

頭版刊出了一張照片，底下是一欄框起來的粗體字：

蘇格蘭警場急尋這張照片的來源。這是在潔西．海尼斯小姐的皮包裡所發現，週四早上她被發現死在巴恩斯公園，死因為勒斃。照片後面寫著「R. D. 致親愛的 J. H.」。任何見過這張照片的人請立刻與蘇格蘭場或任何警察局聯絡。

達克威奇的臉色變得慘白，溫西以為他要暈倒了。

「如何？」溫西說。

「喔，老天，先生！喔，老天！終於發生了，」他低聲說著，發著抖推開報紙。「我就知道會發生這種事……但我發誓我毫無所覺。」

「我猜那是你囉？」

「照片上的人是我沒錯。但我完全不知道為什麼照片會出現在那裡！我好多年沒拍過照了。我發誓我沒有，最近只拍過克瑞登的員工照。但我必須對您說，先生，對天發誓，我有時候會不知道自己做過什麼，那是真的。」

溫西仔細研究照片。

「你的鼻子有一點歪，請原諒我這麼說……稍微往右邊歪，照片裡也是。左眼瞼略為下垂，那也符合。前額左側有明顯突起，莫非是照片印壞了？」

「不！」達克威奇撥開額前的亂髮，「的確是很明顯的突起，我覺得難看才放下頭髮遮住。」

撥開瀏海之後，男子和照片更是驚人神似。

「我的嘴也有點歪。」

「沒錯，往左邊傾斜。我總覺得這種嘴角歪斜的笑容非常吸引人，尤其在你這種類型的長相上。只是這笑容看起來也透著一絲邪惡。」

達克威奇無力地微笑著。

「你認識這個叫做潔西．海尼斯的女孩嗎？」

「我不認得，先生。從來沒聽過她……當然，已經在報上看到了。被勒斃……喔，老天！」他伸出雙手，悲慘地瞪著它們。

「我該怎麼做？如果我逃跑……」

「不行，樓下酒吧的人認出你了，警察可能再過幾分鐘就會抵達。不行，」達克威奇先生正打算下床。「別這樣。沒用的，只會讓你惹上更大的麻煩。保持鎮定，回答幾個問題。首先，你知道我是誰嗎？不對，你怎麼知道我叫做溫西——彼德．溫西爵爺？」

「那位名偵探嗎？」

「如果你想這麼說的話。聽著，你住在布里克斯頓哪裡？」

矮小男人說出地址。

「令堂去世了，有別的親戚嗎？」

「還有個阿姨，應該是住在薩里。我都叫她蘇珊阿姨。但我最後一次見到她還是個孩子。」

「她結婚了嗎？」

「對，喔，是蘇珊·布朗女士。」

「很好。你小時候就是左撇子？」

「是的，一開始是，但我母親將我矯正回來。」

「可空襲之後慣用左手的傾向回來了。你小時候生過病必須去看醫生嗎？」

「我四歲時出過麻疹。」

「記得醫生的名字？」

「是家人帶我去醫院。」

「喔，當然。你還記得霍爾本那位理髮師的名字？」

這個問題如此突然，達克威奇愣住一時答不出來，過了一會兒才說覺得是比格司或是布里格司。

溫西坐著沉思了一會兒，然後說：

「我想先這樣。只除了……喔，對了，你的洗禮名叫什麼？」

「羅伯特。」

「你能向我保證，據你所知你和這件事毫無關係嗎？」

「我可以發誓，」矮小男人說：「據我所知……喔，爵爺，要是我有不在場證明就好了，那是我唯一的機會。但我深怕這是我幹的。你覺得……你覺得他們會處我絞刑嗎？」

「要是你能證明你一無所知就不會。」溫西說，但沒提及即便如此也可能在布羅德莫精神病院度過餘生。

「你知道嗎，」達克威奇說：「要是我這輩子都在不知情的狀況下殺人，那他們不如……」

「是的，但你也可能沒犯罪。」

「我希望沒有，」達克威奇說：「我說……那是什麼聲音？」

「我想是警察。」溫西輕快地說著。敲門聲立時響起，他站起來大聲回應：「進來！」

旅店主人先走進來，看見溫西在場吃了一驚。

「進來進來，」溫西客氣地說：「警員，請進，探長，請進。我們能為你們效勞嗎？」

「拜託，」旅店主人說：「盡量別引起騷動。」

警員完全沒理會兩人，逕自走到床邊，對縮成一團的達克威奇先生說：

「就是這個人。」接著說：「達克威奇先生，請原諒我們這麼晚上門打擾，但你可能已經從報紙上看到了，我們正在找一個和你很像的人，所以前來造訪。我們想……」

「不是我幹的，」達克威奇大叫：「我什麼也不知道……」

探長拿出筆記本寫下：「他在我們問問題之前就說：『不是我幹的。』」

「你似乎很清楚是怎麼回事。」警員說。

「他當然知道，」溫西說：「我們剛才正在討論呢。」

「你們討論過了？你又是哪位呢……先生？」探長口中的「先生」似乎是在單片眼鏡瞪視下才勉強擠了出來。

「真是抱歉，」溫西說：「我手邊沒有名片，我是彼德．溫西爵爺。」

「喔，原來如此。」警員說：「我能請問爵爺您在這裡做什麼嗎？」

「你可以問，我興致來了就會回答。我對謀殺案一無所知，至於達克威奇先生，我也只知道他告訴我的事。假使你們好好問話，我想他也會坦承的。但是你知道，不可以動用警方暴力。」

這句話讓警員略顯退縮，不悅地說：「我必須詢問他知道些什麼。」

「我同意。」溫西說：「身為善良市民，他有義務回答你。但現在夜已經深了，你不覺得嗎？為何不等到早上？達克威奇先生不會逃走的。」

「這我可不確定。」

「喔，但是我確定。我會負責在任何你想偵訊他的時候帶他上警局。這樣不行嗎？我想你還沒打算控訴他任何罪名？」

「還沒。」警員說。

「太好了。那麼一切可以在友善平和的前提下進行，不是嗎？要喝一杯嗎？」

警員不悅地拒絕了這客氣的提議。

「在戒酒嗎？」溫西同情地說：「運氣不好。腎臟嗎？還是肝臟？」

警員沒有回答。

「總之很高興認識你們，」溫西繼續說道：「請明早再來，好嗎？我得早起回倫敦，但我會先上警局一趟。達克威奇先生會待在這裡的休憩廳，那裡可比警察局舒服多了。你們要走了嗎？那就晚安了。」

溫西送警察離開之後，轉向達克威奇。

「聽著，」他說：「我回倫敦後會盡量想辦法，明天一早就派律師過來。我會告訴律師所有你對我說過的話，而你只能向警方說律師認為你能說的話。記住，他們不能強迫你開口，或是要去警局，除非他們要起訴你。如果他們真的起訴你，就乖乖隨他們走，別開口。無論如何都別企圖逃跑。一旦你逃跑，一切就完了。」

♛

溫西於次日下午抵達霍爾本，在街上尋找理髮廳，不消一會兒功夫就找到了。正如達克威奇所說，理髮廳位於狹窄的走廊末端，門上掛著一面長鏡子，上頭以金字寫著布里格司。溫西嫌棄地望著自己的倒影。

「第一點，」他一邊說不由自主地調整了一下領帶。「我是被騙了，還是的確存在神祕的第四次元？『動物雙雙進入，夥伴萬歲！駱駝卡在門口。』讓自己顯得像駱駝真的非常討厭。好幾天什麼也不喝，而且餐桌禮儀非常糟糕。顯然這扇門一向是鏡子，但我想知道一直如此嗎？加油，溫西，加油。我不能再刮一次鬍子了，或許剪個頭髮。」

他推開門，仔細盯著自己的倒影，看它有沒有搞鬼。

他和理髮師天南地北聊得非常愉快，交談中只有一段值得注意。

「我好久沒來了，」溫西說：「耳後短一點。你重新裝潢了嗎？」

「是的，先生。看起來挺時髦的，對不對？」

「外面門上的鏡子也是新的？」

「喔，不是的，先生，從我們接手這家店時就在了。」

「這樣啊，比我想像得要久。三年前就在嗎？」

「喔，是的，先生，布里格司先生已經在這裡十年了。」

「鏡子也是？」

「喔，是的，先生。」

「那就是我記錯了，記憶力變差啦。『熟悉的地標都已不復存在。』不，謝了。如果長出白頭髮，就要優雅地老去。今天也不需要髮油，電梳也不用。我受夠驚嚇了。」

然而這讓他感到焦慮，於是在街上走了好一會兒。他看見一間茶館的玻璃門而吃了一驚，那家店也在一條陰暗走廊的末端，門上寫著金色的店名「布里姬茶館」，但那扇門是片玻璃。溫西打量了那扇門一會兒，然後走進去。他沒有走向桌位，反而轉向坐在門口旁邊小玻璃桌後方的收銀員。

他直接切入重點，詢問那位年輕女士是否記得幾年前有人昏倒在門口。收銀員並不知道，她上班才三個月，但她認為別的服務生可能記得。另一位女服務生想了一會兒後才想起這件事。溫西謝過她，說自己是新聞記者——這似乎能解釋他問各種奇怪的問題——留下小費就離開了。

接下來他去了卡爾梅利特大樓。溫西在艦隊街的每家報社都有朋友，於是毫不費力地進入存放資料照片的辦公室。他研究起那張「J. D.」的照片。

「這是你們拍的？」他問。

「喔，不是，是蘇格蘭警場送來的。為什麼這麼問？有什麼不對勁嗎？」

「沒有，我只想知道攝影師的名字。」

「喔，那您得去問他們。我還能幫您什麼忙嗎？」

「這樣就好，謝謝。」

蘇格蘭警場自然很順利，總督察派克是溫西最好的朋友。他找了派克，很快從照片下方得知攝影師的名字，隨即趕去照相館，報上姓名後見到照相館的主人。

正如他所料，蘇格蘭警場的人來過了。所有能提供的資訊也都告知了警方。他毫無所獲。那張照片是幾年前拍攝的，攝影師不記得相片中人有什麼特別的。照相館很小，專門拍便宜的快照，不會特別營造藝術氣氛。

溫西要求看原始的底片。照相館主人搜尋一番後才找到。

溫西拿起底片仔細研究，然後從口袋裡掏出晚報比對。

「看看這個。」他說。

攝影師上前瞧了一眼晚報，然後望向底片。

「哎喲，真是絕了。」他說：「這太奇怪了。」

「我想這是用放大燈洗出來的。」溫西說。

「是的，肯定是放顛倒了。竟然會有這種事。您知道的，先生，我們常得加班，我猜……但這實在太粗心了。我要調查一下。」

「請您洗一張正確的相片給我。」溫西說。

「好的，先生，當然，先生。立刻就洗。」

「並且送一張去蘇格蘭場。」

「好的，先生。為什麼只有這張照片這樣，太奇怪了不是嗎，先生？我想知道照片裡的人為什麼沒注意到，但我們通常會拍上三、四種姿勢，他可能不記得了。」

「你最好看一下有沒有別的姿勢的底片，若有也洗出來給我。」

「我找過了，先生，沒有。他很可能挑了這一張，別張就銷毀了。我們不會保存所有的底片，先生。沒這麼多地方保存。我先沖洗三張出來。

「去吧，」溫西說：「越快越好。快速乾燥，別動到照片。」

「不會的，先生，您過一、兩個小時就能拿到。可是相片中人沒有抱怨還是讓我感到很驚訝。」

「這並不令人驚訝，」溫西說：「也許他覺得這樣最好。對他而言……你不明白嗎，那是他唯一能接受的樣子。照片左右顛倒，正是他每天在鏡子裡看見的臉，他唯一認可是自己的那張臉，就像是『上帝給我們的禮物』。」

「是的，先生。非常感謝您指出錯誤。」

溫西再度重申是急件之後就離開了。接下來他前往今天最後一站桑默賽特府，隨後返家。

♛

透過布里克斯頓的調查以及達克威奇提供的地址，溫西終於找到了認識達克威奇和他母親的人。四十年來都在同一條街上開蔬果店的老太太記得這對母子，她有著幾乎不識字的人那種百科全書般的記憶力，非常確定兩人來到當地的日子。

「三十二年前，」她說：「他們在米迦勒節[4]來的，她是個漂亮的女人，我女兒當時正懷第一胎，很喜歡她可愛的兒子。」

「男孩不是在這裡出生的？」

「不是的，先生。是在南方某個地方出生的，但我記得她從來沒明說地點，只宣稱是在紐考特附近。那女人很文靜，不怎麼和人往來。她話不多，甚至沒什麼和我女兒提她經歷的苦日子。她以前得過病，但不記得了。我相信她受了不少罪，所以她不願想起來。她先生也是個好人，曾對我說：『哈波特太太，別提醒她了。我都不願再提醒她。』我不曉得她恐懼什麼，或是受過傷害，但她不能再生孩子了。『洛兒！』我對她說：『妳會習慣的，親愛的，等妳和我一樣生了九個以後。』她會微笑，卻不再接話。」

「我猜那需要時間，」溫西說：「不過生了九個孩子似乎對妳沒有造成任何影響，哈波特太太，妳看起來容光煥發。」

「我很注意健康的，先生，雖然變胖了。生九個確實讓體型橫向發展。先生，您現在當然看不出來，但我年輕時腰圍可只有十八吋。我可憐的老媽總叫我握住床柱替我束腰

4 Michaelmas，意為天使長聖米迦勒的慶日，根據西方基督教的教會年曆是九月二十九日，根據東方基督教的教會年曆是儒略曆的十一月八日，即格里曆的十一月二十一日。

呢。」

「美麗是要付出代價的，」溫西禮貌地說：「達克威奇太太搬來布里克斯頓時，她的兒子多大？」

「三星期大，先生，真是可愛的寶寶，髮量好多。剛出生時是黑色的，後來變成亮紅色，就像那根紅蘿蔔一樣。他頭髮不像他母親那麼漂亮，但顏色一樣。孩子長得不像母親，也不像父親。她說像她娘家的人。」

「妳見過他們家的親戚嗎？」

「只有她姊姊，蘇珊．布朗太太，一個高壯拘謹的女人，和她妹妹完全不同。我記得她住在伊夫舍姆，我曾上那兒買蘆筍，蘇珊．布朗太太脣上有一抹小鬍子，像根蘆筍一樣。」

溫西謝過哈波特太太，搭下一班火車去伊夫舍姆。他不禁懷疑這次調查到底會將他帶往何處。

而後他鬆了口氣，蘇珊．布朗太太在當地很有名，她是衛理教會的中堅人物，備受敬重。

她的身子仍舊非常硬朗，光滑的黑髮中分，緊緊往後梳攏。她臀寬肩窄，確實有點像哈波特太太口中的蘆筍。她嚴肅而慎重地接待溫西，但堅稱完全不知外甥的行為。溫西暗示他可能有麻煩，甚至有危險，她並不驚訝。

「他不是什麼好東西，」她說：「我妹妹海蒂太寵他了。」

「啊，」溫西說：「我們不可能都是堅強的人。我並不想麻煩妳，夫人，我知道我說話常沒重點，又容易離題……那麼我就直說了。我在桑默賽特府的戶口登記簿上看到您的外甥羅伯特·達克威奇出生於南華克，父母是艾佛列和海絲特·達克威奇。戶政系統真是完善。但是當然，人們還是會出錯的，妳說是吧？」

她起皺的雙手交疊，放在桌邊。他看見她敏銳的黑眸裡閃過一絲光芒。

「假使不麻煩的話……另一位登記的名字是什麼？」

她的手略微顫抖，但仍平穩地說：

「我不知道您在說什麼。」

「非常抱歉，我一向不太會解釋。他們是雙胞胎，不是嗎？另一位登記的是什麼名字？很抱歉打攪妳，但這真的很重要。」

「您為什麼以為有雙胞胎？」

「喔，我不是以為。只是『以為』的話就不會來麻煩妳了。我知道妳外甥有個雙胞胎兄弟。我對他還能說出個輪廓……」

「他死了。」她很快說道。

「我並不喜歡唱反調，」溫西說：「非常討人厭的行為。但妳知道，他沒死；事實上現在還活得好好的。我只想知道他叫什麼名字。」

「我為什麼要告訴你，年輕人？」

「因為，」溫西說：「請原諒我提起這麼粗俗的事，可一件謀殺案發生了，羅伯特成了嫌犯。事實上，我恰好知道謀殺案是他雙胞胎兄弟幹的，所以才想找到他。這樣我就能鬆一口氣。誰教我天生介意這種小事。要是妳能幫我找到他就太好了。如果妳不幫我，我就得報警，妳可能會被傳喚作證。我並不希望……真的不希望看見妳站在謀殺案審判的證人席上。這種露面一點也不愉快，對吧？假使我們能找到他的雙胞胎兄弟，你和羅伯特就不會牽扯進去。」

布朗太太沉思了幾分鐘。

「好吧，」她說：「我說。」

♛

「當然，」幾天後溫西對總督察派克說：「聽說了達克威奇先生器官顛倒的故事之後，整件事就非常清楚了。」

「當然、當然，」派克說：「沒有比這更簡單的了。你還是一樣急著想告訴我推理過程嗎？我很願意接受指教。所有器官顛倒的人都是雙胞胎嗎？」

「是的。不，或者該說不是。長得不像的雙胞胎和長得像的雙胞胎可能很正常。但從單一細胞分裂出來的雙胞胎**可能**是鏡子雙胞胎，這取決於原始細胞的分裂線。你可以用一根馬鬃分裂蝌蚪。」

「我會記下來。」派克嚴肅地說。

「事實上，我曾讀過內臟位置相反的人多半是雙胞胎。所以你瞧，可憐的老達克威奇在扯《布拉格的學徒》和第四次元時，我就懷疑他有雙胞胎兄弟了。

「真相顯然是這樣的，達特家有三姊妹，蘇珊、海絲特和艾蜜麗。蘇珊嫁給布朗，海絲特嫁給達克威奇，艾蜜麗未婚。生命中充滿諷刺，唯一生了孩子，或說顯然唯一能生孩子的是未婚的艾蜜麗。而且她生了雙胞胎。

「她要臨盆時（當然，孩子的父親拋棄了艾蜜麗）向姊妹們求救，她們的父母已經不在了。蘇珊較強悍難應付，又嫁給身分地位較高的男人，正從事慈善事業慢慢往上爬，因此完全置身事外。海絲特心地善良，表示可以收養嬰兒，當成自己的孩子撫養。正如我說的，孩子生下來了，卻是雙胞胎。

「達克威奇夫婦應該不能接受。他們雖同意收養孩子，但養育雙胞胎的負擔過重。海絲特挑了當中的一個孩子，她天性善良，收養了看起來較瘦弱的嬰孩，就是我們的羅伯特——相反的鏡子雙胞胎。艾蜜麗得獨力撫養另一個嬰兒，她等身體一恢復就帶嬰兒去了澳大利亞，從此再也沒人聽聞她的行蹤。

「艾蜜麗帶走的孩子登記名字是理查．達特。羅伯特和理查是兩個帥氣的男孩。羅伯特則登記為海絲特．達克威奇的親生孩子。從前並不需要醫生或助產士證明，大家愛怎麼做都行。達克威奇一家三口搬去布里克斯頓，羅伯特以達克威奇家族的身分長大。

「艾蜜麗顯然死在澳大利亞，當時十五歲的理查設法回到倫敦。他似乎並不是個好孩子。兩年後，他遇見雙生兄弟羅伯特，造成空襲當晚的事件。

「海絲特可能知道羅伯特的器官位置顛倒，也可能不知道。總之，沒人告訴過他。我揣測空襲的震撼讓他重拾慣用左手的習慣，並在類似的驚駭狀況下短暫失憶。這讓他憂慮不已，於是出現夢遊的現象，逐漸分不清現實和夢境。

「我認為理查得知雙胞胎兄弟的存在之後便加以利用，這可解釋鏡中倒影事件。我想羅伯特肯定將茶館的玻璃門誤以為是理髮廳的鏡子門，門裡走向他的人確實是理查；而理查一看見門外的羅伯特，立刻掉頭怕被發現。這變得對他有利。兩人確實見過面，下雨的陰霾天氣兩人都戴氈帽、穿風衣並不奇怪。

「再來是照片。毫無疑問照相館洗照片時失手，但理查利用這一點，選了那張照片。當然，這表示他知道羅伯特器官顛倒的事。我無從得知他是怎麼知道的，但他很可能做過一些調查。軍隊知道他的情況，這種消息傳得很快。但我不會深究。

「還有一件奇怪的事，在謀殺案當晚，理查勒死潔西．海尼斯的時候，羅伯特竟然也夢到勒死人。據說同卵雙胞胎之間存在心靈感應，也就是知道彼此在想什麼，還有會在同一天生病等說法。理查是比較強壯的一個，或許他對羅伯特的影響比羅伯特對他來得大。我不清楚。這可能都是誤傳。重點是你找到他了。」

「對，有線索之後要抓人就不是難事。」

「我們去酒館喝一杯吧。」

溫西站起來，在鏡子前調整起領帶。

「總之鏡子還是透著古怪。多少有點嚇人，不是嗎？」

9 王后棋盤

「你這方塊老J，方塊老J，」馬克．山伯恩說，譴責地搖起頭。「我很清楚你！」他的白緞戲服上印著代表骨牌的巨大方塊，他在衣服下摸索。「這衣服真該死！那傢伙將口袋縫在哪兒了？你搶了我的口袋，對，你搶了我的口袋，你搶了我裝銀子的口袋，還打算溜之大吉。你覺得是多少錢？」他掏出一枝鋼筆和支票簿。

「五千一百七十六，」彼德．溫西爵爺說：「對不對，夥伴？」然後轉向赫蜜歐妮．克索普女士，巨大紅藍相間的袖子窸窣作響；後者穿著黑桃王后的戲服，看起來就是個懾人的老處女，事實上她的確是。

「沒錯，」老太太說：「我覺得非常便宜。」

「我們沒玩多久。」溫西遺憾地說。

「姨媽，本來還會更多的，」瑞伯恩太太說：「要是妳不那麼貪心的話。我那四張黑桃妳不應該賭倍的。」

赫蜜歐妮女士嗤之以鼻。溫西急急地插了話：「很可惜我們不能繼續玩下去，但要是不去跳羅傑爵士[1]的話，德弗利爾不會原諒我們的。他非常堅持。現在幾點了？一點二十。羅傑爵士會在三十分準時開始。我想我們最好回宴會廳。」

「我想也是，」瑞伯恩夫人表示同意，隨後站起來，她穿著一件印著雙陸棋的黑紅相間禮服。赫蜜歐妮女士巨大的蓬裙和他們擦身而過，率先走進穿堂。「你太好了，」瑞伯恩夫人對溫西說：「跳舞跳到一半來陪姨媽打牌。她不喜歡你錯過。」

「沒問題，」溫西回答：「我很樂意。而且我很高興能休息一下，穿戲服跳舞太熱了。」

「你打扮成方塊老J非常帥。德弗利爾夫人這主意真是太好了，讓大家打扮成故事裡的人物，而且避開了小丑和女丑角。」一行人繞過宴會廳的西南角，走進南邊的走廊。那裡懸掛著一盞庸俗的巨大四色吊燈。他們在連拱飾下停下來，望著舞池，查爾斯．德弗利爾爵士的賓客正迎合現場樂隊的演奏跳著狐步舞。「哈囉，賈爾斯！」瑞伯恩太太叫道：「你看起來很熱。」

「的確很熱，」賈爾斯．龐佛瑞特說：「老天在上，我希望我沒這麼精心打扮。這是一張漂亮的撞球桌，但我根本無法坐下。」他擦了擦冒汗的額頭，他頭上正頂著一盞優美的綠色燈罩。「我只能靠在暖爐上，但暖爐火力全開，絲毫不具清涼的功效。感謝老天，就讓我去準備餐點別跳舞吧。」他靠在最近的廊柱上，一副犧牲奉獻的態度。

「妮娜・哈特佛打扮得最好，」瑞伯恩夫人說：「水球！真是太聰明了，只著泳裝拿一顆球；不過我要說做這打扮體型還是注意點比較好。你們扮撲克牌是最好看的，西洋棋也很不錯。那是葛爾妲・貝林漢，正和她先生跳舞……她著紅色假髮是不是太好看了？還有那蓬裙……老天，太美了。幸好他們沒有太做路易斯・卡羅式的打扮[2]；查蜜安・葛蕾樂真是最可愛的白王后……對了，她在哪兒？」

「我不喜歡那個年輕女孩，」赫蜜歐妮女士說：「她太放蕩了。」

「親愛的女士！」

「毫無疑問，你們肯定覺得我是個老古板。我很高興我是。我說她放蕩，而且還沒心沒肺。我吃飯前看到她，東尼・李真是太可憐了，當時她拚命和哈利・費巴特調情——我可不想說得更難聽；更別說吉姆・普雷玹爾也給她釣上了。她連法蘭克・貝林漢都不放過，還住在他家呢。」

「喔，赫女士！」山姆・波恩抗議：「您對葛蕾樂小姐太嚴厲了。我是說，她就是個

---

1 Sir Roger，一種英國鄉村舞蹈。

2 路易斯・卡羅（Lewis Carroll，一八三二—一八九八）為英國作家，以兒童文學作品《愛麗絲夢遊仙境》與其續集《愛麗絲鏡中奇遇》聞名於世，這場舞會的扮裝即是以卡羅這系列作品為主題。

很活躍的孩子。」

「我鄙視『活躍』這個詞。」赫蜜歐妮女士不悅地說道。「這個詞只表示酒醉胡鬧。她可不是孩子了，年輕人。再這樣下去，過三年她就成了老太婆。」

「親愛的赫蜜歐妮女士，」溫西說：「我們並不像您都不受歲月影響。」

「你們可以，」老太太反駁：「只要注意飲食，循規蹈矩。法蘭克・貝林漢來了……絕對是來喝酒的。現在的年輕人根本浸在琴酒裡。」

狐步舞結束了，紅國王穿越鼓掌的賓客走向他們。

「嗨，貝林漢，」溫西說：「你的王冠歪了。我來吧。」他熟練地調整假髮和頭飾。「這可不能怪你，在當前布爾什維克年代哪有王冠是安全的？」

「謝了，」貝林漢說：「我想喝一杯。」

「我剛說了吧。」赫蜜歐妮女士。

「去吧，老傢伙，」溫西說：「你有四分鐘，要準時回來跳羅傑爵士。」

「是啦。喔，對了，我的舞伴是葛爾妲。如果你們看見她，告訴她我在哪兒。」

「我們會的。赫蜜歐妮女士，您會給我這份榮幸吧？」

「胡說！我這把年紀了還跳舞嗎？老處女當壁花就好。」

「沒這種事。要是我能早點出生，我們就可以結婚了。您當然要和我跳——除非您打算拋下我選年輕小伙子。」

「我對年輕小伙子沒興趣，」赫蜜歐妮女士說：「沒骨氣，骨瘦如柴。」她很快瞥向溫西那大紅色的緊身褲。「你腿上至少有點肌肉，我站在你旁邊不用替你臉紅。」

溫西低下戴大紅帽子配鬈髮的腦袋，親吻她起皺的指節。

「您讓我成為世界上最幸福的男人，我們讓他們看看什麼叫做典範。右手、左手、雙手交叉，背對背，轉身到中間。德弗利爾去向樂隊說要開始了。守時的老傢伙，是吧？還剩兩分鐘……怎麼了，卡爾斯坦司小姐？妳的舞伴走丟了？」

「對……你們看見東尼．李了嗎？」

「白國王嗎？沒看見人影，也沒見到白王后。我想他們一起到別處去了。」

「可能吧。可憐的吉米．普雷法爾耐心地待在北邊走廊，看起來就像站在燃燒的甲板一樣。」

「妳最好去安慰他。」溫西笑著說。

瓊安．卡爾斯坦司做個鬼臉，走向餐廳。宴會主辦人查爾斯．德弗利爾爵士一身華麗的中國服飾，上面繡著紅綠飛龍、竹子、圓圈和漢字，肩膀上還站了一隻假長尾鳥。他朝溫西走來。

「哎喲，哎喲，」他叫道：「來吧，來吧，快過來！大家準備跳羅傑爵士了。溫西，找到舞伴了嗎？啊，對，赫蜜歐妮女士，太好了。溫西，你一定要站在令堂和我旁邊。別遲到，別遲到。我們要從頭跳到尾。中古樂團兩點開始……我希望他們準時到。老天啊，老天！下人們怎麼還沒來？我和華生說了，我得去找他。」

他急急走開，溫西笑著領舞伴走到大廳末端，他母親丹佛公爵夫人打扮成黑桃王后，正在哪裡等著。

「啊，你來了，」公爵夫人平靜地說：「親愛的查爾斯爵士可忙得暈頭轉向呢，真是講究時間的人——看來是皇家人士。非常令人愉快的宴會，赫蜜歐妮，妳說是吧？羅傑爵士和樂團富含中世紀風情，大廳裡則擺著耶誕樹，還有好多暖爐……壓迫感好重！」

「踢踏、踢踏、踢踢踏、踢踏、踢踏、踢踢踏。」彼德爵爺不住哼著，樂隊奏起古老的曲調。「我真喜歡這首曲子。可以敏捷地跳來跳去……喔，那是葛爾妲・貝林漢。等等！貝林漢夫人，嗨，妳的另一半正在餐室等紅王后。務必叫他快一點，只剩半分鐘了。」

紅王后投以微笑，白皙的臉龐和漆黑雙眸在鮮紅假髮及王冠下顯得非常耀眼。

「我馬上帶他過來。」她笑著走開。

「她會的，」公爵夫人說：「那年輕人要不了多久就會進上議院。他們在公眾場合真是一對俊男美女，而且聽說對豬肉相當講究。這太重要了，現在英國的早餐桌面簡直不像樣。」

只見查爾斯・德弗利爾爵士滿頭大汗地衝進來，站在兩排賓客的最前面。眾人的隊伍幾乎占滿宴會廳三分之二。宴會廳的另一端，僕役們在樂團前方排成另一組跳羅傑爵士的行列，與賓客組交錯。時鐘敲響了三十分，查爾斯爵士焦急地扭頭計算賓客人數。

「十八對，我們少了兩對。真是惱人！誰不在？」

「貝林漢夫婦？」溫西說：「不對，他們在這兒。白國王和王后，羽毛球和扯鈴不在。」

「羽毛球來了！」瑞伯恩夫人叫道，用力揮手。「吉姆！吉姆！兄弟！他又走回去了。他在等查蜜安．葛蕾樂。」

「好吧，不能再等了，」查爾斯爵士暴躁地說：「公爵夫人，您開場好嗎？」

公爵夫人聽話地將黑天鵝絨水袖搭在手臂上，踮起舞步跳向大廳中央，露出一對鮮紅色的腳踝。兩排舞者跳起鄉間的快步舞，擦身交錯的黑白服飾僕役組也帶著敬意仿效。

查爾斯．德弗利爾爵士嚴肅地跟在公爵夫人後面，與排在隊伍最後的妮娜．哈特佛牽著手。踢踏、踢踏、踢踢踏、踢踏、踢踏、踢踢踏……第一對舞者轉身朝外，領著後面的人下去。溫西握住赫蜜歐妮女士的手，隨她一起彎腰穿越拱門，伴著絲綢的窸窣聲來到宴會廳頂端。「我的愛，」溫西嘆息著：「穿著黑色天鵝絨，我穿著紅衣裳。」老太太愉快地舉起鍍金的權杖輕敲他的指節。眾人愉悅地拍手。

「我們再跳回去，」溫西說，梅花王后和偉大的麻將王朝皇帝轉身跳回大廳中央。黑桃王后迎向方塊老J。「比吉克牌[3]，」溫西說：「雙比吉克。」他伸出手迎向公爵夫人。踢踏、踢踏、踢踢踏。他再度朝黑桃王后伸出手，領她向前，其餘十八對舞者從他們

3 Bézique，一種紙牌遊戲，擁有包括結合Q和J等不同的得分技巧。

雙手搭起的拱門下一一穿過。德弗利爾夫人和她的舞伴跟了上來；然後是剩下的五對舞者。

「我們很守時，」查爾斯爵士說完望向時鐘。「一對兩分鐘。啊，失蹤的一對來了。」他使勁地揮起手來。「來中間……快點，過來這裡。」

頭上裝飾著巨大羽毛球的男人，以及打扮成扯鈴的瓊安．卡爾斯坦司從北邊走廊現身。查爾斯爵士就像介於兩隻抓狂母雞之間的公雞一樣，推著他們來到還沒搭起「手拱門」的兩對舞者之間，然後鬆了口氣。他不想見到他們錯過這一步。此時宴會廳牆上的鐘報時一點四十五分。

「我說，普雷法爾，你看見了查蜜安．葛蕾樂或東尼．李？」扮成羽毛球的賈爾斯．龐佛瑞特問道：「查爾斯爵士看他們還沒到場，簡直急壞了。」

「完全沒看到。我本來該和查蜜安跳的，但她上了樓就沒下來了？瓊安是來找東尼的，於是我想那就一起跳吧。」

「中古樂團來了，」瓊安．卡爾斯坦司插嘴：「是不是太可愛了？真是相當富有鄉村風情。」

中古樂團在牧師的引領下進駐宴會廳北側走廊廊柱之間。羅傑爵士舞繼續疲累地進行著。賈爾斯．龐佛瑞特呻吟著挺起戲服第十五次鑽過手拱門。踢踏、踢踢踏。第十九對舞者跳過來，查爾斯爵士和公爵夫人神清氣爽地再度回到原來的位置。眾人熱烈地鼓掌，樂隊安靜下來，賓客們紛紛散開，三兩成群，僕役們在大廳末端整齊地排成一列。牧師看見查爾斯爵士的信號，舉起音叉放在耳邊，唱出一個響亮的A。中古樂團奏起〈好國王溫徹拉斯〉開頭的幾小節。

隨著夜色漸深，風勢也變強了。這時一道身影穿越合唱團，急急走向查爾斯爵士。是東尼．李，他的臉色和身上服裝一樣慘白。

「查蜜安……在掛氈廳裡……死了……被勒死的。」

♛

強生探長坐在圖書室裡，對疲累的賓客們錄取口供。賓客一個接著一個進去，首先是東尼．李，他凹陷的眼睛就像灰面具上的兩個黑洞。

「葛蕾樂小姐答應和我跳羅傑爵士前的最後一支舞：狐步舞，於是我在樂隊廊臺下的走廊等她。但她沒有出現。我沒去找她，也沒看見她和任何人跳舞。等舞快跳完了，我從樂隊廊臺下的工作門走去花園。之後就一直待在花園裡，羅傑爵士跳完後……」

「有別人在你旁邊嗎，先生？」

「沒有。」

「所以你獨自待在花園裡——從一點二十到兩點多。先生，外頭地上還積著雪，不會冷得難受嗎？」探長緊盯著東尼憔悴的面孔和溼透的白色鞋子。

「我沒注意。廳裡很熱……我想透透氣。我看見中古樂團一點四十分左右到了，我敢說他們也看到我。我差不多兩點過後進來……」

「也是走工作門嗎，先生？」

「不是，是從宅邸另一邊通往花園的門，就是沿著掛氈廳旁邊那條走廊末端的門。我正好聽見宴會廳傳出歌聲，看到兩個人坐在走廊左邊樓梯下的小壁龕裡。我想其中一個是園丁。然後我走進掛氈廳……」

「你去哪裡打算做什麼，先生？」

「沒有……我只是不想回去宴會。想靜一靜。」他停頓了一下，探長沒有接話。「後來我走進掛氈廳，裡面沒有亮燈，於是我開了燈，就看見……葛蕾樂小姐。她倒在暖爐旁邊，我以為她昏倒了，走近之後才發現她……死了，於是趕回宴會廳通知大家。」

「謝謝你，先生。我可以詢問你和葛蕾樂小姐的關係嗎？」

「我、我非常仰慕她。」

「你們訂婚了嗎？」

「沒有。」

「你們是否曾吵架……或是有任何誤會？」

「喔，絕對沒有。」

強生探長再度看著他，沉默了起來。但是他經驗豐富的腦袋正提醒著：

「這傢伙在說謊。」

探長向東尼道謝，讓他離開。白國王踉蹌走出去，換紅國王進來。

法蘭克．貝林漢說：「葛蕾樂小姐是我們夫妻的朋友，目前住我們家裡。李先生也是我們的客人。我們大家一起來的。我相信葛蕾樂小姐和李先生之間有所共識——但還沒走到訂婚那一步。她是一位活潑聰敏、受人喜愛的女士。我認識她六年了，我妻子從我們婚後就認識她。我不知道有任何人會對葛蕾樂小姐心懷不滿。我和她跳了倒數第二支舞——是華爾滋，接著是狐步舞，最後是羅傑爵士。華爾滋結束後，她說要上樓梳洗，我想她應該是從宴會廳後方的門離開，之後就再也沒看到她了。女士的梳妝間在二樓，位於畫廊隔壁，可以從通往花園的走廊樓梯上去；另一條路則是宴會廳東側樓梯，通往樓上的畫廊。但從這條路得穿越畫廊才到得了梳妝室。我很熟悉這棟宅邸；我們夫妻常來作客。」

接下來是赫蜜歐妮女士，她冗長的證詞總結如下：

「查蜜安．葛蕾樂是個狐狸精，她死了對任何人都沒有損失。我並不驚訝她被勒死，那樣的女人就該被勒死。假使可以，我很樂意勒死她。六星期以來她讓東尼．李生不如死。我今晚還看見她故意向費巴特調情，讓李吃醋；她也向貝林漢和普雷法爾拋媚眼。她對所有人拋媚眼。我想至少有半打人都想要她死。」

費巴特穿著俗麗的馬球服裝現身，手裡滑稽地抓著一隻玩具馬。他聲稱和葛蕾樂跳了幾支舞。她是個活潑的女孩，非常有趣，但可能過於熱情了。這可憐的孩子竟然死了。他可能吻過她一、兩次，但無傷大雅，或許可憐的老李有點傷心。葛蕾樂就愛捉弄東尼。他很喜歡葛蕾樂，覺得這可怕的事實在太悲慘了。

貝林漢夫人證實了丈夫的證言，葛蕾樂是他們的客人，而且大家處得非常好。她相信李和葛蕾樂對彼此非常友好。最後三支舞她都沒有看見葛蕾樂，但不覺得這有什麼重要的。她以為葛蕾樂和別人在一起。午夜後她就沒去過梳妝間，也沒看見葛蕾樂上樓。眾人列隊準備跳羅傑爵士的時候，她才注意到葛蕾樂不在大廳裡。

瑞伯恩太太表示曾看見卡爾斯坦司在宴會廳找李，當時查爾斯．德弗利爾爵士正上前和樂隊溝通。卡爾斯坦司提到普雷法爾在北邊走廊上等葛蕾樂。她可以確定那是一點二十八分；一點三十分她見到普雷法爾從走廊探進頭來，然後又出去。所有人都在，除了葛蕾樂、卡爾斯坦司、李和普雷法爾。她知道，因為查爾斯爵士數了人頭。

接著吉姆．普雷法爾提供了最有價值的證言。

「葛蕾樂小姐打算和我跳羅傑爵士。前一支舞結束後，我走去北邊走廊等她。那是一點二十五分。我坐在走廊東側的長椅上，看見查爾斯爵士下來和樂隊說話，接下來幾乎立刻看到葛蕾樂小姐從樂隊廊臺下出來，走上走廊末端的樓梯。我叫道：『快點！他們要開始了。』但我不覺得她聽到了，她沒有回答。肯定沒看錯，樓梯的扶欄並不是密閉的，那個角落沒有燈，只有走廊上的吊燈，但吊燈很亮。

我很清楚她穿的衣服，不可能弄錯。我等葛蕾樂小姐等到舞都跳了大半場，然後才放棄。我和卡爾斯坦司小姐湊成一對，她也找不到她的舞伴。」

接下來探長審問梳妝間的女僕，她和園丁都是沒跳羅傑爵士的僕役。晚餐之後她就沒離開過梳妝間，頂多走到門口。葛蕾樂小姐絕對沒在舞會最後一個小時來過梳妝間。憂心忡忡的牧師聲稱他們一行人在一點四十分來到花園門口。他注意到一個穿白色戲服的男人在花園裡抽菸；中古樂團在花園小徑上脫下外套，走進北邊走廊就定位。直到東尼·李趕來報噩耗之前都沒人經過。

教堂司鐸艾弗瑞姆·多德的補充證言十分重要。這位老先生自承並非歌手，但總是替中古樂團提燈和拿捐獻箱。他坐在花園小徑上「讓我犯疼的腳休息一下」時，看見那位「穿白衣服頭戴王冠」的先生從花園進來。唱詩班那時正唱著「給我肉、給我酒」。只見那先生四下張望還「做了個鬼臉」，隨即走進樓梯底端的房間。他進去「還不到一分鐘」，就「飛也似地跑出來」，然後立刻衝進宴會廳。

除此之外，當然還有派帝森醫生的證言。他是賓客之一，噩耗一傳出，就立刻上前檢驗葛蕾樂的屍體。他認為凶手是從正面粗暴勒死她的。她是個高大強壯的女孩，凶手很可能是男性。他在兩點五分檢驗她的時候，判斷她死後還不到一小時，但並非短短的五分鐘前。屍體仍有體溫，但因為倒在暖爐旁難以判定。

強生探長沉思地摸了摸耳垂，轉向彼德·溫西爵爺。爵爺陸續佐證許多人的證詞，特別是不同事件發生的時間。探長和溫西很熟稔，因此毫無顧忌地向他討論案情。

「您瞧，爵爺，要是這位可憐的年輕女士是在派帝森醫生說的時間遭到殺害，作案的範圍就縮小了。她最後和貝林漢跳舞是在——約莫一點二十分吧，而兩點時她就死了，這當中有四十分鐘的空檔。但如果我們採信普雷法爾的證詞，還可以再縮短不少。他說查爾斯爵士和樂隊說話時看見她，那是在一點二十八分。這表示嫌犯只有五個人，因為剩下的人在那之後都在宴會廳裡跳羅傑爵士。至於梳妝間裡的女僕，我跟您說，先生，我認為可以排除她的嫌疑。她身材嬌小，而且沒有動機。此外，我從她小時候就認識她了，她不會做這種事的。然後是園丁，我還沒問他話，但他也是我的熟人，比起來我寧可懷疑自己也不會懷疑他。於是剩下東尼．李、卡爾斯坦司和普雷法爾。從體型來看，最不可能是那女孩，而且徒手勒頸不是女人的手法——當然不能一概而論就是；至於李……他的證詞很奇特，他獨自待在花園裡做什麼呢？」

「我認為，」溫西說：「應該是葛蕾樂甩了他，他到花園去吃蟲了。」

「正是，爵爺，那可能是動機。」

「有可能，」溫西說：「但是聽著，地上積了好幾吋雪，要是能證明他出去的時間，就能從腳印看出他是否在艾弗瑞姆．多德先生看到他之前進來過，以及他在這期間去了哪裡，是不是自己一個人。」

「這是個好主意，爵爺。我讓警員去問。」

「然後是貝林漢。假設他和她跳完華爾滋之後殺了她，有人在華爾滋和狐步舞的間隔看見他嗎？」

「說得是，爵爺，我也想過。但您知道那表示什麼，表示普雷法爾必定是和他一夥的，但從聽到的證言看來似乎不太可能。」

「沒錯。事實上，我剛好知道貝林漢和普雷法爾處得不好。可以排除這一點了。」

「我想也是，爵爺。這樣就剩下普雷法爾了。我們依據的時間可是他提供的。我們找不到任何在他那支舞之前看見葛蕾樂小姐的人——當時說是狐步舞。有什麼能阻止他？等一下，他是怎麼說的？他說他和丹佛公爵夫人跳了狐步舞。」探長臉色一沉，翻閱筆記本。「她也證實了，說休息時間和跳舞時她都和他在一起。爵爺，我想我們可以相信公爵夫人的話。」

「我想你可以，」溫西微笑著說：「我從出生就認識我母親了，她一向非常可靠。」

「是的，爵爺。狐步舞跳完之後，卡爾斯坦司看見普雷法爾在北邊走廊等待。她表示在休息時間看到他好幾次，還上前攀談。瑞伯恩夫人在一點半左右看見他，到了一點四十五分他和卡爾斯坦司一同加入大家。有人能證實嗎？我們得確定這一點。」

幾分鐘之後，他們獲得了足夠的證據。彼德爵爺的貼身男僕馬文．邦特指出，他幫忙送食物到餐室時，在華爾滋和狐步舞之間的休息時間，李一直站在樂隊樓梯下方的工作門旁，狐步舞跳到一半的時候，有人看見李從僕役區走進花園。警員查看花園裡的腳印，發現李並沒有任何同伴，花園裡只有他的腳印，從僕役區走出宅邸，然後從掛氈廳附近的花園門折返。也有好幾個人在華爾滋和狐步舞的休息時間看見貝林漢，並證實他和貝林漢夫人一起跳了狐步舞。瓊安．卡爾斯坦司在華爾滋和狐步舞的時候都很活躍，休息時間和羅傑爵士舞開始時也都有人看到她。此外，在大廳末端跳舞的僕役們也確定從一點二十九分到一點四十五分，普雷法爾一直坐在北邊走廊上，只花了幾秒鐘時間望向宴會廳。他們也確定在此期間沒有人走上走廊另一端的樓梯，多德同樣肯定在一點四十分之後，除了李之外，沒有人走進花園或掛氈廳。

最後，所有的證言由園丁威廉．賀格爾特總結。他堅決表示從一點半到一點四十分都待在花園小徑上，接待中古樂團並帶他們到預定的位置。這段期間沒人從畫廊的樓梯走下來，也沒有人進入掛氈廳。一點四十分之後，他和多德一起坐在花園小徑上，除了李之外，沒有人經過他們旁邊。

證實了這幾點之後，已經沒有理由懷疑吉姆．普雷法爾的證詞；在華爾滋、狐步舞和期間的休息時間都有人能證明他的下落。一點二十八分左右，他看見查蜜安．葛蕾樂還活著；兩點零二分她被發現死在掛氈廳。這期間沒有任何人進入房間，其餘每一個人的行蹤陸續獲得證實。

♛

六點，筋疲力盡的賓客們終於可以回房間休息，貝林漢夫婦等遠地來訪的客人都有房間可住。探長表示等所有人休息之後要重新問話。

♛

再度問話並沒有結果。這一次彼德．溫西爵爺沒有參加，而是和邦特（後者是個高明的攝影師）在宴會廳、相鄰的房間和走廊上各個角度拍起照來。彼德爵爺常說：「你永遠不會知道線索在哪兒。」當天下午他們回到地下室，使用向當地藥劑師購買的安全燈和化學藥品沖洗照片。

「都在這兒了，爵爺。」邦特說，從水裡拿出最後一張感光片，浸在定影液裡。「爵爺，可以開燈了。」

溫西開了燈，在晃眼的白光下眨眼。

「幹得好，」他說：「哈囉，那盤血是怎麼回事？」

「那是感光片背後的顏料，爵爺，是為了消除光暈。您可能看見我將感光片放進顯影盤之前先洗過。爵爺，光暈這種現象是……」

溫西沒在聽。

「我之前怎麼沒注意到？」他問道：「那玩意看起來就像是普通的水啊。」

「在紅色的安全燈下看起來就像是白色，爵爺。」邦特簡潔地答覆：「在反射所有可見光之下，當可見光只有紅色的時候，紅色和白色就無法分辨；同樣地在綠色光線中……」

「老天！」溫西說：「等一下，邦特，我得想一下……別管這些天殺的感光片了。我要你隨我上樓。」

他領頭快步走回宴會廳，現在裡面十分陰暗，南邊走廊的窗簾都已經拉上，十二月傍晚陰暗的光線從拱廊上方的天窗滲透進來。他先看向宴會廳裡三座巨大的水晶燈，大廳兩端和四角直抵天花板的厚重橡木鑲板完全擋住水晶燈的光線，照不到北邊走廊末端的樓梯。接著他打開掛在北邊走廊兩張長椅間的四面吊燈。一道鮮明的綠色光柱立刻照亮了走廊末端和樓梯；走廊另一端則沐浴在琥珀色的光線中。吊燈的另外兩面則是照向宴會廳的紅光和打在走廊牆上的藍光。

溫西搖搖頭。

「這裡不太可能出錯，除非……我懂了！邦特，快去請卡爾斯坦司和普雷法爾過來。」

邦特答應後匆匆走開。溫西從廚房搬來一座梯子，仔細檢視吊燈固定處。吊燈並沒有釘死，而是掛在橫梁的鉤子上，電源來自不遠處的固定插座。

「現在你們，」溫西等兩人抵達之後說：「我想做個小實驗。普雷法爾，你和昨晚一樣坐在這張長椅上。卡爾斯坦司小姐……我找妳來幫忙是因為妳穿著白色的衣服。請妳和昨晚葛蕾樂小姐一樣走上走廊末端的樓梯，我想確認是否和普雷法爾先生昨晚目擊的場景一致。但當然先不論其他人的說法。」

溫西望著這對照指示進行的男女。只見吉姆．普雷法爾面露困惑。

「不知道為什麼，看起來不太一樣。我不知道哪裡不同，但就是不同。」

瓊安走回來，同意吉姆的說法。

「我坐在長椅上時，」她說：「看起來也不一樣，似乎比較暗。」

「我覺得比較亮。」吉姆說。

「很好！」溫西說：「我就想聽你們這麼說。邦特，現在將吊燈往左轉四分之一。」

吊燈一轉動，瓊安不禁輕聲叫起來。

「就是這樣！藍色的光線！我記得那些人等著進場的時候，臉色可都發青呢。」

「你呢，普雷法爾？」

「沒錯，」吉姆滿意地說：「昨晚光線是紅色的。我記得當時相當暖和又溫馨啊。」

溫西笑了起來。

「我們解決了，邦特。西洋棋的規矩是什麼？**女王站在和她自己同樣顏色的棋盤格子裡**。去找那位梳妝間裡的女僕，問她昨晚在狐步舞和羅傑爵士之間，貝林漢夫人是否曾去過梳妝室。」

過了五分鐘邦特就回來了。

「爵爺，女僕說有。貝林漢夫人昨晚在狐步舞和羅傑爵士之間去過梳妝室。但是她在樂團奏起羅傑爵士時，看見夫人從畫廊出來，下樓去了掛氈廳。」

溫西說：「那是在一點二十九分。」

「貝林漢夫人？」吉姆說：「但你說一點三十分前看見她在宴會廳，她不可能有時間殺人。」

「是不可能，」溫西說：「但是查蜜安．葛蕾樂在那之前早就死了。你在樓梯上看見的是紅王后，不是白王后。只要知道貝林漢夫人為什麼說謊，真相即可大白。」

♛

「真的非常令人難過，爵爺，」幾個小時後強生探長說：「我們對貝林漢說發現對他夫人不利的證據，他就爽快地承認了。顯然葛蕾樂知道一些足以傷害他政治生涯的醜事，多年來一直勒索他。那天晚上她又提出新的要求，讓他又驚又怒。兩人跳了最後一首華爾滋之後就進入掛氈廳，還大吵一架。他在盛怒中動粗。他聲稱並不想真的傷害她，她卻不住尖叫，他只好勒住她的喉嚨……一個不小心就勒死了她。他發現自己鑄下大錯，倉皇逃離現場。他和夫人跳下一支舞時，向她坦承一切，同時發現他的小權杖竟掉在了屍體旁邊。勇敢的貝林漢夫人決定去拿回權杖，走進樂團下方黑暗的走廊——那時沒有人——上樓前往畫廊。她沒聽到普雷法爾叫她，直直跑過畫廊，從另一端的樓梯下去，撿起權杖藏在衣服裡。後來她聽見普雷法爾的證詞，發現他在紅光下誤以為看到白王后，凌晨時下樓設法調整了吊燈的方向。當然，她是共犯，但男人能有這樣的妻子真是太幸運了。我希望法庭能對她從輕量刑。」

「阿門！」彼德．溫西爵爺說。

10 絕對不在場

彼德爵爺和總督察派克及鮑爾多克警局的韓利探長坐在紫丁香大宅的圖書室裡。

「所以您瞧，」派克說：「所有嫌犯當時都不在場。」

「你說『都不在場』是什麼意思？」溫西惱怒地說。派克拉他來到北方大道的韋伯利，他連早餐都還沒吃，正一肚子火。「你是說除非嫌犯們每秒走十八萬六千英里，否則沒法抵達謀殺案現場？如果你不是這個意思，那他們都不是絕對不在場，顯然只是相對不在場。」

「看在老天的份上別鬧脾氣。他們人不在現場。如果要逮住他們，就不能將時空曲率係數這種因素考慮進去。韓利探長，我想最好一一偵訊，重新聽取嫌犯的證詞。你也可以調查這一次的說詞和先前是否有差異。先請管家進來。」

探長將頭探向走廊裡說：「漢沃希。」

管家是一名中年男子，時空曲率看起來值得考量。管家那張扁平的大臉蒼白浮腫，一臉病容，毫不猶疑地陳述起說詞。

「各位，我替已故的葛林伯德先生工作二十年了。我覺得他是好主人，也是一位嚴厲的紳士，這並不衝突。我知道他在商場上毫不留情，但我想他不得不如此。他單身，扶養兩個姪子，哈克爾特先生和奈維爾先生，並且對兩人非常好，他私下很和藹體貼。他的工作？沒錯，我想你們可以說他是放高利貸的。

「關於昨晚發生的事，是的，先生，我和往常一樣在七點半關閉門窗。一切準時進行，先生——葛林伯德先生的作息非常規律。我鎖上了一樓所有的窗戶，冬天時都會如此，也確定沒有遺漏。而且窗戶上有防盜栓，要是有問題我會注意到；我也同時鎖上了前門，鏈上門鏈。」

「溫室的門呢？」

「先生，那是耶魯鎖。我試過了，門是關上的。不，是我拴上門栓。一向不會拴上，當葛林伯德先生在城裡辦事晚歸，回來時就不致驚動大家。」

「但他昨天並未進城辦事。」

「沒有，先生，但那扇門沒鑰匙是進不來的，而鑰匙在葛林伯德先生的鑰匙圈上。」

「沒有另一把鑰匙？」

「我相信，」管家輕咳一聲。「先生，雖然我不確定，但我相信有，在一位女士手裡，那位女士在巴黎。」

「我明白了。葛林伯德年約六十，很好。那位女士叫什麼名字？」

「溫特太太。她住在韋伯利，但自從她先生上個月去世之後就去國外了。」

「原來如此。最好記下來，探長。樓上的房間和後門呢？」

「樓上房間的窗戶也是拴上的，先生，只有葛林伯德先生的臥房及我和廚子的房間例外。但除非使用梯子，否則無法從外面進來，而梯子鎖在工具小屋裡。」

「沒問題，」韓利探長插嘴。「我們昨天晚上進去過，小屋上了鎖，梯子和牆上也都結了蜘蛛網。」

「七點半時我巡過所有房間，先生，沒有任何異狀。」

「你可以相信我，」探長再度說道：「所有的鎖都沒有被破壞的跡象。漢沃希，繼續吧。」

「是的，先生。我檢查門窗的時候，葛林伯德先生正在圖書室喝雪利酒。七點四十五分上湯品，葛林伯德先生用起了晚餐，和平常一樣坐在桌子的前端，面對上菜的活門。」

「背對圖書室的門，」派克探長說，在面前的房間簡圖上做了一個記號。「門是關上的嗎？」

「喔，是的，先生，所有門窗都是關著的。」

「看起來是個透風的房間，」溫西說：「兩扇門、送菜活門，還有兩扇落地窗。」

「是的，爵爺。但門窗緊閉，窗簾也是拉上的。」爵爺走過去打開門。

「沒錯，很厚重緊密的門，室內也相當安靜。我喜歡這樣的厚地毯，只是紋樣有點刺眼。」溫西無聲地關上門，回到座位。

「葛林伯德先生約莫花五分鐘喝湯，先生。喝完之後，我撤走湯盤，送上魚。我不用離開房間，菜是從活門送進來的。酒——當晚是白酒——已經在桌上了，還有一小塊比目魚，葛林伯德先生也吃了五分鐘左右，隨後我收拾盤子，送上烤雉雞。正要替葛林伯德先生上蔬菜時，電話響了。葛林伯德先生說：『你最好去看看誰打來的，我自己拿菜就好。』當然，接電話不是廚子的工作。」

「沒有別的傭人嗎？」

「只有白天來打掃的一個女人，先生。我走出去接電話，關上了門。」

「是前廳裡那座電話？」

「是前廳裡的沒錯，先生。我一向使用那裡的電話，除非我當時剛好在圖書室。是奈維爾．葛林伯德先生從城裡打來的，他和哈克爾特先生一起住在傑爾敏街的公寓。我認出奈維爾先生的聲音，只聽見他說：『是你嗎，漢沃希？稍等一下，哈克爾特要和你說話。』他放下話筒，哈克爾特先生拿起來說：『漢沃希，我今晚想去看叔叔，如果他在家的話。』我說：『好的，先生，我會告訴他。』年輕的紳士們常會過來住上一、兩晚，我們會為他們保留房間。哈克爾特先生說立刻出發，大約九點半到，他說話時，我聽到他們公寓裡的老爺鐘敲了八下，緊接著前廳裡的鐘也響了。接線生說：『三分鐘。』所以電話應該是差三分八點的時候打來的，先生。」

「這麼一來時間就沒問題了。可以放心了。接下來呢，漢沃希？」

「哈克爾特先生接著說：『奈維爾有話要說。』奈維爾先生接起電話說馬上要去蘇格蘭，要我將他留在這裡的休閒西裝和襯衫、襪子送過去，讓他先將西裝送洗，又指示了一些事。是的，所以通話時間又延長三分鐘到八點零三分。約一分鐘之後，門鈴響了。我一時無法放下電話，讓訪客等了一會兒。八點零五分，訪客再度按門鈴。我正打算讓奈維爾先生稍候片刻，廚師剛好從廚房出來，沿走廊到前門。奈維爾先生要我重複他的指示，此時接線生打斷對話，於是掛了電話。我轉過身，看見廚師關上圖書室的門。我走過去時她說：「又是裴恩先生，他要見葛林伯德先生。我讓他待在圖書室等，但我一點也不喜歡他那態度。」於是我說：『好，我來處理。』廚師就回廚房去了。」

「等等，」派克問：「裴恩是誰？」

「他是葛林伯德先生的客戶，住在距離約五分鐘路程遠的地方，就在空地對面，他以前也惹過麻煩。我想他欠葛林伯德先生錢，希望延遲還款的時限。」

「他在外面等著呢。」韓利說。

「喔？」溫西說：「就是那個沒刮鬍子，一臉憂愁、眼睛又布滿血絲的傢伙嗎？」

「就是他，爵爺，」管家說：「先生，」再度轉向派克。「我走向圖書室，然後突然想起來：我忘了送紅酒進去，葛林伯德先生肯定非常生氣。我走進食品室——您知道在哪裡，先生——酒正在火爐前溫著。接著我想找盤子，發現晚報蓋在盤子上了，這過程花不到一分鐘，接著我回到餐廳。然後，先生……」管家的聲音發抖。「我看見葛林伯德先生趴在桌上，臉埋在餐盤裡。我還以為他生病，趕緊上前，這才發現……發現他死了，先生，背上有個可怕的傷口。」

「凶器呢？」

「我沒看見，先生。到處都是血，嚇得我發昏，好一陣子不知道怎麼辦才好。一回過神來，就衝到送菜活門前叫喚廚師，她很快進來，看見主人的模樣隨即尖叫起來。我想起了裴恩先生，打開通往圖書室的門。只見裴恩先生站在房間裡，開口就問還要等多久。於是我說：『出大事了！葛林伯德先生被殺了！』他一把推開我，快速走進餐廳後說：『窗戶呢？』拉開最靠近圖書室的窗簾，窗戶是開著的。『凶手從這裡逃跑了，』說完就打算衝出去。我說『不行』，我以為他要逃走，趕緊抓住他。他用各種汙言穢語辱罵我，又說：『聽著，你要講道理。凶手早就趁這時候逃得遠遠的了，我們一定得去追他。』我說：『我要和你一起去。』他說：『好吧。』我叫廚師別碰任何東西，立刻報警，然後從食品室拿手電筒，隨裴恩先生追趕出去。」

「裴恩和你一同進入食品室嗎？」

「是的，先生。我和他在花園裡搜了一圈，沒看到任何腳印等痕跡，房子周圍的碎石路直直通向柵門，也沒有找到凶器。然後他說：『我們最好回去開車，去路上找。』但我說：『不，凶手到時早就逃跑了。』柵門離北方大道四分之一英里，回去開車得花上五到十分鐘。裴恩先生說：『或許你說得對。』我們放棄追趕返回屋裡。接著韋伯利警局的警員就來了，不一會兒探長和鮑爾多克的科夫特斯醫生也到了，這些人問了我很多問題，我盡可能一一回答。我沒什麼別的可說了，先生。」

派克說：「你是否注意到裴恩身上有血跡？」

「沒有，先生，我沒看到。我第一次看見他的時候，他就站在這盞燈的下方，假使他身上有血跡我一定看得見。」

「探長，你們當然搜索過這個房間，確認血跡或凶器，以及手套毛巾等任何凶手可能擦去血跡的東西了吧？」

「是的，派克探長。我們非常仔細搜過。」

「你和葛林伯德待在餐廳的時候，可能有人下樓來嗎？」

「先生，這樣那人就得在七點前進屋，並且躲在家中某處，但當然是有可能的。可是不可能從後面樓梯下來，因為得經過廚房，廚師會聽到。前面的樓梯間我就說不準了。」

「凶手肯定是從那裡進來，」派克說：「別露出這麼難過的表情，漢沃希，你不可能每晚檢查屋裡每一個櫃子，確認是否有壞人躲在裡頭。現在可以叫那兩個姪子進來了，叔姪處得不錯吧？」

「喔，是的，先生，從來沒吵過架。這件事對他們打擊很大，先生。葛林伯德先生今年夏天生病的時候，他們真的非常難過。」

「生病？」

「是的，先生，他七月時心臟不好，當時情況糟到還得找來奈維爾先生。所幸順利康復了，先生……只不過在那之後脾氣變得很糟。我猜那讓他覺得自己不再年輕，但絕對沒人想到他會這樣離開我們。」

「遺產留給誰？」派克問。

「先生，我不知道。我想應該是兩位紳士平分，先生……他們並不是沒有錢。我想哈克爾特先生可以回答您，他是遺囑執行人。」

「很好，我們待會兒問他。兩兄弟關係好嗎？」

「喔，很好，先生，非常和睦。奈維爾先生願意為哈克爾特先生做任何事，我相信哈克爾特先生當然也一樣。兩位紳士非常和善，先生，找不到更和善的人了。」

「謝了，漢沃希，暫時先這樣。還有別的問題嗎？」

「上桌的雉雞吃掉多少，漢沃希？」

「沒多少，爵爺。我是說比起葛林伯德先生盤裡的分量。但多少吃了一些，從吃掉的量看來，應該要花上三、四分鐘，爵爺。」

「有沒有證據顯示他被窗戶進來的人打斷用餐，或是他打開窗戶讓人進來？」

「據我所知沒有，爵爺。」

「我察看現場時椅子離桌子很近，」探長補充，「死者的餐巾鋪在大腿上，刀叉在手邊，可能是遇害時從手裡滑落。就我所知沒人碰過屍體。」

「沒錯，先生。我只上前確認他真的死了，除此之外完全沒碰過屍體。我一看見他背後的傷口，就知道沒救了。我曾稍微抬起他的頭，後來又回復原本的姿勢。」

「好吧，漢沃希，請哈克爾特進來。」

哈克爾特．葛林伯德年約三十五歲，看起來十分幹練。他說明自己是股票經紀人，弟弟奈維爾是公共衛生部官員，叔叔領養他們時分別是十一歲和十歲。他知道叔叔生意上有很多仇家，但叔叔一直對他們很好。

「恐怕我對此一無所知。我昨天晚上九點四十五分才抵達家裡，那時慘劇早就發生了。」

「似乎比你預估的更晚？」

「只晚了一點。我開到韋林花園市和韋林之間時，車子的車尾燈壞掉了。我去韋林找了修車廠，找出鬆脫的引線並且修好，這耽誤了我幾分鐘的時間。」

「從倫敦過來約四十哩？」

「超過四十哩。晚上開車的話，估計要一小時又十五分。我不開快車。」

「你自己開車嗎？」

「是的，我有司機，但我來這裡時不一定會讓他送我來。」

「你什麼時候離開倫敦？」

「我想大約是八點二十分。奈維爾打完電話後去修車廠取車，我就收拾行李。」

「你離開之前沒有聽到叔叔的死訊？」

「沒有，我猜他們還沒想到要聯絡我，也可能打電話過來時我已經出發了。警方試圖聯繫奈維爾，但他好像去了俱樂部。我來之後曾打電話給他，他今天早上才趕來。」

「好了，葛林伯德先生，你了解你叔叔的財產狀況嗎？」

「你是指他的遺囑？誰能從中獲利？我和奈維爾，還有那位……你聽過溫特太太嗎？」

「聽過。」

「第三個人就是她。當然啦，老漢沃希也有一筆不少的錢，還有廚師。叔叔在倫敦辦公室的辦事員也有五百英鎊。但大部分歸我們和溫特太太。我知道你要問多少錢，事實上我不清楚，但我想應該不少。老頭從來不讓任何人知道他有多少錢，我們也從來不管。我自己就賺得不少，奈維爾的薪水更直接來自人民，所以我們對此並不特別感興趣。」

「你認為漢沃希知道自己能分到遺產嗎？」

「喔，他知道，這不是祕密，他會得到一百鎊，以及一年兩百鎊的終身酬勞，當然前提是他在叔叔死去前持續服務。」

「你叔叔是否打算解雇他？」

「沒有，並不算有。叔叔每個月都威脅要解雇每個人，好讓傭人們戰戰兢兢，但他從來沒有真的這麼做。你知道的，他就像《愛麗絲夢遊仙境》裡的紅皇后，從來沒真的砍過任何人的頭。」

「我明白了，我們最好再向漢沃希確認這件事。至於溫特太太，你了解這位女士嗎？」

「喔，我知道她。她是個好女人。她做威廉叔叔的情婦已經不知多少年了，她先生等同將自己浸泡在酒精裡，所以根本不能怪她。我今天早上打了電報給她，她剛剛回電。」

哈克爾特遞給派克一份電報，從巴黎打來的，上面寫著：「非常震驚難過，立刻返國。露西。」

「你們和她關係好嗎？」

「老天，是的，為什麼不好？我們一直覺得她很可憐。威廉叔叔打算帶她離開，但是她放不下溫特。事實上，我想他們早就說好等溫特過世後要結婚。她才三十八歲，也該過點好日子了，可憐的女士。」

「所以除了錢之外，你叔叔死了對她並沒有好處？」

「完全沒有。當然，除非她想嫁給更年輕的男人，又不想失去財源。但我相信她真的喜歡我叔叔。總之犯人不可能是她，因為她在巴黎。」

「哼！」派克說：「我想是吧，但她還是得接受調查。我會請蘇格蘭警場在出入境港口帶她過來。這支電話能接通接線生嗎？」

「可以，」探長說：「不用走到前廳，兩支電話是相通的。」

「好，葛林伯德先生，我想目前應該不需要繼續占用你的時間了。等我打完電話，就請下一位證人進來……請幫我接白廳……哈克爾特從倫敦打電話過來的時間都查證過了吧，韓利？」

「是的，派克總督察，是七點五十七分打的，八點和八點三十分時又分別打過，電話費有點貴。我們同時也聯繫了詢問他車燈問題的警員及修車廠。他在九點零五分到韋林，約九點十五分離開，車牌號碼一致。」

「這樣的話就沒有嫌疑了，但還是要繼續調查……哈囉，蘇格蘭場嗎？請接哈第總監，我是總督察派克。」

派克掛上電話後請奈維爾・葛林伯德進來。他和哥哥很像，只不過瘦了一點，說話也更圓滑些，果然是公務員。除了證實哥哥的陳述之外，也說明自己從八點二十分到十點在電影院，然後去了自己的俱樂部，所以直到很晚才聽說這件事。

下一個證人是廚師。她想說的很多，但大多沒什麼幫助。她並沒有看見漢沃希進食品室拿紅酒，不過在這之外證實了漢沃希的說法，她也不覺得有人藏匿在樓上的房間，因為每天來清掃的克拉貝太太待到將近晚餐時間，而且在所有衣櫥裡放了樟腦丸。她相信絕對是「那個裴恩」刺死了葛林伯德先生——「可恨的殺人禽獸」。接下來作證的就是「刺死人」的裴恩。

裴恩的直率教人相當意外。葛林伯德對他非常惡劣，在本金之外還有極高的累進利息，而他已經付了超過本金五倍以上的金額，如今葛林伯德還拒絕寬限付款日期。裴恩原本預計六個月內獲得一筆收入來清償債務。他認為葛林伯德故意拒絕他，好讓他還不出錢來，葛林伯德真正想要的是他抵押的產業。葛林伯德之死對他而言是天上掉下來的好消息，因為這將把還款期限延至六個月後，到時他就有錢清償了。裴恩很樂意殺掉老葛林伯德，但他沒這麼做，總之他不是會從背後偷襲別人的那種人。假使放高利貸的是個年輕人，裴恩會很樂意打斷年輕人身上所有的骨頭。事情就是這樣，隨警方信不信。如果那個老笨蛋漢沃希不阻止他的話，他早就可以抓到犯人了——但他覺得漢沃希不是笨蛋。血跡？對，他外套上有血跡，是在窗邊和漢沃希扭打時沾上的。漢沃希走進圖書室時手上都是血，應該是因為碰了屍體。裴恩故意沒換衣服，要是換了衣服，一定會被視為背後有所隱情。事實上自謀殺案發生後他就沒回過家，也沒要求回家。裴恩最後補上一句，稱自己強烈反對當地警方充滿敵意的態度，韓利探長則表示是誤會。

「裴恩先生，」彼德爵爺開口：「你能告訴我一件事嗎？你聽到餐廳裡的騷動，以及廚師尖叫之後，為什麼沒有立刻進去察看發生了什麼事？」

「我為什麼沒進去？」裴恩反問：「因為我什麼也沒聽見。管家滿手是血出現在門口語無倫次時，我才知道出事了。」

「啊！」溫西說：「我就知道這扇門很厚實。請那位女士進去尖叫幾聲讓我們聽聽看，餐廳窗戶要和昨晚一樣是打開的。」

於是探長前去安排，所有人焦急地等待尖叫聲，然而什麼也沒聽到。隨後韓利探頭進來詢問。

「什麼也聽不到。」派克說。

「這棟房子蓋得非常結實，」溫西說：「我猜從窗口傳來的聲音也會被溫室擋住。裴恩先生，如果你沒聽到尖叫聲，那謀殺時的聲音也不會聽到。證人就這幾位了嗎，查爾斯？我得先趕回倫敦處理某位人士和他的狗的問題。我要給你們兩個建議，祝你們好運。第一，你們應該搜尋一輛昨晚七點半到八點十五分之間停在離房子約四分之一哩遠的車子；第二，你們今晚應該坐在餐廳，關上門窗，然後觀察落地窗。八點左右我會打電話給派克。喔，請借我溫室門的鑰匙，我有個理論。」

派克總督察將鑰匙交給爵爺，他就離開了。

♛

眾人略顯尷尬地聚集在餐廳裡。事實上都是警察們的閒聊，諸如釣魚的經驗等等。裴恩滿臉不悅，兩位葛林伯德不斷抽著菸，廚師和管家緊張萬分地坐在椅子邊緣。電話響起時，大家都鬆了一口氣。

派克看了看手錶，起身準備接電話。「七點五十七分，」派克說，隨即看見管家拿手帕擦了擦扭曲的嘴唇，「大家注意窗戶，」然後走向前廳。

「哈囉！」派克接起電話。

「派克總督察嗎？」傳來一道熟悉的聲音。「我是彼德・溫西爵爺的貼身侍從，從爵爺在倫敦的住所打電話來，請您稍等一下，爵爺想和您說話。」

派克聽見話筒放下又拿起，傳來了溫西的聲音：「哈囉，老傢伙？找到那輛車了嗎？」

派克謹慎地回答：「我們聽說有輛車停在北方大道上的休息站，離這裡走路約五分鐘。」

「車牌號碼是ABJ 28嗎？」

「正是，你怎麼知道？」

「我想應該是。那是昨天五點左右從倫敦一家修車廠租的車，快十點時歸還。找到溫特太太了嗎？」

「嗯，她今晚從卡萊港入境了。她應該沒問題。」

「我想也是。聽著，你知道哈克爾特的財務狀況很糟嗎？他去年七月時就陷入財務危機，但有人伸出援手——估計是叔叔，你覺得呢？我的情報來源說事情頗為蹊蹺。我非常確信他在比格司—惠特洛崩盤時栽了大跟斗，有了叔叔的遺囑，現在他不愁籌不到錢了。但我猜想去年七月的事一定讓他叔叔大受打擊。」

一段錚鏦作響的音樂打斷了對話，接下來是敲了八次的鐘響。

「聽見了嗎？認得嗎？那是我起居室裡法國鐘的聲音……什麼？好吧，接線生，再給我三分鐘。邦特想和你說話。」

「先生，爵爺要我讓您立刻掛掉電話，直接回餐廳。」

派克照做。他走回房間時，看見六個人和剛才一樣圍成半圈坐在原位，眼睛緊盯著落地窗。此時圖書室的門無聲無息地打開了，彼德·溫西爵爺走了進來。

「老天！」派克不由得叫起來。「你怎麼在這裡？」六個腦袋立時轉向門口。

「我乘著光波，」溫西說著順了順頭髮，「以每秒十八萬六千哩的速度從八十哩之外前來。」

「其實很明顯，」警方逮住哈克爾特·葛林伯德（他奮力反抗）和他弟弟奈維爾（他昏倒了，得用白蘭地救醒）後，溫西說：「毋庸置疑就是這兩個傢伙，他們根本不在場——幾乎是絕對不在場，謀殺只能發生在七點五十七到八點零六分之間，關於那通不斷延長的電話，事實上哈克爾特可以直接來這裡接電話。犯人一定得在七點五十七分前進入圖書室，要不然會被看到——除非是葛林伯德打開落地窗，但這不可能。

「事情是這樣的。哈克爾特在六點開著租來的車從倫敦出發，然後將車子停在休息站，編了個藉口，我猜那裡沒人認識他。」

「應該是，休息站上個月才開張。」

「然後他徒步最後四分之一英里，七點四十五分抵達這裡。當時天已經黑了，他可能穿著膠鞋，無聲地走在小徑上。他拿鑰匙打開溫室的門進來。」

「他怎麼會有鑰匙？」

「去年七月叔叔病倒時暗自複製的。老傢伙可能聽到寶貝姪兒有了大麻煩才病倒，當時哈克爾特在這裡。你記得他們後來還叫了奈維爾過來。我想叔叔替哈克爾特解決了，當然是有條件的。然而我很懷疑他叔叔會再度出手救他，尤其當他想和溫特太太結婚的時候。我想哈克爾特認為叔叔婚後可能會修改遺囑，甚至日後可能有自己的兒女，那麼一來哈克爾特怎麼辦？從各方面看來，叔叔還是去死比較好。所以他複製鑰匙，想出這個伎倆，他弟弟奈維爾會為哈克爾特做任何事，自然也幫了忙。我想哈克爾特惹上的麻煩應該不只是金錢損失，奈維爾可能也面臨類似的狀況。我剛剛說到哪兒了？」

「從溫室進來。」

「喔對，我今晚也是從那裡進來的。他躲在花園裡，知道威廉叔叔何時會進入餐廳，因為他看見圖書室的燈關了。記得，他很熟悉這裡。他在黑暗中潛入屋內，鎖上門，然後等奈維爾從倫敦打電話過來。電話鈴聲停止後，他拿起圖書室裡的分機話筒，奈維爾說完話之後，哈克爾特就插進來。隔著厚重的門，沒人聽得到他說話，漢沃希也無法分辨他的聲音是不是真的來自倫敦。到了八點，傑爾敏街的老爺鐘報時，證明電話從倫敦打來。哈克爾特一聽到鐘聲，立刻叫奈維爾說話，並在奈維爾話筒的雜音中掛上電話。奈維爾在電話裡指示西裝的事拖延漢沃希，哈克爾特趁機進入餐廳殺害叔叔，然後從窗口逃走。他有整整五分鐘可以回去開車離開，漢沃希和裴恩的猜疑牽制還多給了他幾分鐘。」

「他為什麼不從圖書室和溫室的原路出去？」

「他希望所有人以為凶手是從窗戶進來的。與此同時，奈維爾開著哈克爾特的車在八點二十分離開倫敦，開過韋林時刻意吸引警察和修車工人注意車牌號碼。他在韋林郊外和哈克爾特會合，說了車燈的事，隨後兩人換車。奈維爾開著租來的車回倫敦，哈克爾特開著自己的車來到這裡。但你們可能找不到凶器和複製的鑰匙，或是哈克爾特沾血的手套和外套。那些應該都由奈維爾處理掉了。畢竟倫敦有一條很大的河。」

【Mystery World】MY0019

溫西爵爺偵探事件簿

The Casebook of Lord Peter Wimsey

作　　者❖桃樂西・榭爾絲 Dorothy L. Sayers
譯　　者❖丁世佳
封面設計❖謝佳穎
排　　版❖張彩梅
總 編 輯❖郭寶秀
特約編輯❖周奕君
行銷業務❖許芷瑀

發 行 人❖凃玉雲
出　　版❖馬可孛羅文化
10483台北市中山區民生東路二段141號5樓
電話：(886)2-25007696
發　　行❖英屬蓋曼群島商家庭傳媒股份有限公司城邦分公司
10483台北市中山區民生東路二段141號11樓
客服服務專線：(886)2-25007718；25007719
24小時傳真專線：(886)2-25001990；25001991
服務時間：週一至週五9:00～12:00；13:00～17:00
劃撥帳號：19863813　戶名：書虫股份有限公司
讀者服務信箱：service@readingclub.com.tw
香港發行所❖城邦（香港）出版集團有限公司
香港灣仔駱克道193號東超商業中心1樓
電話：(852)25086231　傳真：(852)25789337
E-mail：hkcite@biznetvigator.com
馬新發行所❖城邦（馬新）出版集團【Cite (M) Sdn. Bhd.(458372U)】
41, Jalan Radin Anum, Bandar Baru Seri Petaling,
57000 Kuala Lumpur, Malaysia
電話：(603)90578822　傳真：(603)90576622
E-mail：services@cite.com.my
輸出印刷❖前進彩藝有限公司
一版一刷❖2021年11月
一版二刷❖2022年1月
定　　價❖390元

ISBN：978-986-0767-31-5（平裝）
ISBN：9789860767339（EPUB）

城邦讀書花園
www.cite.com.tw

國家圖書館出版品預行編目（CIP）資料

溫西爵爺偵探事件簿／桃樂西・榭爾絲（Dorothy L. Sayers）作；丁世佳譯. -- 一版. -- 臺北市：馬可孛羅文化出版：英屬蓋曼群島商家庭傳媒股份有限公司城邦分公司發行, 2021.11
320面；14.8×21公分 --（Mystery World；MY0019）
譯自：The Casebook of Lord Peter Wimsey
ISBN 978-986-0767-31-5（平裝）

873.57　　110016067